Helga Bürster

Als wir an Wunder glaubten

Roman

Insel Verlag

Klimaneutral
Druckprodukt
ClimatePartner.com/14438-2110-1001

Erste Auflage 2023
Originalausgabe

Umschlaggestaltung: Designbüro Lübbeke Naumann Thoben, Köln
Umschlagabbildung: Endre Penovác, Veszprém
Satz: Greiner & Reichel, Köln
Druck: GGP Media GmbH, Pößneck
Printed in Germany
ISBN 978-3-458-64388-3

www.insel-verlag.de

Für Thomas

Als wir an Wunder glaubten

1

Guste erzählte weiter.

»Am Teufelsloch versteckt sich eine verwitterte Moorkate zwischen Krüppelbirken und Brombeerbüschen. Du kennst sie. Da steht auch die Baracke. Es ist kein guter Ort.«

Betty wollte etwas sagen, aber Guste legte den Finger auf ihre Lippen. »Die Kate stand schon immer schief, als würde sie jeden Moment in sich zusammenfallen, aber sie duckt sich nur unter den Nebel. Sie schwimmt auf dem Moor, sonst wäre sie längst verfault oder mitten durchgebrochen.« Guste machte eine Pause, sie bekam heute schlecht Luft. Als sie weitersprach, war sie kaum zu verstehen und Betty rückte näher.

»Die ersten Siedler, die haben schon gewusst, wie man so eine Moorkate baut. Die haben nicht auf Zimmermannswinkel oder das rechte Lot geachtet, sondern darauf, dass die Hütte biegsam und geschmeidig ist. So eine Moorkate sieht zwar aus wie ein räudiges Tier, aber die kann nicht nur schwimmen, die tanzt auch.« Guste kicherte und musste dann gleich wieder husten. Sie war eine gute Geschichtenerzählerin und sie war wunderlich. Das gehörte wohl zusammen. Betty dachte sich nichts dabei, denn sie kannte Guste und sie kannte die Großen. Die hatten alle ihre Marotten, deshalb wollte sie lieber nicht erwachsen werden, aber was sollte man machen.

»Mutig mussten sie sein, die ersten Siedler. Wer anderswo auch kein Dach über dem Kopf hatte, konnte sich sein Leben nicht aussuchen. Also gingen viele ins Moor, weil der König von Preußen diese lumpige Landschaft nur an die Elenden verpachten konnte. Die hatten keine Angst vor dem Tod. Der hat ihnen sowieso geblüht. Schilf, Torfsoden und Lehm, ein paar Baumstämme, schief und krumm, daraus haben sie sich notdürftige Behausungen zusammengezimmert, gerade gut genug, um sich die Schwindsucht zu holen und zum Schäfer zu rennen, der sie mit seinen Sprüchen heilte oder auch nicht. Mehr konnten sie nicht verlangen.«

Guste keuchte. Sie hatte in ihrem langen Leben schon zu viele schwere Nebel eingeatmet. Betty fragte: »Warst du dabei, als die ersten Siedler gekommen sind?«

»In gewisser Weise.«

Sie musste steinalt sein. So sah sie auch aus. Ihr Gesicht war runzlig wie Eichenrinde. Wenn sie lachte, konnte man die Zähne sehen und die vielen Lücken dazwischen. Es reichte, um einen Kanten Brot zu kauen. Sie lebte allein in dem alten Rauchhaus, das nicht einmal einen Kamin hatte, nur eine offene Feuerstelle mit Kesselhaken, wie in den alten Zeiten. Keiner wohnte mehr so, nicht einmal hier, in diesem kleinen Moordorf, und so kurz nach dem Krieg. Die meisten hatten zumindest einen Schornstein und einen Ofen, auf dem die Suppe kochte. Bei Guste zog der Rauch noch durch das Eulenloch ab und wenn der Nebel wie ein nasses Tuch auf allem lag, wurde sie geräuchert, wie die Würste und Schinken, die im Giebel hingen. Die gehörten ihr nicht. Andere brachten das Fleisch, damit sie es in den Rauch hängte, dafür bekam sie etwas ab. Mal eine Wurst, mal einen Schinken.

Die Mutter schickte Betty hin und wieder mit einem

Topf Kartoffeln oder Suppe. Zwar hatten sie selbst kaum genug zum Beißen, aber Guste hatte noch weniger und jemand musste sich kümmern. Sie hatte sonst keinen mehr. Außerdem war es eine mühselige Arbeit, sich über offenem Feuer etwas zu kochen, besonders für Guste, die es auf der Brust hatte. Sie schaffte es gerade noch, die Glut nicht ausgehen zu lassen und am Abend die eiserne Stülpe über das Feuer zu stellen, damit keine ihrer Katzen Feuer fing und das auch noch ins Dach trug. So waren schon viele Katen abgebrannt.

»Hundert Jahre«, sagte Betty. »Bist du so alt?«

»Ich hab's vergessen. Und nun halt den Mund oder geh nach Hause.«

Aber Betty wollte nicht nach Hause. Da wartete die Mutter mit Arbeit. Sie wollte hören, wie es weiterging, nur noch ein bisschen, und Guste tat ihr den Gefallen.

»Von den alten Katen haben mal so viele hier gestanden, wie es Habenichtse in der Gegend gab. Nun fangen die Ersten schon an, in Stein zu bauen, da hinten, wo das Moor abgetorft ist.« Guste zeigte aus dem Fenster. Man sah nicht viel, denn das Dach hing zu tief, aber Betty wusste, dass der Spökenfritz da draußen baute, weil ihm sein Hof zu klein geworden war.

»Heißt ja, die neue Regierung schenkt ihm Geld für was Größeres und weil er außerhalb vom Dorf siedelt. De Düüvel schitt jümmers op den gröttsten Hopen.«

Der Spökenfritz hieß eigentlich Fritz Renken. Der war zwar kein Schäfer, aber mehr als Brot essen konnte er auch. Wen Dr. Till schon aufgegeben hatte, machte er gesund, und er machte auch, dass eine Kuh wieder Milch gab, aber man durfte nicht darüber reden. Niemals! Sonst passierte irgendetwas Schlimmes.

»Lass uns nicht weiter darüber reden«, sagte Guste. Als wenn sie Bettys Gedanken gelesen hätte! Vielleicht konnte sie das sogar, denn im Dorf war sie *de oole Hex*, die Kindern fürchterliche Geschichten erzählte. Betty hatte keine Angst vor ihr.

»Wolltest du nicht von der alten Kate erzählen?«, drängte Betty, denn Guste drohte, in Gedanken zu versinken. »Ja, ja. Du hast Recht. Das wollte ich. Also hör zu: Der dritte Sohn eines Bauern aus dem Bremischen und seine Frau, die haben die Kate damals gebaut. Bettelarm alle beide, die hatten nichts, nur eine große Hoffnung. Pioniere eben. Als die Frau das Herdfeuer angezündet hat und sie beide ihre Hände darüber gewärmt haben, da kam ihnen die Hütte vor wie ein Palast. Es musste ja nur zum Überleben reichen.«

»Haben sie überlebt?«

»Na ja. Man hat sie getäuscht und betrogen, wie das so ist. Der Mann, die Frau und alle anderen, die höchstderoselben Gnaden ins Moor gelockt hat, damit sie es trockenlegen. Die Wahrheit war: Er brauchte Land und er brauchte Geld für seine Kriege. Die Pacht war nicht zu schaffen. Darum heißt es: *Den ersten sien Doot*.«

Guste schloss die Augen.

»Wie geht die Geschichte weiter?«, wollte Betty wissen. »Heute geht nichts mehr weiter.« Sie legte den Kopf auf den Tisch, wie das alle Moorfrauen machten, wenn sie Mittagsruhe hielten, weil ihnen die Müdigkeit so tief in den Knochen saß, dass sie den Tod jederzeit fürchten mussten, auch am helllichten Tag. Darum legte sich keine hin.

»Geh jetzt nach Hause«, sagte Guste. »Ich muss mich noch ein bisschen ausruhen, denn gleich ist Weltuntergang.«

2

Am Donnerstag sollte es auch hier so weit sein. Es hatte sogar in der Zeitung gestanden. Theo wusste davon. Schließlich schrieb er für den *Moorboten.* Die wichtigsten Seiten hingen im Schaukasten aus, die Todesannoncen, die Familienanzeigen, die amtlichen Bekanntmachungen und Berichte über Unnenmoor. Die wenigsten bekamen das Blatt ins Haus, aber so kriegten alle das meiste mit. Edith und Betty Abels wussten von Theo, dass die Welt heute auch in Unnenmoor untergehen sollte. Theo kam oft rüber, er wohnte gleich nebenan. Er saß fast jeden Tag in der Küche, das schlimme Bein unter dem Tisch ausgestreckt, und guckte Edith beim Nähen und Wäschemachen zu. Dabei erzählte er, was es Neues gab, denn zu Hause saß er alleine. Seine Lise war letztes Jahr gestorben, Kinder hatten sie keine. Edith ging es ähnlich, denn Otto Abels galt als verschollen. Allerdings hatte sie Betty.

»In den Nachbardörfern ist die Welt auch schon untergegangen, aber keiner hat's gemerkt.« Theo schüttelte den Kopf. »Was für ein malleriger Kram das ist. Als ob wir nicht schon genug vom Untergang gehabt hätten.«

Edith flickte gerade seine Manchesterhose. Da war eine Naht aufgerissen, also saß Theo in langer Unterwäsche da und wartete, dass die Hose fertig wurde. Er hatte nur zwei, die hier und die gute.

»Der soll ja auch alle Krankheiten heilen, dieser Professor«, meinte Edith. »Deshalb laufen ihm die Leute hinterher.« Sie biss den Faden ab. »Ich hab kurz überlegt, ob ich mit meinen Kopfschmerzen hingehen soll. Die sind wieder schlimmer geworden.« Sie hielt die Hose ins Licht und betrachtete ihr Werk. »Aber der soll ja auch nicht ganz billig sein, wie man hört.« Sie reichte Theo die Hose. »Hier. Fertig.«

»Sieht aus wie neu.« Theo zog sie wieder an.

»Wenn die Welt heute wirklich untergeht, stehst du wenigstens nicht in Unterhosen vor dem lieben Gott«, meinte Betty.

»Sei nicht immer so frech!«

Das mit dem Untergang grassierte wie eine Seuche. Prediger krochen aus allen Ecken und prophezeiten nicht nur das Ende der Welt, sondern auch das Jüngste Gericht. Gründe gab es genug und die Angst ging um, dass etwas dran war an der Sache. Schließlich war Krieg gewesen und die Sünden, die begangen worden waren, wogen so schwer, dass da nichts zu vergeben war. Der Teufel würde sie alle holen. Zwar sprach das keiner laut aus, aber viele dachten so. Wanderprediger lasen den Leuten die Leviten, sie riefen dazu auf, Buße zu tun und die Seelen zu reinigen, bevor das große Finale kam und Gott einen Kometen schickte, um zu richten, die Lebenden und die Toten. Wenn das Ende vom Ende kam, so die Prediger, sollte man besser heil sein, sonst schmorte man ewig im Fegefeuer und dann hatte man den Salat. Unter den Propheten gab es berühmte Männer, die füllten ganze Stadien.

Was den Professor Asmodi betraf, so eilte ihm kein großer Ruf voraus. Mit seinem berühmten Kollegen Conradi, der sogar im Radio sprach, konnte er nicht mithalten, obwohl er sich vieles abgeguckt hatte, nicht nur den klingenden Namen, auch die Art, wie er sprach und sich kleidete. Wer wollte, konnte die Kopie erkennen. Die Sehnsucht nach Erlösung reichte für alle und mehr. So wurde der Pennig schon seit dem frühen Morgen von denen umlagert, die den Professor sehen wollten, die auf Linderung ihrer Leiden hofften und auf ein Wunder. Einige waren schon am Vorabend gekommen, zu Fuß, mit dem Fahrrad, im Rollstuhl oder liegend auf dem Ackerwagen. Harm Cordugas, der Wirt, wusste nicht, wie ihm geschah, denn der Pennig platzte aus allen Nähten. Die Zimmer im oberen Stock waren mehrfach belegt. Seit dem Mittag hing ein Schild am Eingang. »Wegen Überfüllung geschlossen.« Die Leute drängelten sich im Saal, obwohl der Professor erst für drei Uhr nachmittags angekündigt war und der Eintritt fünfzig Pfennig kostete, Kinder frei. Das Bier ging schnell zur Neige, Frikadellen und Würstchen auch.

»Der Professor wird zuerst zu den Leuten sprechen, dann geht es zur Kapelle, da wird geheilt, und dann geht die Welt unter. So lautet der Plan.« Theo schloss die Gürtelschnalle.

»Eines verstehe ich nicht«, sagte Edith, »warum in dieser Reihenfolge? Wozu erst die Heilung und dann der Untergang?«

»Umgekehrt wär's ja auch dumm. Aber frag den Professor. Der hat studiert.«

Edith lachte. »Ich geh da nicht hin. Vom Untergang hab ich die Nase voll.«

Der letzte lag gerade erst hinter ihnen, die Ruinen rauchten noch. Deshalb gingen Edith und Theo lieber tanzen. Gelegenheiten gab es genug. Jede noch so kaputte Scheune wurde zum Festsaal umfunktioniert. Gab es keine Musiker, sang man die alten Schlager selbst. *Das ist die*

Liebe der Matrosen oder *Veronika, der Lenz ist da*. Einmal im Monat kam auch ein mobiles Filmtheater ins Dorf. Der Vorführer baute im Saal den Apparat auf, der so schön schnurrte. Am beliebtesten waren die alten Komödien mit Theo Lingen. Man hatte zu lange nicht mehr gelacht. Kuchen gab es auch und wenn die Bude einigermaßen voll wurde, gab Cordugas einen aus. Der Wirt ließ sich nicht lumpen. Er hatte vergangenen Winter sogar zum Grünkohlessen eingeladen. Es durfte wieder ganz offiziell geschlachtet werden. Nun musste man nicht mehr fürchten, dafür ins Gefängnis zu kommen. Die Fleischplatten hatten sich unter Speck und Pinkelwürsten gebogen, wie man sich später erzählte. Die Kapelle habe sich einen Wolf gespielt, bis sich die Ersten mit vollgefressenem Ranzen auf die Tanzfläche geschleppt hatten. Danach war es hoch hergegangen. Den Spökenfritz hatten sie später in eine Schubkarre verfrachten müssen, um ihn ins Bett zu kriegen, sternhagelvoll und mit blutiger Nase, weil er Anni an die Wäsche hatte gehen wollen. Ausgerechnet! Ihr linker Haken saß. Das hatte Fritz, der sonst alles wusste, nicht vorausgesehen.

Als Theo die Anekdote später an Ediths Küchentisch erzählte, lachend und mit Tränen in den Augen, hatte sie mit der Zunge geschnalzt und einen vielsagenden Blick in Bettys Richtung geworfen, weil ihre Tochter zwar alles essen, aber nicht alles wissen durfte. Sie war elf und noch ein Kind. Betty war anderer Meinung. Sie war bald zwölf und schon fast erwachsen, aber das sahen die Großen mal so, mal so, wie es ihnen gerade passte. So ging das mit allem. Heute Weltuntergang, morgen Tanztee, Hauptsache, es lenkte vom schlechten Gewissen ab, denn sie hatten alle versagt. Man musste sich nur angucken, was da auf den Professor wartete. Krüppel und Versehrte. Darüber hinaus war noch einiges mehr angerichtet worden. All die Heimatlosen, die Waisen, das ganze vagabundierende Gesindel, das kein Zuhause mehr hatte. Eine Völkerwanderung sondergleichen. Während viele einen Ort zum Bleiben suchten, mahlten die Steinmühlen in den Städten bis zum Sanktnimmerleinstag den ganzen Kriegsschrott zu Brei. Es war einfach zu viel kaputtgegangen, Städte, Dörfer, Menschen. Noch immer fand man unter den Trümmern Vermisste. Die saßen in den Kellern auf Stühlen mit ihren Koffern auf dem Schoß und warteten, dass jemand Entwarnung gab. Theo hatte sie gesehen. Der kam für die Zeitung viel herum. »Die kommen nie mehr zur Ruhe, da können die noch so tot sein. Denen geht es wie den Barackentoten im Teufelsloch.«

Bei Vollmond kamen die zum Vorschein, dann stiegen sie aus den Tümpeln mit ihren Spaten und Forken und verfluchten diejenigen, die sie da reingebracht hatten. Keiner wollte noch was davon wissen, doch die alte Guste fing immer wieder davon an. Cordugas hatte sie deswegen schon ein paar Mal aus dem Pennig geworfen. Dabei kam sie nur, um Leckbier zu kaufen, für eine Biersuppe, wie sie sagte. Meist saßen genug Leute in der Gaststube, die zuhören mussten, aber sie kam nie über die ersten Sätze hinaus.

»Haal dien Muul, du oole Hex!«

Theo ging und Edith nahm sich Annis alten Mantel vor.

»Was macht Guste?«, fragte sie, während sie einen neuen Faden in die Nähmaschinennadel fädelte.

»Die hustet viel.«

Betty holte sich die Pfanne vom Herd und stellte sie auf den Tisch. Ein kleiner Rest Bratkartoffeln war noch vom Mittagessen übrig geblieben und schon ein bisschen schwarz. Sie aß sie trotzdem, denn Hunger hatte sie immer.

Die Mutter klemmte den Mantelärmel unter den Nähmaschinenfuß und trat auf das Pedal. Die Maschine ratterte los. Sie seufzte. »Nochmal kann ich den nicht flicken. Durch den Stoff kann man schon Zeitung lesen.« Der Faden riss. Sie fädelte wieder ein. Als Betty die Pfanne zurückstellte und den Spültisch auszog, um abzuwaschen, war die Naht schon fertig. Edith faltete den Mantel zusammen. »Wird Zeit, dass Anni sich einen anderen besorgt.« Sie legte ihn in den Eierkorb, der stand schon bereit. »Lass mir den Abwasch. Lauf du zu Anni und bring ihr den Mantel. Die braucht den. Und lass dir Eier geben. Ein halbes Dutzend hat sie mir versprochen für die ganze Flickerei. Gegen ein Knickei obendrauf hätte ich auch nichts einzuwenden.«

Edith flickte auch Willis Hosen. Der war Annis Sohn, so alt wie Betty, und bei ihm ging immer was kaputt. Betty protestierte nicht. Wenn sie Glück hatte, würde sie noch etwas vom Weltuntergang sehen und wenn sie noch mehr Glück hatte, gab es am Abend Rührei.

3

Betty lief den Schwarzen Weg hinauf. Der Groll'sche Hof lag da, wo die Kopfsteinpflasterung schon längst aufgehört hatte und das Dorf auch. Auf halbem Weg stand die Kapelle, umsäumt von schlichten Gräbern. Da musste sie vorbei. Heute sollte noch ein Komet einschlagen, wenn man dem Professor glauben konnte. Sie hatte keine Angst. Die anderen Dörfer, die den Untergang schon hinter sich hatten, standen noch. Betty ging mitten auf der Straße, sie hüpfte von Stein zu Stein. Die Straße machte einen Knick, von hier aus konnte man nicht sehen, ob die Prozession schon losgegangen war, aber sie dachte gerade nur an Rührei und guckte nicht rechts und nicht links. Erst hinter der Kurve sah sie die Leute. Der Professor führte sie an. Sein schwarzer Mantel schleifte fast auf dem Boden, er stützte sich auf einen Stock. Betty blieb stehen. Die meisten kannte sie nicht. Von hier kamen die wenigsten, aber sie hörte Guste. Die stand auf der anderen Straßenseite, sie ließ die Leute vorbeiziehen und gab ihre bissigen Kommentare ab. »Hauptsache Untergang, was? Das ist doch auch nur so ein Rattenfänger! Aber ihr müsst ja immer jemandem hinterherrennen!«

»Geh nach Hause!«, riefen einige. Sie wandte sich um und ging, gestikulierend und vor sich hin schimpfend, wie man das von ihr kannte. Als sie außer Sicht war, schloss Betty sich der Prozession an, denn sie war neugierig. So ein Untergang passierte schließlich nicht alle Tage.

Vor der Kapelle blieb der Professor stehen und alle, die ihm folgten, hielten inne. Er richtete sich auf und hob den freien Arm. Er wollte etwas sagen. Alle wurden ruhig, bis auf einen, den Betty kannte. Irgendwo ganz vorne brummte Willi wie ein Automobil. Er imitierte gerne Motoren. Das konnte er gut. Willi war fast wie ein Bruder für Betty, sie passte oft auf ihn auf. Wenn ihre Mutter mit Anni auf dem Acker stand, um Rüben zu hacken, spielte sie mit Willi *Autofahren*, das freute ihn. Dass er hier war, inmitten dieser Prozession, das konnte nur eines bedeuten: Er war weggelaufen, denn Anni ließ ihren Sohn nie vom Hof und nahm ihn auch nirgendwohin mit. Er ging nicht einmal in die Schule.

Betty überlegte, was sie tun sollte. Sie fühlte sich verantwortlich, andererseits sollte sie etwas erledigen, und zwar schnell. Noch während sie überlegte, schwebte Willi plötzlich über allen Köpfen. Sie drängelte sich nach vorne durch. Da stand Anni, sie hatte ihren Sohn hochgestemmt. Er war viel zu groß, um noch auf den Arm genommen zu werden, aber er wog nicht viel und Anni war stark. Er musste sich mit den Händen auf ihren Schultern abstützen. Betty winkte ihm zu. Er sah in ihre Richtung, winkte zurück und schwankte gefährlich, aber Anni hielt ihn eisern umklammert und drängelte sich bis zum Professor vor. Da stellte sie ihn ab, wie einen Mehlsack. Betty war auf die Bank geklettert. Von hier aus konnte sie alles überblicken. Sie sah, wie Anni dem Professor etwas Längliches, in Zeitungspapier Eingeschlagenes überreichte. Betty vermutete eine Mettwurst. Der Professor nahm das Geschenk und Willi ließ vor Aufregung mit lautem Geheul und wilden Armbewegungen ein Flugzeug abstürzen. Anni packte ihn und hielt ihn fest, damit der Professor ihm die Hände auf den Kopf legen konnte. Es wurde ganz still, auch Willi schien die Luft anzuhalten. Asmodi schloss die Augen und rief Worte, die Betty nicht verstand. Vielleicht konnte er ja doch zaubern und heilen. Dann fing er an zu beten, das war zu viel für Willi, er wollte das nicht. Er riss seinen Kopf herum und biss die Hand, die ihn heilen sollte.

Der Professor brüllte auf und ließ ihn los. Anni hob vor Schreck die Hände, Willi floh.

Die Leute wurden unruhig.

Betty fiel ein, dass sie noch etwas zu erledigen hatte.

4

Wie immer bewachte Köter den Hof. Er kam Betty kläffend und mit wedelndem Schwanz entgegengesprungen. In der ganzen Gegend gab es wohl keinen hässlicheren Hund, klapperdürr, pechschwarz und struppig, aber groß wie ein Kalb. Seine Augen glühten und wenn er die Zähne bleckte, konnte man auf den Gedanken kommen, dass er wohl aus der Hölle weggelaufen sein musste. Wahrscheinlich stimmte das sogar. Eines Tages hatte er winselnd auf dem Hof gestanden und weil er als Wachhund taugte, schlug Anni ihn nicht tot. Sie machte sich nicht die Mühe, ihm einen Namen zu geben. Er wurde nur geduldet. Mehr konnte so ein dahergelaufenes Tier in diesen Zeiten nicht verlangen. Er schlief im Stall und bediente sich aus dem Schweinetrog. Manchmal kehrte er mit blutiger Schnauze und Federn im Maul aus dem Moor zurück, dann hatte wohl eine lahme Ente dran glauben müssen. Annis Hühner aber ließ er in Frieden. Er bewachte sie gut. Weder Fuchs noch Marder trauten sich in ihre Nähe. Er war schlau und passte auf das wenige auf, das noch übrig war. Der Groll'sche Hof hatte bessere Tage gesehen. Nun ging es bergab. Ein bisschen Vieh, ein bisschen Land, ein bisschen Torf, mehr konnte sie allein nicht erwirtschaften, denn das Reich hatte ihren Mann in den Krieg geschickt und bisher nicht wieder herausgegeben. Dabei wurde er hier gebraucht, auf dem Hof und bei ihrem mallerigen Sohn, der an ihm geklebt hatte wie Mist am Schuh. Die beiden! Nachdem ihr Josef zusammen mit Otto in den Zug gestiegen war, der sie an die Front brachte, war nichts mehr vorangegangen. Cordugas hatte ihr damals geraten, für den Hof eine Polin zu nehmen und Willi in eine Anstalt zu geben. Dr. Till war auch der Meinung gewesen, dass Willi dort besser aufgehoben war als zu Hause. Nur starben die Wichter in der Anstalt an Lungenentzündung. Anni hatte nachgehorcht und das Flüstern gehört. Zwar konnte sie nicht so gut mit Willi wie ihr Mann. Eigentlich konnte sie gar nicht mit dem Jungen, und sie liebte ihn doch auf ihre unbeholfene Weise. Sie lehnte jede Hilfe ab, ließ Willi bei sich auf dem Hof und ging nicht mehr ins Dorf wegen der Leute. Nur Edith kam ab und an, aber die Arbeit war nicht zu schaffen. Seit diesen Tagen fuhr ihr der blanke Zorn immer mal wieder in die Fäuste, sie wusste selbst nicht, wie ihr geschah, aber sie gewöhnte sich daran.

Betty blieb stehen und hielt Köter die Hand hin, damit er daran schnuppern konnte. Als er sie erkannte, leckte er mit der langen Hundezunge über ihren Handrücken, es kitzelte. Betty kraulte ihn hinter den Ohren. Das mochte er gern. Es war ihr Begrüßungsritual. Danach ließ er sie auf den Hof. Keiner war da, nur Köter folgte ihr. Den ganzen Weg von der Kapelle bis hierher war sie gerannt, um vor Anni hier zu sein. Bestimmt war sie wütend wegen Willi. Ganz sicher sogar, und einer wütenden Anni begegnete man besser nicht. Sie hatte eine ganze Mettwurst verschenkt, für nichts. Man konnte nur hoffen, dass Willi sich gut versteckt hielt, bis Anni sich wieder beruhigt hatte.

Betty stieß die Achterdöör auf und trat in die Waschküche, Anni schloss nicht ab, seit Köter den Hof bewachte. Er war ihr nicht ins Haus gefolgt, da durfte er nicht rein. Das hatte er nur einmal versucht und dann nie wieder. Über die Schwelle traute er sich nicht, aber die Nachbarn ließ er durch, wenn sie sich Eier oder Milch holen wollten. Eine henkellose Tasse mit Sprung diente als Kasse, in die legte man das Geld. Seit kurzem gab es neues.

Es dauerte, bis sich Bettys Augen an die Dämmerung im Haus gewöhnt hatten. So richtig hell wurde es hier nie. Bei den alten Höfen war das Dach tief heruntergezogen, zum Schutz vor Regen und Kälte. Die Fenster waren klein und elektrisches Licht gab es nicht. Die Oberleitung führte nicht ins Dorf, aber man kannte das nicht anders.

Sie atmete tief ein und aus, denn ihr Herz raste noch immer. Als sie sich beruhigt hatte, ging sie durch die Waschküche hindurch ins Haus. Links lag die Diele, gegenüber die Küche. Eine Holzwand trennte den Wohntrakt vom Stall. Die war auch nicht immer da gewesen. Dahinter hörte man die Kühe schnauben. Es roch nach Mist und Milch.

Betty klopfte an die Küchentür, nicht dass Anni doch schon zurück war und sie ins offene Messer lief. Es blieb alles still. Sie trat ein.

Eine muffige Kälte umfing sie. Der Ofen war ausgegangen und die Feuchtigkeit kroch allmählich von draußen herein. Sowas ging schnell. Wenn kein Topf auf dem Herd stand und kein Wasser im Kessel summte, nahm sich das Moor zurück, was ihm sowieso gehörte. Deshalb ließ keine Frau das Herdfeuer ausgehen, nicht einmal im Sommer, denn es musste gekocht werden und man brauchte heißes Wasser zum Waschen oder um ein Schlachthuhn hineinzutauchen, um es danach besser rupfen zu können.

Es gab nur einen vernünftigen Grund für einen kalten Herd. Wenn man auszog. Dann ließ die Frau das Feuer erlöschen, damit die nächste es wieder entzünden und das Haus in Besitz nehmen konnte. Das wusste jedes Kind und es konnte nur bedeuten, dass Anni, die sonst einen Bogen um Kirche, Gott und Pastor machte, fest an den Kometen glaubte. Ob sie den Mantel trotzdem noch brauchte oder nicht, war Betty gleich, sie wollte wieder nach Hause. Sie hob ihn vorsichtig aus dem Korb und passte auf, dass er an keiner überstehenden Weidenrute hängenblieb. Das hätte den nächsten Riss gegeben. Sie legte ihn auf den blankgewischten Küchentisch. Nun musste sie nur noch die Eier einpacken. In der Waschküche stellte sie allerdings fest, dass der Eimer leer war. Anni hatte sich auch darum nicht mehr gekümmert. Langsam wurde ihr ein wenig bang.

Sie ging nach draußen. Der Hund hatte hinter der Tür gewartet, er winselte und stupste sie an, lief zum Hühnerstall und zurück, sie wusste schon, was er ihr sagen wollte. Keine Hühner scharrten im Sand, kein Hahn krähte, die Stalltür war verschlossen. Sie schob den Riegel zurück und zog die Tür auf. Da flatterten die Hühner ihr nur so um die Ohren und ins Gesicht. Draußen fingen sie sofort an, in der Erde zu picken. Betty holte den Futtereimer und streute Körner aus, es war nicht das erste Mal. Während die Hühner sich darum zankten, sammelte sie im Stall die Eier ein und brachte sie in die Waschküche. Nun wurde es höchste Zeit. Sie nahm das halbe Dutzend ab, legte die Eier in den Korb und noch ein Knickei obendrauf. Sie wollte schon gehen, denn Anni würde Willi hier zuallererst suchen. Da rissen die Wolken auf und eine bleiche Sonne stach durchs Fenster. In der Eiertasse lag ein bisschen Wechselgeld, das glitzerte im Licht, das schnell wieder verschwand. Nagelneue Münzen waren das. Zwar gab es das neue Geld schon eine Weile und sie hatte die eine und andere Münze in der Hand gehalten, aber so prächtig wie in diesem kleinen Augenblick war es ihr nie vorgekommen. Sie nahm eine der Münzen heraus. Fünfzig Pfennig. Das Geldstück hatte noch keinen einzigen Kratzer abbekommen und war so glatt und schier, als sei es von gestern. Sie betrachtete es von allen Seiten und las das wenige, das darauf geschrieben stand. *1949* und *Bank deutscher Länder*. Auf der Rückseite war eine Frau abgebildet, die einen Eichenschössling pflanzte. Sie trug ein Kopftuch wie bei der Feldarbeit üblich. Die Münze glitzerte auch ohne Sonnenstrahl wie ein kleines Irrlicht. Für Glanz hatte Betty schon immer etwas übriggehabt und sie konnte den Blick nicht abwenden. Sie war so versunken, dass sie nicht merkte, wie jemand hereinkam und als sie es dann doch hörte, schloss sie die Faust und steckte sie in die Schürzentasche. Als sie sich umwandte, stand Willi hinter ihr und grinste.

»Was ist denn so witzig?«, fuhr sie ihn an, weil er sie erschreckt hatte. »Lachst du mich aus?«

Sein Grinsen fiel in sich zusammen, er zog die Nase hoch und wischte sich mit dem Handrücken durchs Gesicht. Da tat es Betty leid, dass sie laut geworden war. Sie fragte: »Bist du alleine zurückgekommen?«

Er nickte.

»Und deine Mama? Wo ist die?«

Er hob die Schultern und ließ sie wieder fallen. Dabei starrte er auf ihre Schürzentasche und die Faust, die darin steckte. Sie umklammerte das Geldstück so fest, dass sie ihre Finger kaum noch spürte. Das Blut schoss ihr in den

Kopf, ihr Gesicht brannte. Willi streckte die Hand aus, schob sie in die Schürzentasche und umklammerte Bettys Faust. Sein Blick war schwer zu deuten, aber eines konnte Betty herauslesen: Er wusste Bescheid. Sie stieß ihn weg. Er taumelte gegen die eiserne Wasserpumpe und schlug sich den Kopf am Schwengel an. Er gab keinen Laut von sich, guckte nur. Das hatte sie nicht gewollt. Sie griff nach dem Korb und floh nach draußen. Da stand Köter im Weg und knurrte sie an. Das machte er sonst nie. Bestimmt wusste er auch schon, was sie in der Schürzentasche verbarg, so wie Willi und die Hühner. Die hatten aufgehört zu picken und starrten in ihre Richtung. Sie dachte, dass sie das Geld zurücklegen sollte. Dann wäre alles wieder gut und fast nichts passiert. Als sie sich umwandte, stand Willi in der Tür. Rotz lief ihm aus der Nase und Tränen über die Wangen. Er hielt sich den Kopf. Sie war nicht nur eine Diebin, sie war auch eine Schlägerin und mindestens so schlimm wie Anni, die sie so sehr fürchtete. Wenn sie groß war, würde sie auch so eine sein. Ihr wurde übel. Sie rannte los, ohne nachzudenken, ohne zu gucken, und Anni direkt in die Arme.

»Wat maakst du denn hier!« Anni packte sie am Schlafittchen.

»Ich … wollte … ich hab … die Hühner und …«, Betty schnappte nach Luft, aber Anni hatte sowieso nicht zugehört, denn sie trat nach Köter, der hastig das Knickei fraß, das aus Bettys Korb gefallen war, während sie Betty weiter festhielt. Köter jaulte, leckte sich dann aber triumphierend die Schnauze, denn das meiste vom Ei hatte er schon geschafft.

»Ich hab dir den Mantel gebracht«, stammelte Betty.

Willi stand immer noch in der Tür. Er schmiss den Motor an, machte »Brumm, brumm, bruuuuuumm«, zuerst leise, aber dann gab er Gas und düste eine Runde um den Hühnerstall. Anni ließ Betty los. Sie stürzte sich auf ihren Sohn und fluchte, denn sie hatte eine Wut. Willis Motor verreckte, er wimmerte, als Anni ihn packte. Ihr Griff war fest wie ein Schraubstock, Betty hatte ihn gerade selbst gespürt. Anni brüllte, ihre Stimme überschlug sich. Was er sich denn dabei gedacht habe! Wohl nichts! Weil in seinem breegenklöterigen Eierkopp ja nix drin sei! Eine ganze Mettwurst! Damit der Professor ihn gesund mache! Aber das dösige Menschenkind habe nichts Besseres zu tun, als in seine heilende Hand zu beißen! An dieser Stelle wollte die Stimme nicht mehr mitmachen, sie hustete. So trieb sie Willi vor sich her bis zur Tür. Der stolperte und fiel über die Schwelle. Anni zog ihn hoch und schüttelte ihn durch, nun kamen auch wieder Worte. Schreckliche Worte, was Willi alles sei und was nicht. Die Worte taten auch Betty weh. Sie stellte sich dazwischen. »Bitte, Tante Anni. Lass ihn doch. Er kann nichts dafür.« Sie zerrte an Annis Arm, bis die endlich von ihm abließ und sich Betty zuwandte. Da wurde es ihr angst und bange. So einen wilden und traurigen Blick hatte Betty noch nie gesehen. Sie trat einen Schritt zurück und sah zu Boden. Man schaute den Großen in solchen Momenten besser nicht in die Augen, wenn man heil davonkommen wollte, andererseits hatte *sie* die Strafe verdient und nicht Willi. Ihre Hand umklammerte immer noch das Geldstück. »Ich wollte das nicht«, flüsterte sie. »Ich hab …«

»Was!«

Betty hätte den Fünfziger zurückgegeben, aber Anni würde sie totschlagen, wenn sie den Diebstahl jetzt beichtete. Ihr blieb jedes Wort im Hals stecken.

»Rede! Ich hab dich was gefragt!«, brüllte Anni sie an.

Betty fiel nichts Besseres ein. »Mama sagt, nochmal flickt sie den Mantel nicht.«

»Den Mantel?«

»Sie sagt auch, du brauchst einen neuen.«

»Ach! Und den will wohl die feine Edith selber nähen? Und was will sie dafür haben?«

Betty zuckte mit den Schultern. Davon hatte die Mutter nichts gesagt.

»Dann richte ihr mal schön aus, dass meine Hühner gar nicht so viele Eier legen können. Da muss sich die gnädige Frau Mutter schon feinere Kunden suchen. So einen wie den Zeitungstheo.«

»Aber der hat einen Mantel.«

»Jaha! Darum techtelmechtelt sie ja auch die ganze Zeit so schamlos mit dem rum und lässt ihn in Unterhosen am Tisch sitzen!« Anni lachte hässlich. »Ihr müsst nicht glauben, das sieht keiner. Eine Schande ist das. Wo dein Vater noch nicht mal für tot erklärt worden ist.«

»Du lügst.« Betty hatte nur geflüstert, aber Anni hatte gute Ohren. Betty wurde für einen Moment ganz schwarz vor Augen. Als sie wieder sehen konnte, kniete sie im Dreck. Ihr Kiefer brannte. Hinter ihr schlug die Achterdöör ins Schloss, Anni war verschwunden. Köter rannte hin und her und wusste nicht, wohin er sich zuerst wenden sollte. Drinnen fing Willi an zu brüllen. Der kriegte jetzt auch sein Fett weg.

Betty stand auf. Ihr war schwindlig. Sie wischte sich über das Gesicht. Ihre Lippe blutete. Der Korb lag vor ihr, die Eier waren herausgefallen, aber bis auf eines heil geblieben. Noch ein Festmahl für den Hund, der sein Glück kaum fassen konnte.

Betty tastete nach ihrem Kinn. Es schmerzte, aber die Zähne waren noch alle da. Es hätte schlimmer kommen können, denn dass sie eine Diebin war, hatte Anni gar nicht gemerkt.

5

Edith stand von der Nähmaschine auf, sie hatte eines von Bettys Kleidern aufgetrennt und ließ den Saum aus. Das Kind wuchs viel zu schnell, man musste ihr bald einen Stein auf den Kopf legen. Man sollte sie auch ans Tischbein binden, wie man das mit kleinen Kindern machte, damit die nicht abhauten. Nur war Betty kein kleines Kind mehr und sie hatte ihren eigenen Kopf. Edith dachte, dass sie ihr längst verloren gegangen war, wie Kinder in diesen Zeiten eben verschüttgingen. Manche lösten sich in Luft auf. Andere machten, was sie wollten. Wer hatte schon Zeit, sich um die Bälger zu kümmern, man war noch immer damit beschäftigt, sein Leben zusammenzusammeln nach diesem fürchterlichen Krieg. Sie hatte gedacht, dass das Schlimmste überstanden war, aber das dicke Ende kam danach. Die vielen Vertriebenen, der Hungerwinter, das kaputte Land, und überall lag noch scharfes Zeugs herum. Viele hatten noch schnell ihre Wehrmachtsrevolver samt Orden und Ausweise im Moor vergraben, damit »der Feind« die Beweisstücke nicht fand. Und welchem Kind konnte man die Neugierde austreiben, wenn es eine Waffe in die Finger kriegte? Stamms Friedrich hatte sich kürzlich mit einer Handgranate hochgejagt und Betty war immer noch nicht zurück. So langsam machte sie sich Sorgen. Vielleicht war sie im Wald, Hasen fangen. Bestenfalls hatte sie die ganze Zeit dem Weltuntergang zugesehen. Bei der kleinen Kapelle standen immer noch ein paar Unerschütterliche, obwohl es angefangen hatte zu regnen. Das wusste sie von Guste, die ihr vorhin den Topf zurückgebracht hatte.

»Die stehen da wie die Ölgötzen, lauschen andächtig diesem Asmodi und warten auf den jüngsten Tag.«

Betty hatte sie nicht gesehen. Warten war auch nicht ihre Stärke. Im Gegenteil. Dieses Kind war nicht zu bändigen. Der Lehrer hatte es ihr ins Zeugnis geschrieben. Neugierig, vorlaut und geschwätzig sei sie. Ihr fehlten die feste Hand des Vaters und die häusliche Erziehung der Mutter. Letzteres im Besonderen. Als ob Edith etwas dafür konnte, dass an Betty ein Junge verloren gegangen war. Statt Topflappen zu häkeln, fing sie Kaninchen. Gab man ihr ein Wollknäuel in die Hand, verwandelte sie es zuverlässig in einen unentwirrbaren Knoten. Edith gab sich alle Mühe, ihrer Tochter die Grundfertigkeiten einer guten Hausfrau beizubringen. Letztendlich gab sie auf und tröstete sich, weil man Topflappen nicht essen konnte, Kaninchen aber schon. Also quälte sie Betty nicht länger mit Handarbeiten und verkniff sich jede Bemerkung, wenn Betty mal wieder mit einem toten Hasen und kaputten Strümpfen nach Hause kam, denn es nützte alles nichts.

In solchen Momenten sehnte sie sich Otto herbei. Mit dem hatte sie immer alles besprochen. Sie war es leid, das Alleinsein. In den Nächten träumte sie von ihm. Sie sah ihn vor sich in dieser schrecklichen Uniform. Der Mann, der darin gesteckt hatte, war nicht mehr ihr Otto gewesen. Ihrer war Schneider und kein Soldat. Er konnte auch Torf stechen und Buchweizen aussäen. Er kannte sich mit schwankenden Böden aus, anders konnte man hier nicht überleben. Mit Kanonen und Bomben hatte er nicht umzugehen gewusst. Sie erinnerte sich an den Frühlingstag vor acht Jahren, wie er in den Zug gestiegen war, widerwillig, weil er wohl schon ahnte, dass die Sache für ihn nicht gut ausgehen würde. Einen einzigen Brief hatte er ihr geschrieben.

Zu Felde, April 1941

Meine liebe Edith!
Bestimmt hast du meine Gedanken gehört. Die ganze Bahnfahrt über, so eine Woche, habe ich an nichts anderes denken können als an dich. Ich bin nur halb hier und noch halb bei dir und unserer kleinen Elisabeth. Es ist so leer um mich, obwohl wir wie die Ölsardinen in der Dose leben, eng auf eng. Mein Heimweh ist so stark, das musst du spüren.
Wo ich bin? In Russland. Mehr kann ich dir nicht sagen, aber niemals hätte ich gedacht, so weit wegzumüssen in meinem kleinen Leben, aber ich muss nach vorn schauen. Bisher konnten wir gute Gewinne machen. Wenn es so weitergeht, ist der Krieg bald gewonnen und ich werde wieder zu Hause sein. Ich wollte dir auch schon längst schreiben, nachdem wir angekommen waren, aber dann ging es gleich ins Feld. Später gab es Schnaps und Bier, Josef hatte Geburtstag, dabei war mir nicht danach zumute.
Meine liebe Edith, ich hoffe, es geht euch gut und ihr kommt zurecht. Blüht denn der Holunder schon vor dem Haus? Und hast du den Buchweizen gesät? Nun muss ich fürs Erste schließen. Ich drücke dich an mein Herz und küsse dich tausend Mal. Gib unserer kleinen Elisabeth etwas davon ab.

Dein dich liebender Otto

Edith hatte ihm wohl hundert Mal zurückgeschrieben. Nie war eine Antwort gekommen. Wie oft war sie später zu dem kleinen Bahnhof geradelt, wenn es hieß, dass Männer aus der Gefangenschaft heimkehrten. Jedes Mal hatte sie gehofft, dass ihrer dabei war, aber sie wurde immer enttäuscht. Sie konnte nur die Rückkehrer ausfragen, ob sie etwas von Otto Abels wussten. Reinke Cordugas, der Sohn vom Wirt, der hatte tatsächlich eine Geschichte zu erzählen gehabt.

»Im Lazarett in Sologubowka, im Keller von Maria Himmelfahrt, da haben sie Arme und Beine im Akkord abgesägt.« Er hatte dabei auf seinen Beinstumpf geschlagen. »Aber deinen Otto, den hat's schlimmer erwischt. Unten alles weg. Der Mensch ist ja doch nur ein Klumpen Fleisch, ein Tier aus Knochen und Muskeln. War kein schöner Anblick, so ganz allgemein. Erkannt hätte den keiner mehr. Kannst von Glück sagen, dass der das nicht überlebt hat.«

Einen Moment lang konnte sie Anni verstehen, die so gerne um sich schlug, wenn ihr alles zu viel wurde. Wie konnte Reinke nur glauben, dass sie sich freute, wenn Otto nicht mehr lebte! Sie hätte ihn in jedem Zustand zurückgenommen.

Woher er dann wisse, dass es tatsächlich Otto gewesen sei, hatte sie stattdessen gefragt. Ob man bei ihm eine Erkennungsmarke gefunden habe oder Papiere. Ihre Briefe vielleicht. Da hatte Reinke mit den Schultern gezuckt. »Das nicht. Aber er hatte so einen Ring.« Er zeigte auf Ediths rechten Ringfinger. »So einen, wie du auch trägst. Weißgold. Hat auch nicht jeder und er hat immer davon gesprochen, dass du es ihm wert warst. Außerdem hat er unser Platt gesprochen.«

»Platt sprechen einige.«

Sie hatte Reinke stehenlassen und beschlossen, ihm nicht zu glauben.

»Der liegt in fremder Erde! Kannst mir glauben!«, hatte Reinke ihr noch hinterhergerufen. Das war vor zwei Jahren gewesen.

Diese verfluchte Erde!, dachte sie. Der konnte man nicht trauen.

Edith sah aus dem Fenster. Der Himmel war heute wie Blei. Die Dämmerung hatte schon eingesetzt und es nieselte. Betty war in ihrer dünnen Strickjacke losgelaufen. Sie hätte längst zurück sein müssen.

In diesem Moment wurde die Tür aufgestoßen, das verzogene Holz schabte über den Boden. Na endlich! Edith griff nach der Siebenschwänzigen, die auf dem Tisch lag, weil sie damit ein Stück Stoff ausgeschlagen hatte und weil die auch dazu taugte, einem widerspenstigen Kind Manieren beizubringen.

»Na tööv!«

Aber es war nicht Betty. Theo stand in der Küchentür. Er grinste. »Moin, Edith. Krieg ich jetzt Haue?«

Sie ließ die Peitsche sinken. »Hast du denn welche verdient?«

»Hat man das nicht immer?«

Edith hängte den Knüppel mit den sieben Lederriemen an den Haken neben der Tür, griffbereit. Sie setzte sich.

»Betty.«

»Was hat sie denn wieder angestellt?«

»Rumtreiben tut die sich. Die sollte etwas erledigen, aber die ist bestimmt bei diesem Professor Asmodi hängen geblieben.«

»Da komm' ich gerade her.«

»Ach! Und?«

»Betty habe ich nicht gesehen.«

»Schreibst du einen Artikel über den Weltuntergang?«

»Würde ich gerne. Aber der fällt wohl wieder aus. Auf den Kometen ist kein Verlass.«

Er setzte sich an den Tisch und rieb sein wehes Bein. Da hatte ihn ein Splitter getroffen, der wanderte nun darin herum.

»Wer war denn alles da, bei diesem Professor?«

»Seine Jünger. Wie die diesen Kerl angehimmelt haben. Wie den Christus persönlich. Aber heute ist wieder keiner in den Himmel aufgefahren.«

Edith goss Kaffeeersatz in eine Tasse und schob sie ihm hin. Er trank einen Schluck. »Was ist denn nun mit Betty?«

»Ich hab sie nur zu Anni geschickt, Eier holen, kurz nachdem du los bist. Hoffentlich ist nichts passiert.«

»Kinder vertüdeln sich eben. Die kommt schon.«

Woher nahm er nur die Unerschütterlichkeit, dass immer alles gut wurde. Manches Mal brachte er Edith damit auf die Palme, aber nun lächelte er. Sie mochte das. Er war kein schöner Mann, aber freundlich und zuverlässig. Klein und gedrungen, mit einem rundlichen Gesicht und aschblonden Haaren sah er aus wie tausend andere Bauern in dieser norddeutschen Moorgegend, dabei hatte er auf Lehrer studiert, bis ihm der Krieg dazwischengekommen war. Seit der *Moorbote* wieder gedruckt wurde, schrieb er für die Lokalzeitung und hauste auf seinem Hof, der langsam verkam, weil er nun mal kein Bauer war.

Edith setzte sich zu Theo an den Tisch. »Die ist seit Stunden unterwegs und es wird schon dunkel. Ich weiß nicht, was ich mit der Deern noch anstellen soll.«

»Die ist schon recht.«

Da erzählte sie von Wienert und was er Betty ins Zeugnis geschrieben hatte.

»Der!« Theo winkte ab. »Das musst du nicht so ernst nehmen. Wenn Betty erstmal aus der Schule ist, kräht da kein Hahn mehr nach.«

Edith stand wieder auf. Sie blieb mit ihrer Tasse am Fenster stehen. Die Hecke war noch kahl und auch der Holunder hinter dem Haus. Hier und da lag ein Rest Schnee. Der März konnte sich nicht entscheiden, ob er noch Winter oder schon Frühling sein wollte. »Und wenn jemand Betty einfach mitgenommen hat? Sind ja so viele Fremde im Dorf.«

»Ach was! Jetzt mal den Teufel nicht an die Wand. Ist noch nicht mal Abend.«

Sie trank die Tasse leer. Der Kaffeeersatz war vom langen Stehen auf dem Herd schon sämig und bitter geworden. Draußen fing es nun an zu regnen. Hoffentlich hatte Betty wenigstens den Mantel schon zu Anni gebracht, sonst wurde der auch noch nass und Anni würde keine Eier herausrücken. Da kannte die nichts.

Theo holte seine Pfeife aus der Westentasche. Er steckte sie gerne kalt in den Mund, denn es fehlte ihm meistens am Tabak. Heute fummelte er ein Taschentuch hervor. Er wickelte einen angerauchten Zigarrenstumpen aus, brach ihn durch und stopfte die eine Hälfte in die Pfeife, die andere wickelte er wieder ein.

»Ist bei dir der Wohlstand ausgebrochen?«

Er steckte den halben Stumpen wieder in die Westentasche zurück. »Die halbe Zigarre hab ich zwischen den Grabsteinen gefunden, bei der Kapelle.«

»Wer schmeißt denn sowas weg!«

Theo riss ein Streichholz an, hielt die Flamme an den

Tabak und paffte. Die Glut fraß sich knisternd hinein, und dann stand Betty plötzlich in der Küche, zerzaust, mit kaputten Strümpfen und blauem Kinn. Theo ließ die Pfeife sinken und verbrannte sich fast am Streichholz. Edith schlug die Hände über dem Kopf zusammen.

»Was haben die mit dir gemacht!«

Betty stellte den Eierkorb auf den Tisch. »Zwei sind mir runtergefallen.« Sie sprach so leise, dass man sie kaum verstehen konnte. Eine Hand versteckte sie in der Schürzentasche.

»Und was hast du mit deiner Hand gemacht?«, fragte Edith.

Betty zog sie heraus und zeigte sie vor, sie war unversehrt und leer.

»Hast dich mit den Jungs geprügelt?«

Betty nickte.

»Was bist du bloß für ein Menschenskind! Da schickt man dich einmal los, und was machst du?!«

»Nun lass sie doch erstmal zu sich kommen«, mischte Theo sich ein und paffte einen perfekten Kringel in Bettys Richtung. Er lächelte wieder. Betty rang sich ebenfalls ein kleines Lächeln ab.

»Na bitte. Geht doch. Und jetzt wäscht du dir erstmal den Dreck ab und dann sieht die Welt anders aus.« Er klopfte ihr auf die Schulter. »Das wird schon wieder.«

Betty verschwand in die Waschküche, offensichtlich erleichtert. Man hörte, wie sie Wasser pumpte. Edith wandte sich Theo zu. »Dass du immer so nachgiebig bist! Die soll sagen, was passiert ist!« Sie war wütend. »Die kann doch nicht machen, was sie will! Auf Otto hätte sie gehört.«

Theo rauchte und schwieg, bis sie sich wieder hingesetzt hatte.

»Soll ich gehen und dich in Ruhe lassen?«

»Ach was! So hab ich das nicht gemeint. Aber die Leute zerreißen sich schon das Maul über unser *Bratkartoffelverhältnis*.«

»Na und? Die reden immer.«

»Und wenn Otto doch wieder in der Tür steht? Nicht zu wissen, was Sache ist, macht mich ganz vogelig.«

»Der ist seit acht Jahren verschollen. De is dood.«

Sie stand wieder auf und griff nach dem Schüsseltuch. Sie wischte den Tisch ab, obwohl der nicht schmutzig war.

»Und wenn nicht? Man hört die dollsten Sachen. Sind doch immer noch welche in Russland in Gefangenschaft. Ich weiß einfach nicht, was ich tun soll!«

»Dich hinsetzen und endlich mal sitzen bleiben.«

Sie tat es. Er nahm ihr das Schüsseltuch aus der Hand und beugte sich vor. »Es ist doch ganz einfach: Ich vermisse Lise, du vermisst Otto und wir beide mögen uns.« Er lehnte sich zurück und sog an seiner Pfeife. »Noch Fragen?«

6

Sie sagten, der Krieg sei aus, seit vier Jahren habe man Frieden. Er konnte sich an nichts erinnern. Ein Krieg musste aber gewesen sein, denn es lag alles in Schutt und Asche. Er war auch kaputt. Ihm fehlten die Beine. Wenn er sich zu erinnern versuchte, wie sein Körper so zuschanden gekommen war, stießen seine Gedanken gegen eine Wand. In der Nacht träumte er von aufspritzender Erde und zersplitternden Knochen. Wieder und wieder träumte er diesen Traum und traute sich kaum, die Augen zu schließen, nur fielen die irgendwann von selbst zu und dann ging alles von vorne los. Bei allem Unglück durfte er nicht klagen, denn es hätte ihn noch schlimmer treffen können. Er sah das Elend jeden Tag, all die Krüppel und Versehrten. Er lebte mit ihnen zusammen in einem Heim für Zermalmte, die kein Zuhause mehr hatten. Wer hier untergekommen war, konnte von Glück sagen, denn es gab viel zu viele, die auf der Straße vor sich hin vegetieren mussten, bis sie jämmerlich verreckten.

In dem Heim ging es zu wie in einem Bienenstock, es war ein ständiges Kommen und Gehen. Er gehörte schon zu den Alteingesessenen und es wäre nicht das Schlechteste, sein Leben hier zu verbringen. Er hatte ein Dach über dem Kopf und ein Bett. Zu essen gab es zwar nie genug, aber zum Überleben reichte es und was konnte einer wie er schon groß verlangen.

Als sie ihm eines Tages eröffneten, er werde in ein psychiatrisches Hospital überwiesen, wegen seiner Amnesie und weil sie sein Bett für jemand anderen brauchten, der es nötiger habe, da überkam ihn große Furcht. Zu den Verrückten wollten sie ihn also abschieben. Er sah lauter Käfige vor sich, in denen Menschen an den Gitterstäben rüttelten und vor sich hin siechten. Er war aber nicht verrückt. Ihm fehlte nur die Erinnerung. Also erfand er sich eine neue. Husum. Da stamme er her, da wohne seine Familie. Er habe da eine kleine Hofstelle gehabt vor dem Krieg.

Von dem Ort hatte ihm einer im Lazarett erzählt. Der sprach auch diese Sprache, die nach Torffeuer roch. Sein altes Leben musste sich irgendwo in dieser Gegend abgespielt haben, denn er fühlte sich im Plattdeutschen eher zu Hause als im Hochdeutschen. Je länger er darüber nachdachte, desto mehr gefiel ihm der Gedanke, in diese Gegend aufzubrechen, in der sie seine Sprache sprachen. Letztendlich hatte er nicht mehr zu verlieren als sein armseliges Leben. Also machte er den Ärzten und Schwestern vor, dass er sich wieder erinnerte. Manchmal glaubte er schon selbst an den Husumer Hof, an Frau und Kind und dass es ein einfaches, aber gutes Leben gewesen war, für das es sich lohnte, das Heim schon bald aufzugeben, das bei Lichte besehen auch nur eine zerbombte Schule war. Die eine Hälfte stand noch. Zu zehnt schliefen sie in einem Klassenraum. Die Winter waren kalt, die Suppe dünn. Wer konnte, arbeitete, um zum Unterhalt beizutragen. Er flocht Körbe und band Besen. Das beherrschte er gut. In seinem früheren Leben musste er das auch schon gemacht haben, denn seine Hände erinnerten sich sofort, nachdem man ihm Binsen und Reiser hineingelegt hatte. Das Musikmachen brachte er sich selbst bei, weil ein *Ohnearm* dem *Ohnebein* seine Mundharmonika geschenkt hatte.

Mit diesen Fähigkeiten würde er da draußen zurechtkommen oder auch nicht. Also bat er um seine Entlassung.

Nun hockte er in einer rollenden Kiste, die er noch im Heim aus einem kaputten Kinderwagen gebaut hatte, und starrte auf die Beine der Mitreisenden. Der Zug platzte aus allen Nähten. Zerlumpte Gestalten in abgerissenen Wattemänteln kehrten aus Russland, Jugoslawien oder Litauen zurück, und aus Gegenden, von denen er nie gehört hatte. Einen fragte er, warum dieser Krieg denn überhaupt verloren sei, wo sie doch so weit gekommen waren. Das wusste er noch, aber er fragte kein zweites Mal. Er redete überhaupt nur noch wenig, weil er die Welt nicht mehr verstand. Stattdessen spielte er dem ganzen Waggon auf und die Heimkehrenden versorgten ihn dafür mit allem, was sie entbehren konnten. Viel war das nicht, aber er hatte schlimmere Zeiten erlebt. Mal steckte ihm jemand einen Zigarettenstummel in den Mund, aus dem noch zwei, drei Züge herauszuholen waren. Mal gab ihm einer ein Stück hartes Brot, das der unterwegs in einem verlassenen Haus gefunden hatte. Der Zug hielt oft genug auf freier Strecke, die Gleise waren an vielen Stellen noch geborsten, die Bahn kam mit dem Reparieren nicht nach. Man musste weite Umwege machen und Geduld haben. Nicht selten dauerte der Halt einen Tag oder mehr. Wer konnte, ging hamstern. Einmal brachte jemand einen ganzen Eimer Vielfruchtmarmelade mit, den er im Keller eines verlassenen Geschäftshauses gefunden hatte, nur gab es kein Brot dazu. Sie schöpften den Schimmel ab und löffelten den Eimer leer. Manchen wurde davon übel, aber die Fahrt ging endlich weiter.

Er saß im Mittelgang. Wenn er den Blick hob, konnte er durch den oberen Teil der Zugfenster den Himmel sehen. Da zogen Wolken vorbei, manchmal auch Wildgänse. Er hockte sich in der Kiste den Hintern wund, aber es konnte nicht mehr lange dauern. Vielleicht noch ein paar Tage, höchstens eine Woche. Einige Male mussten sie umsteigen, dann trugen sie ihn, weil er so schön die alten Lieder spielte. Die waren noch in seinem Kopf gewesen. Das *Ännchen von Tharau* und *Auf, du junger Wandersmann.* Damit brachte er selbst die harten Kerle zum Weinen.

Als sie weit genug in den Westen gekommen waren, trennten sich die Wege. Manche fuhren in den Süden, manche gingen zu Fuß die nächstbeste Straße entlang, weil sie nicht so recht wussten, wohin. Er machte sich mit dem Rest in den Norden auf. Je näher sie der Heimat kamen, desto öfter wurden Fotos hervorgekramt und herumgezeigt. Eltern, Frauen und Kinder waren darauf zu sehen, auch Bauernhöfe, Läden, Fischkutter und Kirchtürme, von denen sicher nicht mehr alle existierten. Er sah sich jedes Foto an und merkte sich die Geschichten, die dazu erzählt wurden. Vielleicht konnte er die eine oder andere noch gebrauchen, denn sein Husumer Märchen stand noch auf wackligen Beinen. Je öfter er es erzählte, desto mehr schmückte er es aus. Dass seine Frau Edith hieß, glaubte er nun selbst. Es musste so sein, denn er trug einen Ring am kleinen Finger. Ein schmaler Reif, Silber oder Weißgold, mit Gravur. *Edith. 5. April 1936.* Im Lazarett hatten sie ihm den Ring gegeben. Er habe ihn in der Hosentasche bei sich getragen. Also musste er wohl ihm gehören. Er hatte den Namen seiner Frau geübt. *Edith, Edith, Edith.* Es wurde sein tägliches Gebet, obwohl der Ring ihm nicht passte. Das machte ihm Sorgen, denn so einen Ehering, den trug man am Ringfinger und ließ ihn dort einwachsen, den steckte man sich nicht in die Hosentasche.

Andererseits: Woher sollte so ein Ring kommen, wenn es nicht sein eigener war?

Die Zweifel blieben.

Wenn er nachts alleine war mit der Dunkelheit in seinem Kopf, dann fragte er sich, ob er diese Edith überhaupt finden wollte. Würde sie einen Krüppel wieder aufnehmen? Würde sie ihn lieben und er sie? Er wusste nicht einmal, wie sie aussah. Manchmal versuchte er, sich ein Bild zu machen. Er mochte die Rothaarigen, mit einer Haut wie Milch und mit vielen Sommersprossen. Prall sollte sie sein und kein Klappergestell, aber selbst diese Träume weckten kein Echo und die Hoffnung, dass er an sein altes Leben anknüpfen konnte, schwand. Er kannte nicht einmal mehr seinen eigenen Namen.

Sie hielten in einer zerstörten Stadt. Berlin, so hieß es. Sie überquerten die Sektorengrenze, es gab Kontrollen. Statt Russisch hörten sie nun ein breites Englisch. Zum ersten Mal sah er Amerikaner, darunter welche mit fast schwarzer Haut. Ein Soldat erklärte ihnen, dass es erst am nächsten Tag weiterging mit der Fahrt. Also hoben die Kameraden ihn aus dem Wagen, damit er sich auch ein bisschen umsehen und frische Luft schnappen konnte.

Er bereute sofort, dass er sich darauf eingelassen hatte, denn hier draußen stank es nach Frühling. Da er den anderen nicht noch mehr zur Last fallen wollte, zog er die Fäustlinge über, die er sich in dem Versehrtenheim aus alten Lumpen genäht hatte. Sie ersetzten ihm die Schuhe. Er stieß sich mit den Händen vom Boden ab und holperte auf den Kinderwagenrädern den Kameraden hinterher.

Er kam an einem verrotteten Panzer vorbei. Der rote Stern war noch zu erkennen. Unter den Ketten blühten Osterglocken. Die riss er aus, denn er konnte diese fürchterliche Frühlingshoffnung nicht ertragen, dass nämlich alles wieder gut und schön werden sollte, nun, wo Frieden war. Für einen wie ihn galt das nicht. Als er die Blumen zerfetzt hatte, fand er seine Kameraden nicht mehr. Die waren schon weiter in die Stadt gegangen. Also machte er sich allein auf den Weg.

Berlin war ein einziger Schutthaufen. Ein paar Fassaden standen noch, durch die Fensterlöcher blickte man in den Himmel, aber die Stadt lebte. Er spürte ihren Puls, während er die freigeräumten Straßen entlangrollte. Es gab Wege quer durch die Ruinen, er kam einigermaßen gut voran. Straßenbahnen fuhren, vereinzelt sah man Automobile. Das Erstaunlichste aber war, dass zwischen den Häusergerippen Läden und Cafés geöffnet hatten, als sei nichts gewesen. Die Menschen saßen in der blauen Luft, lasen Zeitung, plauderten und lachten. Kunden kauften Ware, man zählte wieder sein Geld. Männer in Anzügen, Frauen in hübschen Kleidern, Verliebte, Mütter mit Kindern, Männer mit Aktentaschen, sie alle schlenderten an den Elenden vorbei, solchen, wie er einer war. Die gab es auch an jeder Ecke. Sie bettelten auf den Trottoirs und in den Hauseingängen. Er blieb stehen und sah sich um. Da steckten auch ihm Flaneure etwas zu. Dabei wollte er nichts geschenkt haben. Also nahm er seine Mundharmonika und spielte. *Mien Jehann* und *Matten de Haas*. Die Leute blieben stehen, hörten zu. Das Geschäft lief gar nicht mal so schlecht. Vom Erlös konnte er sich in einem Café ein Glas Dünnbier und eine Scheibe Brot ohne alles kaufen. Das war doch gar nicht mal so schlecht. Ein Gedanke kam ihm, nämlich, dass sein zukünftiges Leben getrost so aussehen konnte, Edith hin oder her. Wahrscheinlich hatte die sowieso mittlerweile einen anderen und ihn längst vergessen, weil sie glauben musste, dass er tot war. Ihm gefiel der Gedanke, einfach hierzubleiben. Die Suche hätte ein Ende. Er bliebe einer der vielen Namenlosen und lebte einfach so in den Tag. Während ihm das dünne Bier zu Kopf stieg, sah er sich schon als Straßenmusikanten in einer Berliner Chaussee. Ein Kellerloch zum Schlafen würde sich schon finden, Ruinen gab es hier mehr als genug und zum Betteln war ein Ort so gut wie jeder andere.

Er lächelte. Das war ihm auch schon lange nicht mehr passiert. Sollte der verfluchte Frühling ruhig kommen – er würde noch ein bisschen leben.

7

Guste löffelte den Topf aus. Es roch nach Kohlsuppe. Edith hatte Betty heute wieder hingeschickt, damit Guste etwas zwischen die Zähne kriegte, denn man hörte schon die Knochen klappern, wenn sie durchs Dorf ging. Sonst erbarmte sich im Dorf selten einer, denn Gustes Geschichten wollte sich niemand anhören.

Betty hatte nichts dagegen. Sie saß am Tisch und sah Guste beim Essen zu. Geschlafen hatte sie kaum. Ihr Gewissen quälte sie. Die Hand suchte immer wieder nach dem Geldstück in der Schürzentasche. Sie sah Willi vor sich, wie er geguckt hatte, und die Beule an seiner Stirn. Die kam von ihr. Sie hatte das getan. Sie kannte sich selbst kaum wieder.

»Hast du Kummer?«, fragte Guste.

Betty schüttelte den Kopf.

»Da ist doch was.« Sie legte den Löffel hin. »Ich seh's dir an.«

Betty spürte, wie ihr das Blut zu Kopfe stieg. Anscheinend stand ihr der Diebstahl ins Gesicht geschrieben. Fünfzig Pfennig. Davon konnte man sich ein großes Brot kaufen oder ein halbes Pfund Kaffee. Betty dachte immer wieder, dass sie beichten sollte, aber sie schämte sich zu sehr.

»Oder quält dich der Hunger?« Guste lächelte. Betty brachte vor Erleichterung nur ein Nicken zustande und ihr Magen fing wie auf Kommando an zu knurren.

»Hab ich's doch gewusst. In deinem Alter hat man immer Kohldampf.«

Sie zog eine Schublade unter der Tischplatte auf, reichte Betty einen Löffel und schob den Topf in die Mitte des Tisches. »Nun iss man. Reicht doch für uns beide.«

Also langte Betty zu.

»Wer hat dich denn überhaupt so zugerichtet?«, fragte Guste. Betty ließ den Löffel sinken und fasste sich ins Gesicht. Sie hatte ganz vergessen, dass die Sache mit Anni Spuren hinterlassen hatte.

»Ach, das. Ich bin hingefallen.«

Guste fragte nicht weiter nach. Das war das Gute an ihr, dass sie zwar neugierig war, aber auch gnädig, jedenfalls zu denen, die sie mochte.

»Geht die Geschichte noch weiter?«, fragte Betty, als sie den letzten Rest aus dem Topf gekratzt hatte.

»Ah! Die Geschichte. Natürlich. Die geht weiter, und zwar mit einer großen Hoffnung.« Guste leckte ihren Löffel blank und legte ihn zurück in die Schublade. Dann lehnte sie sich zurück.

»In den ersten Jahren ging es gut voran. Der Mann und seine Frau haben hart gearbeitet und jeden Tag konnten sie sehen, was sie getan hatten.

An einem Tag brannten sie ein Stück Moor ab. In die Asche säten sie den Buchweizen. Sie konnten zugucken, wie der gewachsen ist! Und wie üppig der geblüht hat. Weiß und hellrot. Ein Gebrumm war das in den Blüten, das kann man sich nicht vorstellen. Schon am frühen Morgen waren die Bienen unterwegs, kaum dass die Sonne aufgegangen ist, weil der Buchweizen so herrlich geduftet hat. Du weißt doch, wie der riecht?«

Natürlich wusste Betty das. Süß roch der. Guste fuhr fort. »Was soll ich sagen: Alles wuchs und gedieh. Der Mann und die Frau haben dem lieben Gott dafür gedankt und auch dem König von Preußen, weil der so großzügig gewesen war, ihnen das Stück Moor zu überlassen und die Pacht erst nach fünf Jahren zu verlangen.«

Guste atmete tief. Heute ging es ein bisschen leichter, aber das Erzählen strengte sie an. Betty brachte ihr einen Becher mit Wasser. Sie trank, schloss die Augen und wartete, bis ihr Atem sich beruhigte.

»Geht's wieder?« Betty rechnete schon damit, nach Hause geschickt zu werden.

»Komm näher. Dann muss ich nicht so brüllen.«

Betty rückte heran und Guste nahm den Faden wieder auf.

»Immer mehr Siedler sind ins Moor gekommen, so dass es hier bald ein kleines Dorf am Teufelsloch gab, das den Namen Unnenmoor bekam. Die Bauern beschlossen, eine Kapelle zu bauen, denn der Weg zur Kirche war weit. Als die fertig war, legten sie zusammen und kauften eine Glocke. Die schlägt uns heute noch. In dieser Kapelle wurde im vierten Sommer das erste Kind des Moorbauern und seiner Frau getauft. Ein Sonntagskind und ein Junge.«

»Ich bin auch in der Kapelle getauft!«, rief Betty.

»Wer ist das nicht. Also. Der Moorbauer und seine Frau mussten von nun an mehr arbeiten, denn es waren jetzt drei Mäuler zu stopfen. Einmal in der Woche haben sie den fertigen Torf mit dem Handkarren in die nächste Stadt gefahren, auf den Markt, um ihn zu verkaufen, aber das brachte nicht viel ein. Also flocht die Frau Körbe, der Mann hat Besen gebunden, nützliche Dinge, die jeder brauchte, aber es reichte immer noch nicht, denn die fünf

Jahre flogen vorbei und sie hatten nicht genug übrig, um die Pacht zahlen zu können. In diesem fünften Jahr wollte auch kein Buchweizen mehr wachsen, es ging ihnen allen so, denn der Boden war ausgelaugt und musste sich erstmal erholen. Das dauerte gut zwanzig Jahre, aber was sollten sie so lange essen? Als das zweite Kind geboren war, fand sich im Brotschrank kein Krümel mehr. Der Bauer nahm in seiner Verzweiflung das Pachtgeld, das sie zurückgelegt hatten, und kaufte eine Ziege für Milch und Käse. Der Beamte, der die Pacht eintreiben wollte, nannte ihn einen Dieb und drohte mit dem Kerker. Der Pastor wetterte von der Kanzel vom Teufel und von der Hölle, die den Dieben drohte, als hätten sie sich abgesprochen. Also strengten sich die Siedler noch mehr an, es musste ja wieder reinkommen, das Geld. Zu allem Überfluss schenkte Gott, der Allmächtige, ihnen auch noch Zwillinge. Der Bauer verfluchte ihn und der Pastor musste geholt werden für die Nottaufe und die Sakramente.«

»Warum?«

»Na, weil sie gestorben sind. Und die Frau auch.«

»Das ist eine traurige Geschichte.«

»So war das im Moor.«

»Und wurde alles wieder gut?«

»Ich fürchte, erstmal wurde alles nur noch schlimmer. Der Mann ist dann zum Amt gegangen und hat um Aufschub für die Pacht gebeten, aber der König hat ihm seine Beamten wieder auf den Hals geschickt, die haben das Vieh weggenommen. Da hat er an die Armenkasse geschrieben, aber es hat alles nichts genützt. Der Mann hat sich die Schuld gegeben, weil er ein Dieb war und weil er geflucht hat, und dann ist ihm auch noch das Mittlere gestorben, da war nur noch das Sonntagskind übrig. Sechs

Jahre alt. Das konnte schon gut die nassen Soden aufschichten, bis es eines Tages vom Erdboden verschluckt wurde. Der Mann hat seinen Sohn überall gesucht, aber er hat ihn nicht mehr gefunden und nie wieder von ihm gehört.«

»Was ist mit dem Sonntagskind passiert?«

»Das weiß keiner. Er ist wohl gestohlen worden, weil Kinderfänger in der Gegend waren, die haben welche mitgenommen und an die Kohlenstollen verkauft.«

Guste schwieg jetzt. Sie atmete schwer und rasselnd. »Es reicht«, sagte sie.

»Aber geht die Geschichte für den Mann noch gut aus?«, wollte Betty wissen.

Guste musterte sie. »Sieh du zu, dass deine Geschichte gut ausgeht.« Sie strich über Bettys Kinn. »Hast doch wieder was angestellt, oder?«

8

Betty ging nach Hause. Sie machte einen Umweg durch das Moor, denn ihr spukte nicht nur Gustes Geschichte durch den Kopf. Das schlechte Gewissen quälte sie. Ja, sie hatte etwas angestellt!

Der Fünfziger glühte in ihrer Hand. Mehrmals blieb sie stehen und sah sich verstohlen um, ob jemand in der Nähe war, man wusste nie. Irgendwo lauerte immer eine Pilzsammlerin, ein Jäger oder sonst wer. Dabei wäre es so einfach, die Münze in den Graben zu werfen oder, besser noch, in einem Tümpel zu versenken, wo sie auf den Grund sank und nie wieder hochkam. So lief sie durch das Moor auf der Suche nach einer heimlichen Stelle, wo sie das Geldstück loswerden konnte, aber es ergab sich keine Gelegenheit. Einmal war sie so weit, da fuhr weit hinten jemand mit dem Motorrad vorbei und winkte. Es konnte wohl Theo gewesen sein. Dann stand sie vor einem der Mooraugen, die Hand schon ausgestreckt, sie musste nur noch loslassen. Im schwarzen Wasser sah sie ihr Spiegelbild und dann den Spökenfritz. Der tauchte hinter ihr auf, wie aus dem Boden gewachsen.

»Na? Heimlichkeiten?«

Sie steckte die Münze wieder ein und plapperte irgendwas daher. Das sei ein Experiment für die Schule. Da schüttelte er nur den Kopf. Lügen könne sie schlecht.

»Pass bloß auf. Die Glöhnigen, die holen alles Schlechte wieder ans Licht.«

Die Glöhnigen. Das waren die Verdammten, die im Moor hausten. Manchmal zeigten sie sich als kleine Lichter und holten sich, wen sie kriegen konnten, vor allem aber die Sünder. Sie bekam es mit der Angst zu tun und floh. Der Spökenfritz lachte ihr in den Rücken und jeder Ton stach.

Sie rannte weiter und weiter, guckte nicht mehr auf den Weg und stand plötzlich vor der krummen Katie. Die hatte sie am allerwenigsten erwartet.

»Was machst du denn hier?«, fragte sie erschrocken.

»Was ich hier mache?« Der Ärger war Katie anzuhören. »Das sollte ich wohl besser dich fragen. Hatte schon Angst, da kommt eine Rotte Wildschweine aus dem Wald, so wie sich das angehört hat. Aber dann ist das nur eine freche Göre mit Unsinn im Kopf.«

Betty zupfte verlegen Zweige aus ihrer Strickjacke. Sie war durch den Krüppelwald getrampelt, hatte Stöcke vom Boden aufgehoben und gegen die Baumstämme geschlagen, weil in ihrem Kopf alles durcheinanderging. Am Schwarzen Weg war sie aus den Büschen gekommen und der krummen Katie vor die Füße gelaufen. Die hatte vor Schreck die Deichsel ihres Handwagens fallen lassen.

»Tut mir leid. Ich hab dich nicht gesehen«, sagte Betty kleinlaut. Katie nahm die Deichsel wieder auf und lehnte sie an den Wagen.

»Wie alt bist du jetzt?«, fragte sie.

»Bald zwölf.«

»Und dann benimmst du dich immer noch wie ein wildgewordener Handfeger!« Es huschte aber ein Lächeln über ihr Gesicht. Die grauen Augen schauten weniger streng und Betty atmete auf.

»Ist dein Winterschlaf vorbei?«, fragte sie.

»Jawoll. Jetzt ist Frühling und ich denke mal, dass deine Mutter wieder Garn braucht?«

»Na, und ob! Die wartet schon.«

Katie war Hausiererin. Im ersten Friedenssommer war sie ins Moor gekommen. Sie zog von Frühjahr bis Herbst über Land und von Dorf zu Dorf, um ihre Waren zu verkaufen und Dienste anzubieten, die gerade sehr beliebt waren, über die man aber nicht laut sprach. Sie sagte den Leuten die Zukunft voraus und hatte Tropfen und Pillen für allerlei Wehwehchen, auch für solche, die von der Liebe kamen oder wenn man sie nicht fand. An Leiden fehlte es nicht und Katie war eine von den vielen, die Linderung verkauften. Im Winter, so ging ihre Geschichte, schlafe sie wie ein Bär in einer Höhle. Das hatte Betty sich gemerkt und lange geglaubt.

Die Mutter schwor auf Katies Nähgarn und dieses und jenes aus dem bunten Angebot. Sie kaufte sonst von niemandem an der Haustür und ließ keine Fremden herein. Katie war die Ausnahme. Im Laufe der Jahre war so etwas wie eine Freundschaft daraus geworden, deshalb ging Katie zuerst zu den Abels, wenn sie Unnenmoor besuchte. Danach machte sie die Runde durchs Dorf. Nicht alle öffneten ihr die Tür, weil sie eine Fremde war. Beim Spökenfritz brauchte sie es gar nicht erst zu versuchen. Der jagte sie gleich vom Hof, schließlich war er selbst in Sachen Magie unterwegs. Die meisten aber waren einfach nur misstrauisch, denn es trieb sich viel Volk herum.

Woher Katie kam, hörte man an der Art und Weise, wie sie sprach. Dieses schlesische R, das wie ein Schluck Wasser auf der Zunge rollte, verriet ihre Herkunft. Eine Vertriebene also. Von denen hatten sie mehr als genug. Außerdem musste man bei ihr aufpassen. Sie feilschte wie ein Viehhändler, bis man einschlug, um endlich Ruhe zu haben. Andere kauften ihr etwas ab, weil sie fürchteten, von ihr behext zu werden. Wenn die Kühe nach ihrem Besuch weniger Milch gaben oder die Butter klumpte, dann hatte sie das gemacht, weil sie unzufrieden gewesen war. Ein heimlicher Zauberspruch, eine kleine Verwünschung, damit musste man bei ihr rechnen, aber der Spuk war immer schnell vorbei. So richtig böse war sie auch wieder nicht und sie verkaufte schließlich gute Ware, das musste man ihr lassen. Neben Haushaltsgeräten, Nähutensilien und Wäsche hatte sie Heilsalben, Tinkturen und Kräuter im Angebot, auch solche, die man in der Apotheke nur flüsternd verlangte. Teufelsdreck zum Beispiel. Sie wusste auch, was bei Furunkeln, Ferkelgrippe und Fieber half. Wenn der Schäfer, der Krankheiten besprechen konnte, mal wieder mit seinen Schafen in die Heide gezogen und wenn einem der Spökenfritz zu teuer war, dann kaufte man ihr gerne etwas ab. Außerdem besaß sie ein Erbauge. Das lag in einer Zigarrenkiste, in schwarzen Samt eingeschlagen. Das Auge ließ sie in die Zukunft blicken und beantwortete alle Fragen, ob jemand lebte, gesund wurde oder starb, ob einer den oder jenen liebte und ob man zu Geld kam. Das alles verriet das Auge. Über sich selbst verriet sie niemandem etwas, nicht einmal Edith. Keiner wusste, was die krumme Katie vor dem Krieg gemacht und was sie hierher verschlagen hatte. Nur eines war klar: Das Hausieren war ihr nicht in die Wiege gelegt worden, denn sie trug den Kopf viel zu hoch, das Kreuz zu gerade, den Blick zu offen und gen Himmel gerichtet, als sei sie es gewohnt, über die Köpfe anderer zu bestimmen. Schlesischer Adel, mutmaßte Theo und fügte spöttisch hinzu, dass der heutzutage auch keinen Pfifferling mehr wert sei, wenn ihre Vertreter schon im abgerissenen Mantel eines Generalmajors herumlaufen mussten. Katie trug so einen, man erkannte den hohen Rang noch am roten Kragen. Der Mantel ging ihr bis zu den Knöcheln, der Saum war ausgefranst, ein Ärmel fehlte. Edith hatte ihr im letzten Herbst einen Neuen angenäht, aus dem Rest einer karierten Wolldecke. Für den Ärmel war der noch gut gewesen.

»Sag mal, was ist eigentlich mit dir passiert?«, fragte Katie und riss Betty aus ihren Gedanken. Sie strich ihr sachte über das Kinn, da, wo es noch geschwollen und blau war. Mussten denn heute alle ihr Gesicht anfassen? Sie wandte sich ab.

»Sieht aus, als hättest du dich geprügelt.«

Dass sie hingefallen war, lag ihr schon auf der Zunge, aber Katie konnte man ebenso wenig anlügen wie Guste. Also schwieg sie und guckte auf ihre Füße.

»Kannst mir ruhig sagen, woher du den blauen Fleck hast. Ich krieg's ja doch raus.«

Betty kniff die Lippen zusammen und schüttelte den Kopf. Da schnalzte Katie ärgerlich mit der Zunge. »Ich hab noch eine nagelneue Siebenschwänzige dabei, die kann ich deiner Mutter verkaufen, damit sie dir Manieren beibringt. Oder ist das Antworten jetzt auch aus der Mode gekommen?«

»Wir haben schon so eine.«

»Bei so einem Früchtchen wie dir kann sie gut eine zweite gebrauchen.« Sie ging um den Wagen und schlug die Plane zurück, wohl um die Siebenschwänzige zu holen. Weglaufen hatte keinen Sinn, denn Katie würde gleich zu ihnen nach Hause kommen und wahrscheinlich sogar übernachten. Also stand sie nur da und sah zu, wie Katie in ihren Kisten und Kästen wühlte. Als sie sich aufrichtete, hielt sie aber nicht den Knüppel mit den sieben Lederriemen in der Hand, sondern eine zerbeulte Dose. Sie kam zu ihr zurück, griff Betty wieder unter das Kinn und besah sich die Bescherung von allen Seiten.

»Da hast du einen schönen Handabdruck im Gesicht. Von wem ist der?«

Betty kniff die Lippen zusammen. Eher biss sie sich die Zunge ab, als etwas zu verraten.

Katie seufzte und schraubte die Dose auf. Ein scharfer Geruch, wie nach Franzbranntwein, stieg Betty in die Nase und sie bekam sofort weiche Knie. So roch Anni, wegen ihrer schlimmen Nerven. So roch ihre Mutter manchmal, wenn sie wieder Kopfschmerzen hatte. Man rieb sich die Schläfen damit ein oder den Nacken oder was auch immer. Wenn der Wind ostwärts drehte und die Mutter Migräne bekam, roch das ganze Haus danach und so war es auch bei Anni, denn Franzbranntwein zählte zu den wahren Wundermitteln. Willi bekam auch etwas ab, und wenn es sein musste, genehmigte sich Anni einen Schluck für Herz und Magen. Die Mutter schüttelte darüber immer wieder den Kopf. »Dass sie das überhaupt verträgt!«

Katie tunkte ihren Finger in die Dose, darin befand sich Salbe. »Und jetzt mach die Augen zu.«

Betty konnte gar nicht anders, denn Katies Finger fuhrwerkte schon in ihrem Gesicht herum. »Die wirkt Wunder. Wirste gleich merken. Mach' ich selbst.« Sie massierte die Salbe ein, es tat weh. Betty biss die Zähne zusammen.

»Ein bisschen Arnika, ein bisschen dies und das. Bald siehst du aus wie neu.«

Als Katie fertig war, strich Betty über die geschwollene Stelle. Die Haut spannte schon viel weniger.

»Danke schön!« Betty fand, dies sei ein Anlass, ihre Manieren zu beweisen und dass sie doch welche hatte. Sie knickste. Katie drückte ihr die Dose in die Hand. »Nun tu mal nicht so fein. Mach dir heute Abend nochmal was drauf. Dann ist der blaue Fleck schnell weg.«

»Aber ich hab kein Geld.«

Katie winkte ab. »Lass gut sein.« Sie befestigte die Plane wieder am Handwagen und nahm die Deichsel in die Hand. »Hilf mir ins Dorf. Das ist Bezahlung genug, denn die Wege hier sind so weich wie Butter.«

Betty stellte sich hinter den Wagen und schob, Katie zog. Zu zweit ging es weiter und unter ihren Füßen wippte der Boden im Takt ihrer Schritte. Das Dorf war schon zu sehen, da flog eine Formation Wildgänse dicht über ihren Köpfen hinweg, man hörte den Flügelschlag. Bald passierten sie das Ortsschild, wo der Schwarze Weg in die gepflasterte Dorfstraße überging. Die eisenbeschlagenen Räder von Katies Handwagen rumpelten nun laut über die Steine, so dass alle schon von weitem hörten, dass wer ins Dorf kam.

»Nadeln, Garn, Strümpfe, Nachtwäsche, Töpfe, Siebe, Kochlöffel!« Katie pries ihre Ware an. »Allerbeste Qualität! Gute Salben gegen Rheuma und Gicht! Tropfen gegen Husten und Würmer!«

Das Dorf lag da wie ausgestorben. Nur die Gardinen bewegten sich hinter den Fenstern, hier und da schlug noch schnell eine Tür zu. Man musste sich die Sache hinter vier Wänden erst einmal gründlich überlegen und keiner wollte der Erste sein, der einer Hausiererin hinterherlief. Dass sie schon lange und sehnsüchtig auf Katie gewartet hatten, gab keiner zu, außer die Abel'sche vielleicht und ihre Tochter. Bei denen wusste man nicht so genau, woran man war.

»Kauft bei der krummen Katie!«, krakeelte nun auch Betty. Schließlich war sie ihr etwas schuldig, wegen der guten Salbe. Katie blieb so schnell stehen, dass Betty in den Wagen rannte. Sie wandte sich um. »Wieso krumm?«

Betty begriff nicht sofort, was sie meinte und warum sie so guckte. Dann fiel der Groschen. Woher sollte Katie auch ihren geheimen Beinamen kennen? So nannte man sie nur hinter vorgehaltener Hand. Keiner hätte es gewagt, sie so anzusprechen. Den Namen hatte sie wegen der krummen Geschäfte, die sie angeblich machte. Betty suchte fieberhaft nach einer Ausrede. Ihr fiel keine ein.

Katie winkte ab. »Lass mal. Kann's mir schon denken.«

Sie zogen weiter, bis sie vor der Abel'schen Kate angekommen waren. Edith stand schon in der Tür.

»Wie schön, dass du endlich kommst. Und Betty hast du auch aufgegabelt?« Sie warf ihrer Tochter einen Blick zu, der ein Donnerwetter verhieß. »Und wo ist mein Suppentopf?«

Bettys Knie wurden weich. Den hatte sie bei Guste stehen lassen.

»Nichts als Flausen im Kopf! Da kriegt man keine Vernunft rein in das Kind.«

»Nun sei mal nicht so streng«, lenkte Katie ein. »Betty hat mir geholfen, den Wagen zu schieben.«

Da gab Edith nach und ließ sie ins Haus. Sie ging voran und wechselte das Thema. »Gut, dass du da bist, Katie. Ich hab keinen vernünftigen Faden mehr von deinem guten Garn. Nur noch das mürbe Zeugs aus dem Laden. Muss man doppelt nehmen, sonst reißt das sofort, und für die Maschine taugt das kein bisschen.«

Katie nickte wissend. »Kriegsware. Vielleicht noch feucht im Keller gelagert.«

In der Küche angekommen, zog sie ihren schrecklichen Mantel aus, die Mutter nahm ihn, hängte ihn ordentlich an den Haken neben dem Ofen und strich ihn glatt.

»Ich bürste ihn dir aus.«

»Macht den auch nicht schöner.«

»Da fehlt ein Knopf. Und der Saum muss dringend umgenäht werden.« Edith war ganz aufgekratzt. Sie freute sich wirklich, Katie zu sehen. »Suppe? Steht noch auf dem Herd und ist warm.«

Sie öffnete den Deckel. Die Suppe roch gut, sie war frisch gekocht. Oben schwammen sogar ein paar Fettaugen von der Speckschwarte, die sie ausgelassen hatte. Sie wuchtete den Topf auf die Mitte des Tisches und teilte Teller aus, denn dies war ein besonderer Tag.

Sie aßen und Katie fing endlich an, von der Welt da draußen zu erzählen. Sie kam viel herum, sogar im Ausland. Holland, Belgien, Frankreich. Sie wusste die wunderlichsten Dinge zu berichten. Betty liebte diese Stunden und auch die Mutter hörte gerne zu, wenn Namen fielen wie Amsterdam, Antwerpen, Hamburg, Bremen. Da kam es auf einen Teller Suppe weniger nicht an.

»Und stellt euch vor, einige Städte haben jetzt das Hausieren verboten. Nun muss unsereins aufpassen, wo man hingeht mit dem Karren. Das kommt alles vom neuen Geld.«

Betty griff unwillkürlich nach dem gestohlenen Fünfziger in ihrer Schürze.

»Und was war hier so los?«, fragte Katie und legte endlich den Löffel beiseite.

»Hier war Weltuntergang.« Edith stand auf und räumte den Tisch ab, um Platz zu schaffen für Katies Ware.

»Hab gehört, Asmodi war hier im Dorf?«

»Ach! Du kennst den?«

»Wir sind uns das eine oder andere Mal in die Quere gekommen.«

Mehr wollte sie zu diesem Thema nicht verraten.

Die nächste Stunde verbrachten sie mit schönen und nützlichen Dingen. Nähgarn, Kurzwaren, wattierte Nachthemden, Häkelspitze, Kochlöffel und Haarbänder. Betty schob die Sorgen beiseite, denn es fühlte sich geradezu paradiesisch an. Katie breitete ihre Ware auf dem Küchentisch aus und Edith nahm jedes einzelne Teil in die Hand, um es zu begutachten. Für einen kurzen Moment gehörte es ihr. Dies und das wurde in die engere Auswahl genommen und an die Seite gelegt, wo es dann noch einmal betrachtet wurde. Übrig blieben Nähgarn, Nadeln, ein Teesieb und ein grünes Haarband für Betty. Edith fand, die alte Schleife sei vom vielen Glattziehen am Ofenrohr mürbe und stumpf geworden. Sie fragte Betty, ob ihr die Farbe gefiel, aber die hatte nur Augen für einen Bogen mit Glanzbildern. Wenn man über das feine Papier strich, blieb Flitter an den Fingern zurück. Sie liebte das. Sie besaß sogar ein Album. Ein Schulheft, das die Mutter in Stoffreste eingeschlagen hatte. Es war ein Weihnachtsgeschenk gewesen. Ein paar Bilder klebten schon darin, die hatte sie beim Murmelspiel gewonnen. Ein ganzer Bogen wäre ein Schatz. Die Mädchen tauschten in der Schule. Im Laden konnte man auch welche kaufen, aber für sowas gaben sie kein Geld aus. Sie besah sich die Bilder aus der Nähe.

»Die sind alle ein bisschen eingerissen. Gibt's die billiger?«

Die Mutter stieß sie an. »Nun werd' mal nicht gierig, Fräulein!«

»Lass gut sein, Edith.« Katie schob den Bogen über den Tisch. »Ich schenke ihn dir. Weil du mir geholfen hast. Würdest eine gute Hausiererin abgeben.«

»Setz ihr bloß keinen Floh ins Ohr.« Die Mutter und Katie fanden die Vorstellung putzig, aber Betty gefiel die Idee. »Kann ich mitkommen, wenn du deine Tour durchs Dorf machst?«

Katie wurde wieder ernst. »Ne, lass mal, Kleine. Deine Mutter hat Recht. Werd' du mal was Vernünftiges.«

Also guckte Betty zu, wie Katie ihren Wagen wieder belud und alleine loszog.

Der Rest des Tages schleppte sich mit Bettlaken anfeuchten, strecken und bügeln zäh dahin. Sie war froh, als die Mutter sie endlich gehen ließ, um die Kaninchen zu füttern. Als sie zurückkam, war auch Katie wieder da und es gab Abendbrot. Betty hatte kaum aufgegessen, da riss die Mutter ihr schon den Teller weg und räumte ab. Katie stellte das Zigarrenkistchen auf den Tisch. So war das also. Gleich würden sie sie ins Bett schicken.

»Geh jetzt ins Bett«, sagte die Mutter.

»Aber es ist noch gar nicht so spät!«

»Ab mir dir. Und keine Widerrede.«

Betty stand so schnell auf, dass der Stuhl fast hintenüberkippte, sie sollten ruhig merken, dass sie wütend war. Türenschlagend verließ sie die Küche und stand im dunklen Flur. Sie hatte nicht vorgehabt, schlafen zu gehen, nun, wo es spannend wurde, aber die Tür war zu.

Drinnen redeten die Frauen. Sie drückte vorsichtig die Klinke und öffnete die Tür einen winzigen Spalt, bis zu der Stelle, an der sie anfing zu quietschen. Sie war vorsichtig. Weder Katie noch die Mutter bemerkten das. Edith räumte den Tisch ab, während Katie das Auge aus der Kiste holte, den Fetzen Samt ausbreitete und es darauf platzierte. Es starrte an die Decke und sah aus wie ein Kiesel.

Katie lehnte sich zurück und fing an, ihre Pfeife zu stopfen. Sie sah der Mutter zu, wie die das Geschirr in eine Schüssel räumte. Eine Weile sagte keine von beiden etwas.

»Hast du den Suchdienst endlich eingeschaltet?«, fragte Katie schließlich.

»Schon lange.«

»Und?«

»Ja, nichts!«

Katie strich ein Streichholz an, hielt es in den Tabak und paffte. »Du weißt, dass ich dich gut leiden kann.«

Wie sie die Pfeife beim Sprechen zwischen den Zähnen balancierte! »Und meinetwegen darfst du das da«, sie zeigte auf das Auge, »so oft benutzen, wie du willst.«

Die Mutter nickte nur, sie wandte Katie den Rücken zu.

»Aber nun mal ehrlich: Das ist ein Jahrmarktstrick. Eine Spielerei. Helfen tut es dir nicht. Du weißt das.«

Betty hielt die Luft an. Dann stimmte es also, wenn die Leute sagten, dass Katie krumme Geschäfte machte. Der Blick ins Auge kostete immerhin zwanzig Pfennig, nur für die Mutter war er umsonst, weil Katie auf der Küchenbank übernachten durfte.

Edith wandte sich um. Katie paffte ihre Pfeife, ihr Blick wanderte kurz zur Tür. Betty zog schnell den Kopf ein. Sie hörte, wie die Mutter sich an den Tisch setzte.

»Du verstehst das nicht«, sagte sie. »Das da ist mein Strohhalm. Ich werde sonst noch verrückt.«

»Du wirst verrückt, wenn du dir weiter Illusionen machst.« Katie paffte, die Küche vernebelte sich. »Dein Otto kommt nicht wieder. Der ist tot.«

»Das sagt Theo auch.«

»Und er hat Recht! Nach all der Zeit. Und wenn der im Osten war … Ich hab die Schlachtfelder gesehen.«

Betty wagte wieder einen Blick. Katie saß noch immer da, nun starrte sie ins Leere. Die Mutter nahm das Auge in die Hand und hielt es gegen das fahle Licht der Petroleumlampe.

»Vielleicht weiß das Auge ja doch mehr. Ist schließlich ein Erbauge.«

Katie nahm es ihr aus der Hand und legte es zurück. »Die Wahrheit ist, ich hab's gefunden und mir eine Geschichte dazu ausgedacht. Aber das bleibt unter uns.«

»Manchmal werden solche Geschichten wahr.«

Katie schwieg dazu. Sie sog kräftig an ihrer Pfeife. Der Tabakrauch vernebelte die Küche und zog bis in den Flur, es stank nach verbranntem Laub und zu oft getragenen Socken.

»Was ist das bloß für ein Kraut, das du da rauchst?«, fragte Edith und wedelte mit der Hand den Rauch vor ihrem Gesicht weg.

»Mir hilfts.«

Es zog bis in den Flur. Betty musste ein Husten unterdrücken und ihr wurde ein bisschen schwindlig.

»Ich will das Auge fragen«, sagte die Mutter und klang dabei trotzig. »Ist mir egal, was du davon hältst.«

»Na schön. Dann sieh hinein und stell deine Frage.«

Betty schloss auch die Augen. Ihr war seltsam zumute. Sie hörte Katie paffen, sie hörte die Glut, die sich durch den Tabak fraß und das Atmen ihrer Mutter. Sie hörte auch, wie die Mäuse in den Ecken fiepten und die Spinnen ihre Netze webten. Sie dachte, sie könne hören, wie die Wolken über den Himmel schrappten und wie der gestohlene Fünfziger in ihrer Schürzentasche dröhnte. Ihr fiel eine Frage ein, die sie dem Auge stellen wollte, nämlich, was zu tun sein, um nicht in die Hölle zu kommen. Sie schloss die Augen und dachte so angestrengt darüber nach, dass in ihrem Kopf bunte Lichter platzten.

»Und?«, fragte Katie in der Küche. »Hast du's begriffen?«

Betty riss die Augen auf. Katie sah in ihre Richtung. Ihr Blick brannte sich in ihre Stirn. Die Mutter sagte etwas, aber Betty hörte nicht hin. Sie wusste nun, was zu tun war und sie schauderte. Es musste heute Nacht passieren.

9

Sein Entschluss stand fest, er würde in Berlin bleiben. Sollten die anderen zu ihren Familien zurückkehren und in ein Zuhause, das auf sie wartete. Ob er eines hatte, war ungewiss. Er misstraute dem Ring immer noch, und selbst wenn er tatsächlich mit dieser Edith verheiratet war, was änderte das. Er konnte sich nicht erinnern und wenn er ehrlich war, musste er sich eingestehen, dass er die Begegnung fürchtete. Er stellte sich vor, wie sie ihn anstarren würde, fassungslos. Er war nun ein anderer. Wenn sie ihn zurückwies, das könnte er nicht ertragen. Dann lieber bleiben. Es gefiel ihm außerdem ganz gut in dieser kaputten Stadt. Sie passte zu ihm.

Er spielte die Lieder noch einmal und verdiente sich mit seiner Musik Geld für ein weiteres Dünnbier. Wenn er sich schon nicht mehr erinnern konnte, wollte er wenigstens vergessen. Das Jahr fing erst an und einen Sommer lang ließ es sich so noch ganz gut leben. Er würde seinen Rausch ausschlafen und sich morgen einen neuen antrinken. Die Aussicht gefiel ihm. So verbrachte er die Stunden mit spielen und trinken und schlief irgendwann in seiner Kiste ein.

Als er aufwachte, fiel gerade die Nacht auf die Stadt. Sie gehörte den Kellerasseln. Kaum, dass es dämmerte, krochen sie aus ihren Verstecken. Zerlumpte Gestalten, Frauen, Männer, Kinder, Alte und Junge, kaputte und halbwegs heile Gestalten. Eine ganze Armee von Unbehausten. Während die Bettler verschwanden, gingen sie zielgerichtet, hatten etwas zu erledigen, so sah es aus. Schichtwechsel.

Er sah sich das an und dachte, dass er die Spielregeln nicht verstand, aber er würde sie schon lernen.

Nun brauchte er erstmal einen Platz für die Nacht.

Mehrmals wurde er aus einer zerbombten Kammer verjagt, in die er sich zum Schlafen verkrochen hatte. Jedes Loch gehörte jemandem, unter jedem Dach hockte schon ein anderer Habenichts. Die Stadt, die so freundlich zu ihm gewesen war, zeigte nun ihre hässliche Visage. Auf einen wie ihn hatten sie hier gerade noch gewartet und ihn beschlich das Gefühl, von einem Heer armer Teufel verfolgt zu werden, die sich abgesprochen hatten, ihn verschwinden zu lassen. Keiner würde ihn vermissen. So wollte er nicht enden. Jetzt noch nicht. Deshalb floh er von einem Loch ins nächste. Fast hätte ihm einer seine Mundharmonika geklaut und seinen Wagen gleich dazu. Wo es nichts gab, konnte jeder alles gebrauchen, aber er hatte starke Arme. Er schlug die Diebe in die Flucht. Dann floh er selbst, verlor ein Rad und konnte es retten, geriet in eine Schießerei, denn zwischen den Schuttbergen knallten sich Gangster aus ihren dicken Karren ab und die Schutzpolizei, die plötzlich auftauchte, konnte nichts ausrichten. Er war in einen schlechten Film geraten. Die Stadt schlief nicht, man hatte nur den Deckel draufgelegt. Darunter kochte die Suppe und wenn der Morgen kam, würde der Dampf abgelassen.

Er wollte nur noch zum Bahnhof, aber er wusste nicht mehr, wo er sich befand und in welche Richtung er musste. Es konnte gut sein, dass sie ohne ihn weitergefahren waren.

Im Morgengrauen fand er dann doch zurück. Der Zug stand auf dem Gleis. Er war so erleichtert, dass ihm die Tränen kamen. Zum ersten Mal hatte er das Gefühl, nach Hause zu kommen.

Er arbeitete sich bis zum Gleis vor, auf dem der Zug stand. Weiter schaffte er es nicht. Drinnen schliefen noch alle, er hörte sie schnarchen, kaum ein Mensch war um diese Zeit hier unterwegs und die Kellerasseln schienen nun zu ruhen. Er wartete geduldig, es konnte ihm nichts mehr passieren, und er schlief vor Erschöpfung ein. Irgendwann kletterte einer aus dem Zug, weil er sich erleichtern musste. Der fand ihn und freute sich. Sie hätten schon gedacht, er habe sich aus dem Staub gemacht oder ihm sei etwas passiert, denn es sei kein gutes Pflaster hier, wie man so höre. Die neue Front zwischen Ost und West.

Gegen Mittag gab die Lok Signal, der Zug ruckte, es ging weiter. Wieder kamen sie in Kontrollen, wieder ging es von der einen Zone in die andere. In Hamburg war dann Endstation. Sie schwärmten aus dem Zug, standen etwas hilflos auf dem Bahnsteig herum. Einige verabschiedeten sich. Er wusste nicht, wo er hinsollte, aber er hörte schon, dass er seinem Ziel näher gekommen war. Hier begrüßten sich alle mit »Moin!« und »Wo geiht?«. Die Worte legten sich wie eine kühlende Salbe auf sein Gemüt. Ein Bild stieg in ihm auf. Eine alte Kate, eine Frau. Hätte ihn jemand gefragt, wie sie aussah, er hätte es nicht zu sagen gewusst, denn sie war nur ein Schemen. Sein Herz tat ihm weh. War das eine Erinnerung?

Er schloss sich denen an, die zur Meldestelle gingen. Ihm wurde ein Schlafplatz zugewiesen, in einem Bunker gleich am Bahnhof. Es gab eine warme Mahlzeit. Er konnte sich waschen und schlafen.

Am nächsten Morgen sah er sich die Stadt an. Er hoffte auf ein Wunder und dass er sich an mehr erinnerte als an das Haus und die schemenhafte Frau. Hier sprachen sie seine Sprache, vielleicht war er schon einmal hier gewesen? Ein vergessenes Gefühl kehrte zurück: Hoffnung.

Er sah sich genauer um. Als Erstes fielen ihm die vielen Zettel auf. Die ganze Stadt war voll davon. Sie klebten an den Wänden, an Litfaßsäulen, an den wenigen Bäumen, die noch nicht verfeuert worden waren. Angehörige suchten ihre Verwandten, ihre Kinder und Freunde. Sie teilten mit, dass sie da und dorthin verzogen waren, wollten wissen, wer wo abgeblieben war und ob jemand von dem und dem Nachricht hatte. Und immer wieder dieses Flehen. »Bitte melde dich!«

Den Satz las er so oft, bis er sich in seinem Kopf einnistete wie ein Ohrwurm. Vielleicht war eine Nachricht für ihn dabei, aber wie sollte er die finden, wo er seinen Namen nicht wusste? Er las die Zettel trotzdem, jedenfalls diejenigen, an die er heranreichte. Manchmal ließ er sich von oben welche vorlesen, aber es war keine Edith dabei, die ihren Mann suchte, den sie vor fast genau dreizehn Jahren geheiratet hatte. Er rollte weiter in die Stadt hinein. An einer Ecke verkaufte ein alter Mann Blumen inmitten von Schuttbergen. Krokusse, Osterglocken und Anemomen hatte er vor sich ausgebreitet. Sie standen in Weckgläsern auf einem notdürftig zusammengeflickten Tisch und vor der verkohlten Fassade eines Hauses, das mehrere Stockwerke in die Höhe ragte. So hatte es auch in Berlin ausgesehen. Er rollte zu dem Mann hin und fragte ihn, welches Datum sie heute hatten.

»De fiefte April neegenunfeertig.«

Er streifte den Ring vom kleinen Finger und las die Gravur, obwohl er sie auswendig konnte. Es war wie ein kleines Wunder. »Denn is hüüde mien Hochtiedsdaag.«

Der Mann reichte ihm eine Osterglocke. »For diene Fro.«

Er schüttelte den Kopf. »Ick weet nich, wo se is.«

Plötzlich vermisste er sie, obwohl er sich nicht an sie erinnern konnte. Es war nur ein Gefühl. So einen Hochzeitstag feierte man nicht alleine. Der Blumenverkäufer begriff das, riss den Stängel ab und steckte ihm die gelbe Blüte ins Knopfloch. »So sitt dat schön ut.«

Er fand auch, dass die Blume ihm gut stand. Er wühlte in der Hosentasche nach den Pfennigen, die er noch von Berlin übrig hatte, und legte sie auf den Tisch. Der Mann schob sie ihm zurück und riet ihm, es wegen seiner Frau beim Suchdienst zu versuchen. Er zeigte ihm, wo er lang musste.

Mit der Blume im Knopfloch machte er sich wieder auf den Weg. Zum Suchdienst würde er aber nicht fahren. Was sollte er denen denn sagen? Dass er in Sologubowka als Krüppel aufgewacht war und nicht einmal wusste, ob ihm der Ring gehörte?

Der Mann rief ihm nach, dass er in die falsche Richtung fahre und dass sich schon ganz andere wieder gefunden hatten. Er dachte darüber nach, während er zum Bunker zurückkehrte.

10

Betty Abels ist eine Elster! Pfui Deibel! Das riefen sie ihr hinterher. Sie träumte wieder und wieder, dass sie die Dorfstraße entlangging und ganz Unnenmoor Bescheid wusste. Sie wachte davon auf und warf sich von einer Seite auf die andere. Die Mutter rührte sich neben ihr. »Kannst du mal aufhören mit dem Gezappel? Die Nacht ist bald um.«

Betty drehte sich zur Wand. Sie zwang sich, ruhig zu liegen, bis die Mutter wieder eingeschlafen war. Ihre Beine zuckten, die Füße kribbelten. Sie setzte sich auf. Die Mutter auch.

»Was ist denn nun schon wieder!«

»Ich muss mal raus.«

»Weißt ja, wo der Nachttopf steht.«

»Ich muss aber zum Klo.«

Edith stöhnte. »Haste dir im Wald wieder irgendwas in den Mund gestopft?«

Es wäre nichts Neues. Betty bediente sich gerne in der Natur. Hunger hatte sie immer. Sie aß Beeren, junge Blatttriebe, Bucheckern und Haselnüsse, alle machten das, denn es gab nie genug und was für Eichhörnchen und Rehe gut war, konnte auch ihr nicht schaden. Sie widersprach nicht, denn die Mutter lieferte ihr die Ausrede, warum sie um diese Zeit die Kammer verließ, gleich mit, das Klo befand sich draußen. Es war keine Lüge. Sie hatte im Krüppelwald ein bisschen Giersch gepflückt. Die jungen

Triebe schmeckten wie Petersilie. Sonst hatte sie nichts angerührt. Die Natur grünte gerade erst durch.

»Zieh dir was über, sonst holst du dir eine Lungenentzündung.«

Die Mutter schlug die Decke zur Seite und Betty kletterte über sie hinweg. Eisige Luft verscheuchte die Bettwärme. Obwohl Frühling war, fror es in den Nächten, nur die Tage wurden schon wärmer. Sie schauderte bei dem Gedanken an die kalte Dunkelheit da draußen, aber die Sache musste endlich aus der Welt. Danach würde sie Willi besuchen und sich bei ihm entschuldigen. Dann, so hoffte sie, wäre alles wieder im Lot.

Sie langte entschlossen nach der Taschenlampe, die immer griffbereit auf dem Waschtisch lag. Ein viereckiges Blechkästchen war das, so groß wie ihre Hand. Viel Licht machte die nicht, aber es reichte, um nicht in die Mistgrube zu fallen oder in ein Moorauge. Im Haus kannte sie sich sowieso blind aus.

Draußen bellte ein Fuchs.

Betty tastete nach ihren Sachen und der Strickjacke. Sie hatte alles bereitgelegt, ohne dass die Mutter Verdacht geschöpft hatte. Mit dem Kleiderbündel tapste sie Richtung Tür.

»Sei sparsam mit dem Licht!«, rief die Mutter ihr nach. »Da ist die letzte Batterie drin.«

»Ich pass schon auf.«

Die Bettfedern knarzten, die Mutter klopfte das Federbett zurecht und legte sich wieder hin. Um vier war die Nacht auch für sie vorbei, es war Waschtag im Pennig, da half sie meistens aus. Es gab eine Menge Bettwäsche wegen der vielen Übernachtungsgäste. Die Glocke in der kleinen Kapelle hatte gerade einmal geschlagen. Um vier sollte Betty die Sache erledigt haben und wieder im Bett liegen.

Fast hätte sie in ihrer Aufregung die Schürze vergessen. Sie nahm sie noch schnell und schloss die Kammertür hinter sich. Im Flur band sie sich die Schürze um und suchte in der Tasche nach dem Geldstück. Sie fand den Fünfziger eingesponnen in Stoffflusen und was sich sonst so angesammelt hatte.

Sie legte das Kleiderbündel in den Flur und schlich in die Küche. Ihre Schuhe standen vor dem Ofen, in dem noch Glut war. Die sollten hier trocknen. Sie besaß nur dieses eine Paar. Auf der Bank schlief Katie. Sie wurde wach und setzte sich auf.

»Betty? Was machst du denn hier mitten in der Nacht?«

»Muss mal raus.« Betty schlüpfte in die Schuhe. »Schlaf ruhig weiter.«

Sie schlurfte mit den offenen Schuhen in den Flur, nahm das Bündel und verschwand in die Waschküche. Von da aus ging es in den Verschlag mit dem Plumpsklo. Dort schaltete sie die Lampe ein und zog sich an. Sie hatte ihren wärmsten Pullover bereitgelegt und die dicken Wollstrümpfe, denn es würde kalt werden. Als sie fertig war, horchte sie. Drinnen blieb alles ruhig. Katie hatte keinen Verdacht geschöpft.

Betty machte die Lampe aus und schlich nach draußen. Sie wartete, bis sich ihre Augen an die Dunkelheit gewöhnt hatten, aber sie konnte nur bis zum nächsten Schritt sehen. In der Nacht war der Nebel noch dichter geworden, die Kälte stieg aus dem Boden, denn die Tage wurden wärmer. Sie knipste kurz die Lampe an und es sah aus, als stünde sie in Milch. Sie musste zum Schuppen, fand auch den Eingang, öffnete die Tür und griff um die

Ecke. Da stand der Spaten. Sie nahm ihn und machte, dass sie hinter den Schuppen kam, wo sie keiner mehr hören und sehen konnte.

Der Schatten da hinten, das musste der Krüppelwald sein. Und das matte Licht am Himmel, das war der Mond. Der schwamm wie ein Fettauge in der Nebelsuppe.

Sie ging los und spürte das Moor unter sich. Die Luft roch nach den Torffeuern, die in den Öfen schwelten.

Ein Tier huschte zwischen ihren Beinen hindurch, wohl eine von den halbwilden Katzen oder ein aufgescheuchter Feldhase. Fast wäre sie gestolpert. Sie ging, Schritt vor Schritt. Immer noch glaubte sie, alles zu hören, das Huschen und Knacken, das Wispern und Flüstern, das Gluckern und Tropfen und wie das Blut durch ihre Adern rauschte.

Ihr Herz schlug viel zu laut.

Sie wollte so schnell wie möglich wieder nach Hause, sie wollte ins Bett.

Also ging sie schneller und trat prompt in ein Schlammloch. Feuchtigkeit drang in ihren Schuh, sie ließ sich nicht aufhalten, obwohl es sich anfühlte, als liefe sie mit einem Fuß über Regenwürmer. Das geschah ihr nur recht. Das war Teil der Strafe.

11

Katie setzte sich auf. Sie war wieder eingedöst, nachdem Betty sie geweckt hatte. Es musste einige Zeit vergangen sein und die Lütte kam und kam nicht wieder. Es fiel ihr erst jetzt auf. So lange brauchte kein Mensch im Verschlag, schon gar nicht in einer solchen Nacht. Dass sie überhaupt wieder eingenickt war, darüber machte sie sich Gedanken. Zwar hatten sie gestern noch lange über dem Auge gesessen, denn Edith konnte nicht genug davon kriegen und hatte Frage um Frage gestellt. Am Ende hatte Katie schon selbst an das Auge geglaubt. Viel geschlafen hatte sie nicht, aber zu viel geraucht und das Alter machte sich bemerkbar. Daran konnte es liegen. Vielleicht fühlte sie sich in dieser Küche auch nur allzu sicher. Bisher hatte sie sich immer darauf verlassen können, bei Gefahr sofort hellwach zu sein und vom kleinsten Geräusch geweckt zu werden. Da reichte ein fremdes Atmen oder das Rascheln eines Blattes. Das hatte ihr schon einige Male das Leben gerettet. Sowas lernte man auf der Straße und in den Wäldern, wenn man auf der Flucht war. Hinter jedem Baum konnte der Tod auf sie warten oder Schlimmeres. Sie schlief immer noch viel zu oft im Wald, in Scheunen oder Viehställen. Sie konnte es sich nicht leisten, unaufmerksam und müde zu werden, denn eine wie sie zählte nicht viel, die war Fallobst. Man hob es auf und biss hinein. Ihr war schon viel passiert und deshalb hatte sie sich bewaffnet, was keiner wusste. Eine Mauser hatte sie sich in den Mantel eingenäht, so dass sie schnell rankam, wenn es sein musste. Die hatte sie gefunden. Das Zeugs lag überall herum.

Sie hob den Vorhang und sah aus dem Fenster. Der Nebel hatte sich ein wenig verzogen und der Mond kam hervor. Bald wurde es Tag. Edith schlief noch, aber war da draußen etwas gewesen? Im Halbschlaf hatte sie gedacht, das sei ein Fuchs. Im Halbschlaf! So etwas war ihr schon lange nicht mehr passiert. Halbe Sachen. Wo kam sie denn da hin! Sie sollte mit dem Rauchen vorsichtiger sein oder zumindest mit dem, was sie sich in die Pfeife stopfte.

Ob Betty doch zurück in ihr Bett geschlichen war? Katie stand auf, machte Licht und zog sich an. Da hörte sie in der Kammer nebenan auch schon den Wecker rattern. Kurz darauf stand Edith in der Küche.

»Ist Betty hier?«

»Ich dachte, die ist wieder bei dir im Bett?«

Edith nahm die Petroleumlampe und verschwand ohne ein weiteres Wort in der Waschküche. Katie folgte ihr.

Sie suchten Betty im ganzen Haus. Sie suchten bei den Kaninchenställen und im Schuppen. Die Tür hatte offen gestanden, der Spaten fehlte.

»Vielleicht hat den jemand gebrauchen können«, überlegte Katie. »Ich hab vorhin was gehört.«

»Hier draußen?«

»Ich war mir nicht sicher. Hab mir auch nichts dabei gedacht, denn warum sollte Betty mitten in der Nacht mit einem Spaten verschwinden?«

»Da kennst du sie schlecht. Wenn der was in den Kopf kommt, dann macht die alles Mögliche.« Edith schlug mit der flachen Hand gegen die Schuppentür. »Wenn da mal nichts schiefgeht. Bei der Suppe!« Sie lief durch den Garten und rief ihre Tochter. Wahrscheinlich weckte sie damit das halbe Dorf, aber es war ihr gleich. Katie half ihr beim Suchen, sie fanden sie weder draußen noch drinnen.

»Sie hat sich irgendwo verkrochen. Lass uns abwarten, bis es hell wird. So hat das keinen Sinn«, schlug Katie vor, als sie sich wieder im Garten trafen.

»Ich muss gleich arbeiten«, sagte Edith, also suchten sie weiter und standen dann wieder in der Küche, ratlos, mit Reif in den Haaren und Nebel in den Kleidern. Das tropfte auf den Boden.

Jemand polterte ins Haus. Edith war sofort im Flur, aber es war nur Theo. Er leuchtete mit seiner Karbidlampe um sich.

»Ich hab euch rufen gehört. Ist was passiert?«

12

Die Baracke lag direkt vor ihr wie auf einer Insel aus Mondlicht, dahinter versteckte sich die alte Kate. Selbst der Nebel machte einen Bogen um die beiden Gebäude, es war kein guter Ort. Betty spürte das. All das Leid kroch noch aus dem Boden. Die hier gehaust hatten, waren mit Lastwagen hergebracht worden, um Gräben zu schaufeln bei schmaler Kost oder keiner. Sie hatten ausgesehen wie Gespenster, nur Haut und Knochen. Manchmal war einer umgefallen. Den hatten die Aufseher gleich erschossen oder einfach liegen lassen, bis er von alleine gestorben war. Die Kinder im Dorf wussten darüber Bescheid. Sie hatten hinter den Büschen gehockt und alles gesehen. Auch die Großen waren heimlich gekommen, aber sie konnten sich hinterher an nichts erinnern.

Nach dem Krieg waren die Vertriebenen hier untergebracht worden. Jedes Dach war gut genug gewesen. Sogar das der alten Kate. Sie hatten es notdürftig geflickt. Nun stand alles leer und verfiel. Keiner wollte sich darum kümmern, denn hier war es nicht geheuer. Die Toten, all die Toten, die fanden keine Ruhe. Die gingen um. Die hatten sich in kleine Lichter verwandelt, die sich in den Mooraugen spiegelten. So erzählte es Guste und Betty glaubte ihr. Guste hatte sie auch gesehen, da waren sie noch keine Lichter gewesen. Auf einem großen Haufen hatten sie gelegen. Wie kaputte Puppen mit verrenkten Gliedern. Die fremden Soldaten hatten sie alle gezwungen, sich anzusehen, was sie nicht hatten wissen wollen. Die Unnenmoorer, alle die aus den Nachbardörfern und aus der Stadt waren hergebracht worden. Alle mussten daran vorbei. Die Frauen bedeckten den Kindern die Augen.

Wenn sie daran dachte, bekam sie weiche Knie. Zwar hatte die Mutter ihr auch die Hand über die Augen gelegt, aber nicht richtig, denn sie war viel zu erschüttert gewesen. All das Schreckliche steckte noch im Moor, Betty konnte es spüren, aber was sie vorhatte, musste getan werden. Es musste schwer sein, sonst war es keine Strafe und ihre Sünde konnte nicht vergeben werden. Das predigte der Pastor jeden Sonntag.

Sie schlich zur Baracke und blieb davor stehen. Darin hatten bis vor kurzem noch die Vertriebenen gewohnt, mehrere Familien, jede mit einer Koppel Kinder. Nun waren sie in eine Siedlung am Stadtrand gezogen, die extra neu gebaut worden war. Die Barackentür hing schief in den Angeln. Sie schob sie auf und sah hinein. Drinnen war es dunkel und es roch verlassen. Sie ging weiter.

Hinter der Baracke stand die Kate. Sie fürchtete sich und öffnete doch die Tür.

»Hallo? Ist da jemand?«

Sie machte die Taschenlampe an und leuchtete ins Innere. Nichts rührte sich, also fasste sie Mut und ging hinein.

Die Kate hatte nur einen Raum. In der Mitte stand ein rostiger Holzofen, das Ofenrohr war viel zu kurz. In einer Ecke konnte man noch die Stallungen für das Vieh erkennen, in denen hatten Ziegen gestanden, vielleicht auch ein Schaf für die Wolle und ein Hausschwein zum Mästen. Gegenüber waren die Schlafstätten zu erkennen, grobe Holzverschläge, zwei übereinander. Das Holz hatte man zum Verfeuern gut gebrauchen können, deshalb fehlten nicht wenige Bretter. Beim Ofen stand auch ein Tisch, darauf sammelte sich altes Laub und Staub, ein Stuhl lag daneben. Der Mond hatte sich durch den Nebel gequält und schien nun hell. Das Fensterkreuz warf einen langen Schatten über Stuhl, Laub und Tisch. Ein Friedhof war das. Eine bessere Stelle gab es nicht, um die kleine Schuld zu begraben, die sie so sehr quälte.

Betty setzte den Spaten an. Der Boden bestand hier aus nichts als festgestampfter Erde. Sie trat mit Wucht auf das Spatenblatt, drang aber nicht durch die obere Schicht. So wurde das nichts. Sie sah sich um. An einer Stelle, wo das Dach undicht war, hatte der Regen eine Kuhle ausgewaschen. Hier war der Boden nicht ganz so fest und es ging einigermaßen. Sie musste sich dennoch quälen, aber ihr wurde bei der Arbeit warm und je tiefer sie kam, desto lockerer wurde die Erde.

Sie grub und grub. Der Kreuzschatten wurde länger, der kroch bald an ihren Beinen hoch. Aus den Ecken hörte sie es flüstern und knistern. Sie sagte sich, dass kein Geist ihr etwas anhaben konnte, denn sie war mit dem Spaten bewaffnet. Sie würde jedes Gespenst erschlagen, wenn es ihr zu nahe kam. Als das Loch endlich tief genug war, griff sie in ihre Schürze und holte den Fünfziger heraus. Sie betrachtete ihn lange und begriff nicht, welcher Teufel sie da geritten hatte. Sie zog die Schürze aus, wickelte sie um den Fünfziger und betrachtete das Bündel. Die Mutter würde merken, wenn die Schürze fehlte. Also wickelte sie die Münze wieder aus, aber die Schuld brauchte einen Sarg. Die konnte sie nicht wie Müll in das Loch werfen. Sie sah sich um. Neben dem Herd entdeckte sie eine verrostete Dose. Der Deckel stand offen, er hing an einem Stückchen Metall, das beim Öffnen nicht durchgeschnitten worden war, um die Dose wieder schließen zu können. Sie hob sie auf, legte den Fünfziger hinein und drückte den Deckel zu. So würde es gehen. Sie legte die Dose in das Loch, versuchte ein Vaterunser, denn das konnte nicht schaden, kam aber nur bis zur Mitte, sie war viel zu erschöpft. Die paar Worte mussten reichen. Also schaufelte sie das Loch wieder zu und stampfte den Boden fest, so gut es ging.

Sie setzte sich auf eine der Bettkisten, die noch halbwegs heil waren, lehnte den Kopf gegen einen Pfosten und lauschte auf das Wispern und Huschen, das Klappern und Knacken. Sie meinte, die krumme Katie rufen zu hören, aber das bildete sie sich bloß ein. Das Moor war eine große Täuscherin. Es gaukelte gern etwas vor. Sie wusste das und bekam es trotzdem mit der Angst zu tun. Mit Wucht überfiel sie die Furcht, die sie die ganze Zeit im Zaum gehalten hatte. Sie fuhr hoch, stieß sich den Kopf, ließ den Spaten fallen und lief aus der Kate. Sie rannte, ohne zu gucken, wo sie hintrat. Sie blieb in einem Schlammloch stecken, konnte sich befreien und lief weiter in den Nebel hinein und aus dem Nebel heraus. Vor einem Moorauge blieb sie stehen, das lag im hellen Mondschein. Das Wasser glänzte schwarz wie Lack und da waren sie. Über und unter dem Wasser tanzten die verlorenen Seelen. Manche sahen aus wie Vögel, andere wie blakende Kerzenflammen. Grün schimmerten die einen, blau die anderen, manche weiß. Die *Glöhnigen.* Der Spökenfritz hatte Betty vor ihnen gewarnt. Die wollten, dass sie eine von ihnen wurde.

Also rannte sie weiter, fiel, lief, sank ein, blieb stecken, zappelte, fand keinen Halt und versank noch tiefer im Schlamm. Das Moor hatte sie gefangen, es saugte sich an ihr fest. Kalt war es wie der Tod.

»Verdüüvelt ok!«

Jemand hatte geflucht, ganz in ihrer Nähe. Die Glöhnigen gingen an und aus. Es war zum Verrücktwerden. Konnten die fluchen? Guste hatten nichts davon erzählt. Oder war doch jemand unterwegs, um diese Zeit, im Moor?

»Ich bin hier.« Betty flüsterte nur, um die Geister nicht noch mehr aufzuscheuchen, und sie horchte, aber es kam keine Antwort. Aber da war etwas, ganz in ihrer Nähe. Sie konnte es spüren. Sie kniff die Augen zusammen und starrte in das milchige Grau der beginnenden Dämmerung. Der Umriss einer Gestalt zeichnete sich vor den Baumgerippen ab, die aus den Moortümpeln ragten wie mahnende Finger. Dann leuchtete ihr jemand ins Gesicht.

»Betty?«

Wer das war, ob Geist oder Mensch, spielte keine Rolle, denn sie steckte bis zur Hüfte im Schlamm und spürte ihre Beine nicht mehr.

»Hilfe«, flüsterte sie.

13

Seit Katie und Edith das Kind aus dem Moor geholt und auf den Küchentisch gelegt hatten, eiskalt wie ein Fisch, war die Stimmung im Dorf eine andere, sie hatten es nur noch nicht gemerkt. Die scheelen Blicke und das heimliche Getuschel, das war ihnen nicht aufgefallen, denn sie hatten alle Hände voll zu tun. Wasser musste heiß gemacht werden für den Waschzuber, in den sie Betty legten, um die Kälte zu vertreiben und das Moor abzuwaschen. Der schwarze Schlamm klebte wie Pech auf Bettys Haut. Sie schlotterte wie Espenlaub und fror bis auf die Knochen. Sie hatten sie abgerieben und dann in warme Tücher gewickelt, anschließend in kalte, als das Fieber stieg. Dr. Till war gegen Mittag gekommen, hatte ernst geguckt und geraten, sie besser ins Krankenhaus zu bringen, aber Edith wollte das nicht. »Wer weiß, was die mit ihr anstellen.« Man hatte im Reich keine guten Erfahrungen mit den Weißbekittelten gemacht.

Als der Doktor gegangen war, hatte Katie ihre Mittelchen ausgebreitet und dies und das zusammengerührt. In der Küche roch es bald wie in einer Apotheke. Die darauffolgende Nacht wurde unruhig. Betty fieberte und fantasierte. Die Frauen hatten kein Auge zugetan. Am nächsten Morgen war Edith in den Laden gegangen, um Zwiebeln und Kandis für Hustensaft und Quark für einen Brustumschlag zu kaufen. Da hatten sie so komisch geguckt und die Köpfe zusammengesteckt. Auf dem Rückweg war sie der kleinen Eversten begegnet, diesem blonden Engel. Den Schultornister auf dem Rücken, hatte das Kind ein Kreuz vor ihr geschlagen und war weggelaufen. Da ahnte Edith schon etwas.

Am Nachmittag kam Theo. Er setzte sich in die Küche, streckte sein schlimmes Bein aus und guckte ernst. Betty lag auf der Bank. Katie wechselte gerade die Beinwickel, die das Fieber senken sollten. Betty war wach, sie wollte sich aufrichten, fiel aber zurück auf die Kissen.

»Ruh dich man lieber aus, Lütte«, sagte Theo freundlich und strich ihr über die heiße Stirn. Sie schloss die Augen. Es sah so aus, als ob sie wieder einschlief. Theo wandte sich Katie zu. »Ich war im *Pennig*. Die Leute reden.«

Edith kam aus der Waschküche, sie hatte kaltes Wasser geholt und stellte die Schüssel auf den Tisch. Katie legte die fiebergetränkten Tücher hinein. »Ich kann's mir schon denken.« Sie setzte sich und rieb sich die Stirn, ihr Kopf schmerzte. Die Geschichte von Bettys nächtlichem Ausflug ins Moor machte schnell die Runde. Edith mochte sich nicht vorstellen, was da alles spekuliert wurde. Sie wüsste auch gerne, was Betty da gewollt hatte. Der Spaten aus dem Schuppen fehlte. Was hatte das dumme Kind damit gemacht?

»Die Glöhnigen«, fuhr Theo fort. Edith stöhnte auf. »Ja, verdammig. Ich hab die Lichter auch gesehen.«

Katie wrang die Tücher aus. »Was heißt das schon. Ein bisschen faules Holz und Gase. Sowas leuchtet. Da muss man nicht an Geister und Magie glauben.«

Theo lachte trocken. »Das sagt die Richtige. Jemand hat gesehen, dass hier lange Licht gebrannt hat. Da machen sich die Leute Gedanken.«

»Na und? Wir haben keine Verdunklung mehr. Und was hat das überhaupt mit den Irrlichtern zu tun?« Katie wickelte die kalten Tücher wieder um Bettys Beine.

»Fritz will gesehen haben, was ihr hier gemacht habt. Auf jeden Fall nichts Gutes.«

Edith schlug mit der flachen Hand auf den Tisch. »Der! Dann muss er ja in meinem Garten rumgeschlichen sein, um uns nachzuspionieren!«

»Dann stimmt das also?«

»Was denn!« Katie guckte zu Betty, die schlief, und dämpfte ihre Stimme. »Was will er denn gesehen haben? Dass wir nackt in der Küche getanzt und Hühnerblut getrunken haben?«

»So in der Art.« Theo beugte sich über den Tisch. »Er behauptet, ihr habt hier angeblich irgend so einen Hokuspokus veranstaltet. Im *Pennig* reden sie über nichts anderes.«

»Und Fritz führt das große Wort?«

Theo nickte.

»Dann wird mir einiges klar.« Edith dachte an die kleine Eversten, an die seltsame Stimmung im Laden und schämte sich.

»Großer Gott! Was haben wir denn Schlimmes getan?«, brach es aus Katie heraus. »Edith ist nicht die Einzige, der ich das Auge schon mal auf den Tisch gelegt habe. Alle sind scharf darauf.« Sie lachte laut. »Euer Fritz tut doch im Grunde nichts anderes. Hier ein Kreuz geschlagen, da irgendwas eingebuddelt und ein paar fremdklingende Worte dazu gemurmelt, schon ist der Küchenzauber fertig und der glaubt sich selbst auch noch, dieser Dorfheiler.«

Edith warf ihr einen Blick zu. Nicht, dass sie Fritz mochte, aber etwas störte sie an Katies Hochmut. Sie sollte besser schweigen, denn was wusste sie schon von den Menschen hier? Sie war Hausiererin und hatte trotzdem etwas Weltgewandtes, aber keine Ahnung, wie es war, in einer solchen Abgeschiedenheit sein Leben verbringen zu müssen, immer am selben Fleck. Sie mochte Unnenmoor und seine Bewohner für hinterwäldlerisch halten und sie mochte Recht haben, aber manch einer konnte sich das nicht aussuchen. In diesen Zeiten schon gar nicht. Sie wandte sich Theo zu. »Und was genau wird im *Pennig* so geredet?«

»Dass ihr im Moor ein Hexenritual abgehalten habt. So eine Art Einführung. Für Betty.« Katie lachte wieder, aber Theo fuhr fort. »Darum die Glöhnigen und der ganze Nebel. Hat eben alles gepasst.« Theo kramte seine Pfeife hervor und fing an, sie zu stopfen.

»Daran glaubt keiner ernsthaft, oder?« Wieder dieser spöttische Unterton. Edith wollte etwas dazu sagen, aber Theo kam ihr zuvor. »Wenn man an sonst nichts mehr glauben kann, dann an höhere Mächte. Du machst es dir doch auch zunutze mit dem Auge.«

»Das ist nur ein bisschen Hokuspokus. Ein Spiel.«

»Für solche Spitzfindigkeiten hat hier aber keiner was übrig. Der alte Volksglaube lebt noch.« Er wollte gerade zu einem Vortrag darüber ausholen, aber Edith unterbrach ihn. »Dann sind wir jetzt also verschrien?«

Theo seufzte. »Die Sache geht noch weiter.«

Edith wusste, was das bedeutete. Man musste sich nur Guste ansehen. Sie wollte das nicht hören und fragte doch. »Was denn noch?«

Theo erzählte von Willi und dass er in den *Pennig* gekommen war. »Gerade eben. Das Auge blau und auf der Stirn so ein Horn.« Er deutete die Größe an und übertrieb dabei maßlos. »Und jetzt kommt's. Anni kam gleich hinterher und hat ihn sich vorgeknöpft, frag nicht nach Sonnenschein. Cordugas ist dazwischengegangen. Wir wissen ja alle, dass sie gerne austeilt.« Er strich ein Streichholz an, hielt es an den Tabak und paffte.

»Und weiter?« Edith wollte nun alles wissen.

»Fritz meinte, Anni hätte keine Schuld.«

»Dann hat der Junge sich selbst verhauen?« Katie empörte sich so laut, dass Betty sich auf der Küchenbank, auf der sie schlief, umdrehte. Theo dämpfte die Stimme. »Fritz meint, ihr beide hättet den Jungen unter.«

»So eine Art Fernverhexung? Herr im Himmel, wir leben nicht mehr im Mittelalter!«

Da richtete Betty sich mühsam auf. Sie hatte mehr gehört, als ihr guttat. »Anni hat ... und ich ...« Man konnte sie kaum verstehen, sie krächzte heiser und der Rest des Satzes ging in Husten unter. Edith setzte sich dazu und flößte ihr ein wenig Tee ein.

»Anni. Na bitte! So wird ein Schuh draus«, sagte Katie und stand auf. »Wir gehen jetzt in den *Pennig* und stellen die Sache klar.«

»Zu spät.« Theo nahm einen tiefen Zug aus der Pfeife. »Fritz hat denen ordentlich eingeheizt. Der weiß, wie man die Leute kriegt. Jetzt macht das die Runde.«

»Und Anni?«, wollte Edith wissen, »Was meint die denn dazu? Ich mein', ich hab immer zu ihr gehalten, den ganzen Krieg über. Betty und Willi, die sind fast wie Geschwister.«

Theo hob nur die Schultern. »Die kann doch froh sein, dass ihr keiner was anlastet. Und gegen Fritz kommst du nicht an. Ihr könnt nur abwarten und die Füße stillhalten.«

Katie stand auf. Wortlos begann sie, alles zusammenzuräumen. Ihre Tiegel und Tinkturen, Salben und Kräuter und auch das Kistchen mit dem Auge. Edith sah sie groß an. »Willst du weg?«

»Ist besser, wenn ich gehe. Eine Hexe weniger im Dorf.«

14

Katies Wagen rumpelte den Schwarzen Weg hinunter, Edith konnte sie noch lange hören. Theo ging dann auch. Er musste noch in die Stadt und in die Redaktion. Edith sah ihn, wie er auf seinem alten Motorrad aus dem Dorf knatterte. Sie schüttete gerade eine Schüssel Abwaschwasser vor die Tür. Nun saß sie am Küchentisch und es fing an, zu dämmern. Betty schlief. Sie hätte es auch gerne getan. Nur ein bisschen. Den Kopf auf den Tisch legen und die Augen schließen, das versuchte sie, aber die Gedanken trieben sie wieder hoch. Sie sah Betty im Moor und um sie herum die Lichter. Sie legte ihre Hand auf Bettys Stirn. Immerhin sank das Fieber.

Sie sollte noch einmal in den Laden gehen, bevor der dichtmachte, um Lindenblütentee zu kaufen. Dazu hatte ihr Katie noch geraten, aber Edith traute sich nicht aus dem Haus. Sie redete sich ein, dass sie den Tee im Laden nicht hatten, und Kamille täte es auch.

Sie hörte das Gartentor. Ihr fiel ein, dass die Haustür offen war. Nie dachte sie darüber nach, denn so eine Tür wurde nur zur Nacht abgeschlossen. Besucher riefen »Moin!«, um sich bemerkbar zu machen, das war's. Dass jemand am Tisch saß und wartete, wenn man aus dem Garten kam oder aus der Diele, gehörte dazu. Nun bekam Edith es mit der Angst zu tun. Sie schlich in den Flur. Der Schlüssel hing an einem Nagel oben am Türrahmen. Sie holte ihn herunter, da ging die Tür schon auf und Guste steckte ihren Kopf herein. Sie sah den Schlüssel in Ediths Hand.

»Wolltest mich wohl ausschließen?«

»Komm rein.«

Edith ließ Guste ins Haus und verschloss hinter ihr die Tür. Guste sah ihr zu.

»Die beruhigen sich schon wieder im Dorf. Lass dir das von einer alten Hexe gesagt sein.« Sie reichte Edith den leeren Topf, den Betty bei ihr vergessen hatte. »Danke für die Suppe.«

Edith nahm den Topf und Guste ging ungefragt an ihr vorbei in die Küche und zur Bank, auf der Betty immer noch schlief. Sie setzte sich daneben und betrachtete Betty lange. Edith kam ihr nach.

»Ich kann dir eine Milch warm machen«, bot sie an. Guste nickte und Edith goss Milch in einen Topf, stellte ihn auf den Herd und passte auf, dass sie nicht überkochte.

»Nun hat sie das Moor auch in sich«, sagte Guste und betrachtete ihre schwieligen Hände, die Finger krumm von der ewigen Feuchtigkeit. Schwarze Moorerde hatte sich bis unter die Nägel gefressen und tief ins Fleisch hinein, denn sie hatte ihr Leben lang im Dreck geklebt.

Sie schwiegen, bis die Milch dampfte und Edith einen gefüllten Becher vor Guste hinstellte. Die fischte mit dem Finger die Haut von der Milch und lutschte sie ab. Edith sah ihr zu. Sie selbst hatte keinen Appetit.

»Wie hältst du das aus?«, fragte sie schließlich.

»Was meinst du?«

»Du bist doch auch verschrien.«

Guste dachte nach. Sie sah aus dem Fenster und dann wieder zu Edith. Sie hob die Schultern. »Man erzählt dagegen an. Deswegen bin ich ja hier.«

»Weswegen?«

»Weil ich Betty noch eine Geschichte schulde.«

»Du siehst ja, sie schläft.«

»Was macht das schon.« Sie nahm Bettys Hand. »Hör gut zu«, flüsterte Guste, um sie nicht zu erschrecken. »So geht es weiter mit dem Moorbauern.«

Betty öffnete die Augen und Guste fuhr fort.

»Der legte sich nämlich ins Bett und wartete auf den Tod. Er wartete und wartete, denn er wollte ohne seine Frau und seine Kinder nicht mehr leben.«

»Sie hat die Glöhnigen gesehen«, unterbrach Edith. »Und du fängst hier vom Tod an?«

»Der gehört dazu.«

»Wer wartete?« Betty krächzte immer noch wie ein Rabe, aber sie lächelte. Guste sah fragend zu Edith. Die gab nach. Wenn Betty das wollte, dann sollte die *oole Hex* eben erzählen.

»Der Moorbauer hat gewartet, aber außer ein paar Mäusen ist keiner gekommen, schon gar nicht der Tod. Dabei hatte er extra seinen guten Hochzeitsanzug angezogen. Der schlotterte ihm um den Leib, weil er lange nichts Rechtes zu essen bekommen hatte. Dann ist er eingeschlafen und hat von Buchweizenpfannkuchen mit Speck geträumt.«

Betty seufzte.

»Hast du Smacht, mien Deern?«, fragte Guste. »Willst du erstmal was essen, damit du wieder zu Kräften kommst?«

Betty schüttelte den Kopf und Edith machte sich Sorgen, denn das Kind hatte seit dem Moor nichts bei sich behalten. Guste wusste wohl, was sie dachte. Sie legte ihre alte Hand auf Ediths. »Das wird schon wieder. Dann muss sie erstmal Worte essen, die machen anders satt. Also.« Guste holte tief Luft und räusperte sich den Hals frei. Dann sprach sie weiter. »In der finstersten Nacht ging es dann los. Ein Heulen und Seufzen war da und jemand ist durch die Hütte gegangen. Der Bauer lag wach, aber er hat sich nicht gerührt und erst recht nicht hingeguckt. Dann hat sich was Kaltes neben ihn gelegt und er hat gedacht, dass nun alles vorbei ist. Sein Herz hat geklopft wie ein Specht. Er hat geglaubt, dass es jeden Moment stehen bleibt, und hat gebetet. Darüber ist er irgendwann eingeschlafen und am nächsten Morgen quicklebendig aufgewacht. Da schien die Sonne und er konnte doch nicht einfach liegen bleiben. Also hat er seinen guten Anzug wieder ausgezogen, hat den Karren geholt, den Spaten und die Setzforke und wollte gerade los zur Torfkuhle, wie er das immer gemacht hat, da ist der Beamte gekommen. »Du schuldest dem Preußenkönig mehr als eine Jahrespacht. Kannst du bezahlen?«

Er hätte vor Angst auf die Knie fallen müssen, aber ihm war alles gleichgültig geworden.

»Nein.«

»Dann pack deine Sachen und verschwinde! Die neuen Pächter kommen jeden Tag.«

Guste hielt inne. Betty atmete tief und regelmäßig. Sie schlief wieder. Edith fühlte ihre Stirn.

»Und?«

»Das Fieber sinkt weiter.«

Guste gab einen zufriedenen Laut von sich und Edith füllte ihren Becher nach, goss sich nun auch etwas ein und stellte die Dose mit Kandis dazu.

»Honig hab ich gerade keinen.«

Guste war es gleich, sie süßte ordentlich, denn das war

ihr Laster, sie liebte den Zucker. So oft kam sie nicht daran. So saßen sie noch eine Weile beisammen und sahen zu, wie die Schatten in der Küche länger wurden.

15

Es war Sommer geworden, ob ihm das nun gefiel oder nicht. Ginge es nach ihm, wäre das ganze Jahr über November. Wenn er die Augen schloss, sah er ein Moor kurz vor dem Winter. Ebenso fühlte er sich. Neblig und trübe. Aber nun war die Luft lau und die Menschen leichten Herzens. Alle schienen eine Handbreit über dem Boden zu schweben. In den Ruinen wucherte das Grün und überall blühte und duftete irgendwas. Man konnte fast meinen, dass alles wieder gut wurde, aber nicht für ihn. Das sagte er auch dem Blumenverkäufer. Er hatte noch immer die Osterglocke, die der ihm damals zum Hochzeitstag geschenkt hatte. Die vertrockneten Reste lagen in einen Fetzen Zeitungspapier eingeschlagen unter den Lumpen in seiner Kiste.

Der Blumenverkäufer lächelte. »Wart's ab. Jedem von uns passiert mal ein Wunder. Gestern war hier ein Mädchen, das hat gesagt, die heilige Maria ist ihr erschienen.«

Er setzte sich in seinem Wagen zurecht. »So hoch will ich gar nicht hinaus. Mir würde es reichen, wenn ich mich erinnern könnte.«

»Komischer Vogel bist du. Die meisten wollen vergessen.«

Obwohl der Blumenverkäufer ein Optimist war, besuchte er ihn jeden Tag, um ein paar Worte zu wechseln, er hatte sonst niemanden. Im Bunker war es ein Kommen und Gehen. Kaum war man mit jemandem warmgeworden, stieg der schon in den nächsten Zug, der ihn zu seiner Familie und in ein Zuhause brachte. Er war hier die Ausnahme, weil er blieb. Ob er sich nicht auch nach seiner Familie sehne und nach der Heimat. Das fragten sie ihn immer wieder. Er dachte oft darüber nach. Da war ein Ziehen in ihm. Doch, er sehnte sich, nur wusste er nicht, wonach. Manchmal hatte er Lust, den Kopf gegen eine Mauer zu schlagen. Ganz egal, was er anstellte, die Erinnerungen tropften nur zäh und eher selten. Das Moor, die rote Frau, die alte Sprache. Mehr war da nicht, außer der Unruhe, von der er auch nicht wusste, woher die kam.

Dagegen half nur eines, nämlich wenn er die Leute kommen und gehen sah und die Züge ein- und ausfahren hörte. Dann schlug sein Herz im Takt. Allein die Möglichkeit, jederzeit einsteigen und weiterfahren zu können, hatte etwas Tröstliches. Es wirklich zu tun, machte ihm Angst. Bisher gab es dafür keinen Grund. Er hatte ein Bett, jeden Tag eine warme Suppe und er verbrachte die Tage am Hafen, wenn er nicht gerade mit dem Blumenverkäufer redete. Er sah den Schiffen zu oder spielte auf der Mundharmonika. Wildfremde forderten einander zum Tanzen auf. Dann verwandelte sich der Boden, auf dem das Blut kaum getrocknet war, in ein Tanzparkett. Danach warfen ihm die Leute kleine Münzen in die Kiste. Davon lebte es sich einigermaßen. Es gab auch Tage, an denen ertrug er die Tanzerei nicht mehr und er hörte mitten im Walzer auf zu spielen. Es wurde allgemein viel zu viel getanzt. Zu jeder Tageszeit und überall. Die Leute nahmen es ihm nicht krumm. Am nächsten Tag war er wieder da und spielte für ein paar Pfennige und eine Zigarette. Die rauchte er dann mit dem unverzagten Blumenverkäufer. Der erzählte von allem Möglichen, von seinen Kunden oder davon, was in der Welt los war. Dass sie bald eine Demokratie werden sollten und dass die Russen Berlin freigegeben hatten, was auch immer das heißen mochte, denn der Osten war so oder so verloren, wie seine Beine, die irgendwo da drüben verrottet waren. Darüber redeten sie nicht, aber über den Suchdienst. Der Blumenverkäufer drängte ihn, endlich hinzugehen. Schließlich gab es in Hamburg eine Zentralstelle, die kümmerte sich um jeden noch so aussichtslosen Fall, wie ihm der Blumenverkäufer versicherte.

Er wusste das alles und drückte sich doch. Im Bunker lief immer das Radio, er hörte die Meldungen. Endlose deprimierende Listen von Namen und Schicksalen. Einmal hatte er sich ins Kino geschlichen. In der Wochenschau sah er die verlorenen Kinder, die liefen im Winter noch barfuß, einige hatten die Sprache verloren. Er träumte von einem stummen Jungen im Moor. Immer wieder das Moor!

Eines Tages hatte er sich dann doch auf den Weg gemacht, auch um den Blumenverkäufer nicht zu enttäuschen, denn er war sein einziger Freund und obwohl die Träume von der roten Frau, die wohl Edith hieß, schon verblassten. Beim Suchdienst hatte er den Ring, von dem er nicht wusste, ob er ihm gehörte, auf den Tisch gelegt und die Mitarbeiterin hatte die spärlichen Daten auf zwei Karteikarten geschrieben. Eine Suchkarte und eine Stammkarte. Man würde ihn im Bunker benachrichtigen, sollte sich etwas ergeben. Er rechnete nicht damit, aber der Blumenverkäufer sollte Recht behalten.

»Da ist jemand für dich«, hatte ihm gestern jemand gesagt, als er vom Hafen zurückkehrte. Sein erster Gedanke war, dass es nur die Polizei sein konnte. Er bettelte. Das war verboten. Bestimmt wollten sie ihn mitnehmen. Aber es war eine Mitarbeiterin vom Suchdienst.

»Sagt Ihnen der Name Edith Abels etwas?«, fragte sie. Beim Klang des Namens regte sich tatsächlich eine leise Erinnerung. Ein Geruch nach … ja was?

»Torf.«

»Bitte?«

»Ich bin Moorbauer.«

Er schloss die Augen und stieg in seinen Kopf, aber die Tür, die sich einen Spalt geöffnet hatte, war schon wieder ins Schloss gefallen.

»Otto Abels? Sind Sie das?«, fragte die Frau.

Es war, als klopfe jemand bei ihm an.

»Ich weiß nicht. Kann sein. Ich habe mein Gedächtnis verloren.«

»Das Hochzeitsdatum und der Name auf ihrem Ring stimmen mit einer anderen Suchanfrage überein«, fuhr die Frau fort. Ihr Blick ging zu seinen Beinstümpfen. »Sie sind kriegsversehrt. Waren Sie in Russland?«

»Sologubowka. Da war ich im Lazarett.«

»Das kommt hin. Alles spricht dafür, dass Sie Otto Abels sind.« Die Frau reichte ihm ein Papier mit einer Adresse. »Sie haben übrigens eine Tochter.«

»Einen Sohn.«

Woher kam das nun wieder? Warum wusste er das? Die Frau kniff die Augen zusammen und musterte ihn, ihr lag etwas auf der Zunge, aber sie entschloss sich, es dabei bewenden zu lassen. Sie klopfte ihm aufmunternd auf die Schulter. »Versuchen Sie's. Sie haben nichts zu verlieren.«

Nun stand er wie so viele vor ihm am Bahnhof und wartete auf den Zug, der ihn weiter in den Westen bringen sollte. Dann eben nicht in den hohen Norden nach Husum, sondern Ostfriesland, dachte er und fühlte nichts dabei, nur eine Furcht. Wie sollte das gehen mit ihm und einer Frau, die er vielleicht nicht einmal wiedererkennen oder gar mögen würde? Er überlegte kurz, wieder umzukehren, aber sein Bett im Bunker war schon wieder vergeben.

»Otto. Otto Abels.« Er sagte sich den Namen immer wieder vor, um sich daran zu gewöhnen. Dem Blumenverkäufer hatte er davon erzählt und der hatte sich gewaltig gefreut.

»Das ist ein guter Name.«

»Und wenn es gar nicht meiner ist?«

»Dann behältst du ihn trotzdem. Den hat der Himmel dir geschenkt.«

»Nun fang bloß nicht wieder so an!«

Der Blumenverkäufer konnte es aber nicht lassen. »Irgendjemandem da oben ist aufgefallen, dass *Ohnebein* kein guter Name ist. Das ist überhaupt kein Name.«

»Mir hat er gereicht.«

Da hatte der Blumenverkäufer ihm eine Rose ins Knopfloch gesteckt. »Die ist für die rote Frau. Grüß sie von mir, Otto Abels.«

16

Im Sommer kamen Tieflader ins Moor. Sie brachten das Mammut ans Teufelsloch, dazu vier Lokomobile, die den Koloss von einem Pflug bewegen sollten. Das brachte alle auf andere Gedanken. Die Sache musste gefeiert werden. Sogar der Landrat kam in ihr armseliges Dorf, was alle gewaltig überraschte. Der hatte sich noch nie hier blicken lassen. Mit so einem hohen Besuch rechnete hier keiner, der Landrat wohl am allerwenigsten. Er las seine Rede vom Blatt und nannte das Dorf die ganze Zeit »Untenmoor«. Er sprach ganz allgemein von den Zeiten, den schlechten und den guten. Die einen waren vorbei, die anderen brachen nun an. Von *Notzeiten* sprach er auch, von den Vertriebenen, Geflüchteten und Habenichtsen, alle brauchten sie Brot, Arbeit und ein Dach über dem Kopf. Die Rede hatte er wohl von einem anderen Festakt noch in der Schublade gehabt. Am Ende pries er das Mammut, das das nichtsnutzige Moor unterpflügen und Platz schaffen sollte für blühende Wiesen und Weiden, für Bauplätze und Straßen, kurz und gut: für den Fortschritt und den Wohlstand, die nun beide nach »Untenmoor« kommen sollten. Damit schloss er seine Rede und ließ sich noch schnell mit dem Ungetüm fotografieren. Dann musste er weiter. Termine, Termine.

Die Unnenmoorer aber staunten nicht schlecht, dass ausgerechnet sie auserwählt worden waren. Sonst hatte doch auch keiner gewusst, dass es sie gab und nicht alle glaubten ihm. Vielleicht war das wie mit dem Untergang. Auf den warteten sie heute noch.

Der Pflug war gigantisch. So eine große Maschine hatte hier noch keiner gesehen. Das Mammut überragte sogar die Katen im Dorf, so dass man es weithin sehen konnte. Gerd Hausmann, der im Krieg einen Panzer gefahren hatte, sollte nun eines der Lokomobile bedienen. Er war aus dem Dorf und alle klopften ihm auf die Schulter. Theo fotografierte ihn für die Zeitung. Die eisernen Räder waren so groß, dass er gerade bis zur Nabe reichte. Der Männerchor, der zur Feier des Tages deutsches Liedgut zum Besten gab, hätte gut auf der Pflugschar Platz nehmen können. Sie sangen Erbauliches, aber es hörte keiner zu, denn alle bestaunten das eiserne Ungetüm. Da konnten sie noch so inbrünstig den deutschen Wald lobpreisen. Ausgerechnet die kleine Eversten stahl ihnen dann endgültig die Schau. Engelsgleich und mit glockenheller Stimme sagte sie ein Gedicht auf und Lehrer Wienert bekam ganz feuchte Augen. Er begann seine eigene Rede in großer Ergriffenheit und alle ahnten schon: Das konnte dauern, denn er fing bei den schmelzenden Gletschern der Weichsel-Eiszeit an, die die Moore geschaffen hatten. Dann ritt er durch die Epochen, einmal Geologie- und Geschichtsunterricht rauf und runter. Man hörte schon die Mägen knurren, als er endlich zum Ende kam und zum Mammut. Er pries die Maschine als Wunder moderner Technik und der neuen Zeit, »die uns endlich Frieden und Wohlstand bringt. Möge der Fortschritt uns Fülle und Reichtum bescheren.«

»Amen!« Guste stand in erster Reihe, sie hatte noch nie Respekt vor den Oberen gezeigt. »Ich hör' immer nur Fortschritt! Wohlstand! Und was ist mit dem Moor? Das kommt jetzt einfach weg?«

Ja, meine Güte! Wer wollte denn das Moor behalten? Das hatte sie lange genug gequält. Nicht einmal der Spökenfritz bedauerte das. Er spielte mit der Kapelle auf, er schlug die Trommel. Ein Tusch auf die neuen Zeiten! Sie hatten wahrlich genug gelitten, hatten gehungert und jeden Pfennig umgedreht. *Den tweeten siene Not.* Nun sollte es endlich besser werden. *Den dritten sien Brot.* Das hatten sie sich redlich verdient. Generationen hatten sich an diesem feuchten Loch abgearbeitet! Wenn der Krieg auch verloren gegangen war, das Moor konnten sie nun endlich besiegen und das Mammut war die neue Wunderwaffe, so nannte es auch der Bürgermeister. Als der zu Ende geredet hatte, gab es Bier und Erbsensuppe. Für die Honoratioren hatte der Wirt gemischten Braten mit Rotkohl und Kartoffeln gekocht. Wenn schon so viel Prominenz zu ihnen kam, wollte Cordugas sich nicht lumpen lassen. Statt Kartoffelschnaps gab es guten Korn und der floss in Strömen. Die Sonne schien, die Schießbude war umlagert vom Jungvolk, das auf Rosen schoss, und für die Kinder stand da ein Karussell mit Pferdchen und Kaffeemühle. Die Kapelle spielte einen Marsch nach dem anderen, denn Fritz konnte nur den einen Takt: zweimal lang, dreimal kurz. Bumm-bumm-bummbummbumm. So hatte es auch geklungen, als sie in den Krieg gezogen waren, daran erinnerte sich mancher noch im Stillen und einigen lief es kalt den Rücken hinunter, aber heute wurde gefeiert.

Übermorgen sollte es schon losgehen mit dem Fortschritt. Dann würden sie das Mammut mit Stahlseilen zwischen die Lokomobile spannen. Die zogen es dann mit Dampfkraft über das Moor, hin und her und hin und her. Der Pflug würde den Boden bis zum Ortstein aufwühlen.

War der erst einmal angerissen, blutete das Moor ganz von alleine aus.

»Dauert nicht mehr lange, dann haben wir hier fette Weiden, wie in der Marsch«, freute sich Theo. Er stand an der Bierbude und war bester Laune, geradezu euphorisch. »Dann grasen hier Kühe und keiner muss mehr Angst haben, irgendwo stecken zu bleiben.« Er sagte das zu Edith, aber Guste hatte ihn auch gehört. Sie war schon den ganzen Tag so flatterig, rannte hierhin und dahin, schimpfend, fluchend und hustend, so aufgewühlt hatte man sie selten erlebt, aber sie war alt und wurde immer wunderlicher.

»Was die Siedler in Hunderten von Jahren nicht geschafft haben, das soll jetzt dieses Ungetüm anrichten?«

»Was heißt denn anrichten«, wandte Theo ein. »Es wird alles besser.«

Guste schüttelte ihre Faust. »Was kann denn gut daran sein, wenn hier alles kaputtgeht.«

»Nichts geht kaputt. Wir bauen auf, Guste. Vielleicht kannst du bald in eine kleine Wohnung ziehen, da kommt das Wasser aus dem Wasserhahn und du kannst am warmen Ofen sitzen.«

»Zwischen toten Wänden? Da sterb ich lieber!«

Theo lachte. »Bist eine breegenklöterige Hex. Geh nach Hause, da kannst du unken.«

Sie ging tatsächlich und alle atmeten auf. Keiner war hergekommen, sich von der Alten das Fest verderben zu lassen. Was gab es auch gegen den Fortschritt einzuwenden? So mancher erlebte den Aufbruch schon am eigenen Leibe. Es gab wieder Arbeit in dieser gottverlassenen Gegend und am Monatsende eine Lohntüte. Das wiederum freute den Wirt. Theo freute sich über den Artikel, den er zu schreiben beauftragt worden war, weil er hier lebte und die Leute kannte. Er rechnete sich aus, den Text vielleicht auch größeren Zeitungen anbieten zu können, weil hier Großes geschah. Möglicherweise war das sein ganz persönliches Sprungbrett in eine bessere Zukunft. Wenn er Karriere machte, wenn er mehr verdiente, konnte er endlich aus dem kalten Loch raus, in dem er immer noch hauste, und mit Edith zusammenziehen, die er liebte. Er hatte ihr noch nicht gesagt, dass er sich für einen der Bauplätze interessierte, die hier entstehen sollten. Bis jetzt hatte er sie auch noch nicht zwischen den Leuten entdeckt, aber sie hatte versprochen, zu kommen, auch wenn sie immer noch ungern ins Dorf ging. Harte Wochen lagen hinter ihnen, aber nun war Sommer. Er entdeckte sie und hielt die Luft an. Sie trug das neue Kleid. Das grüne. Den Stoff hatte er in einem Schaufenster in der Stadt gesehen und gleich ein paar Meter gekauft, obwohl er nichts davon verstand. Die Farbe hatte ihm so gut gefallen. Es stellte sich heraus, dass es Vorhangstoff war. Edith nähte sich trotzdem ein Kleid daraus und es passte zu ihrer hellen Haut und den roten Haaren. Theo ging zu ihr.

»Wie schön, dass du gekommen bist. Ist das nicht ein herrlicher Tag und ein schönes Fest?«

Sie guckte so ernst. Sie hatte sich lange dagegen gewehrt, zum Fest zu gehen, weil viele sie immer noch für eine Töversche hielten, eine, die zaubern konnte und den Leuten Böses anhexte. Manche gingen ihr immer noch aus dem Weg. Seit der Sache mit Betty hatte sie sich zurückgezogen und niemandem die Tür geöffnet, nur ihm und manchmal auch Guste. Einmal hatte sie ihm von toten Ratten auf der Türschwelle erzählt und dass die Nachbarn schnell einen Spruch sagten, wenn sie ihr begegneten. Alle rannten sie nun zum Spökenfritz, denn sie sahen plötzlich überall Spuren von Hexerei, zu Kränzen verklumpte Federn in den Betten oder verkalbende Kühe. Fritz kannte die Gegenzauber und ließ es sich etwas kosten. Seit dem Sommer war es ruhiger geworden. Der war licht und vertrieb die bösen Gedanken. Außerdem gab es nun anderen Gesprächsstoff, nämlich das Mammut. Edith konnte der modernen Technik dankbar sein. Einige grüßten sogar wieder.

»Das Kleid steht dir gut«, sagte Theo. Edith nickte. Betty stand neben ihr und brachte auch kein Wort heraus. Sie hatte sich verändert. Theo vermisste die freche Göre, die hatte sie im Moorloch gelassen und die Glöhnigen hatten sie mitgenommen. Seit dieser Nacht war Betty viel zu nachdenklich, als sei sie zu schnell erwachsen geworden. Theo zeigte auf das Mammut. »Na? Was sagt ihr beiden Hübschen dazu? Ist das nicht ein Wunderwerk?«

»Es ist unheimlich.« Betty betrachtete die Maschine mit Furcht in den Augen, Edith schwieg und Theo hakte sie beide einfach unter. »Davor muss man doch keine Angst haben. Kommt, meine Damen. Wir gucken uns das Ding aus der Nähe an.«

Aber Betty wollte nicht. Sie machte sich los.

»Geht ruhig. Ich bin bei der Schießbude und guck ein bisschen zu.«

»Aber …«

»Lass sie«, sagte Edith. Also ließ Theo sie gehen und schaute ihr hinterher.

»Ich kenne sie nicht wieder.«

»Ich auch nicht.«

Er wanderte mit Edith über den Platz und zu den Maschinen hin. Die Lokomobile sahen aus wie eine Mischung aus Traktor und Lokomotive. Das Mammut aber ragte in den Himmel und flößte jedem gehörigen Respekt ein. Als sie davorstanden, nahm er ihre Hand und legte sie auf eine der Radstreben.

»Fühl mal. Das ist der Fortschritt.«

Sie zog die Hand zurück.

Er fragte sich, warum sie an einem solchen Tag so traurig war. Sie hatten sich wohl eine Woche nicht gesehen, er sagte ihr, dass er sie vermisst habe. Sie schwieg. Er musste ihr jedes Wort aus der Nase ziehen. Irgendetwas stimmte nicht, er wollte schon fragen, da spielte die Kapelle einen Walzer. Fritz hatten sie Bier holen geschickt, die Trommel stand auf dem Boden, denn einen Dreiertakt bekam er nicht hin. Der war viel zu rund und geschmeidig für einen wie den Spökenfritz.

Theo verbeugte sich und forderte Edith zum Tanz auf. Die zögerte, sah sich um, wollte wohl sehen, ob die Leute sie beobachteten, aber alle waren fröhlich und mit sich selbst beschäftigt.

»Nun komm schon. Gib dir einen Ruck«, munterte Theo sie auf.

»Ich glaube, ich darf das nicht mehr.«

»Na, und ob!«

Er fasste sie um die Hüfte und sie wagten ein paar Schritte, es dauerte ein wenig, bis sie in Schwung kamen, wegen Theos Bein, aber irgendwann schwebten sie über den Platz und keinem wäre aufgefallen, dass Theo sonst hinkte. Als der Walzer zu Ende gegangen war, standen sie sich atemlos gegenüber und endlich lächelte Edith.

»Na bitte«, sagte Theo und zog sie mit sich, denn Fritz kam mit dem Bier und schnallte sich die Trommel wieder um. Gleich würde er jedes Lied in einen Trampelmarsch verwandeln.

»Wo willst du mit mir hin?«, fragte Edith.

»Jetzt schieße ich dir eine Rose, wie sich das gehört.«

Sie blieb stehen. Da war sie wieder, diese seltsame Verlegenheit, die ihm eben schon aufgefallen war.

»Was ist denn?«

»Ich möchte lieber keine.«

»Aber warum? So macht man das, wenn man sich mag, oder nicht?«

Sie entzog ihm ihre Hand, guckte zu Boden und Theo fing an, sich Sorgen zu machen. »Was ist los, Edith?«

»Wir dürfen nur noch Nachbarn sein, Theo. Und du solltest auch nicht mehr so oft kommen.«

Ihre Worte trafen ihn. Er begriff keines davon.

»Warum? Ich verstehe das nicht.«

»Weil es keinen guten Eindruck macht.«

Er starrte sie an. »Aber ich will dir doch nur eine blöde Rose schießen. Was ist denn so schlimm daran!«

Er war laut geworden. Einige guckten zu ihnen hin.

Edith flüsterte. »Es tut mir leid.«

»Was denn? Was tut dir leid? Ich verstehe dich einfach nicht.«

Sie sah so blass aus. Er griff ihre Hand, sie entzog sie ihm wieder. »Ich habe vor drei Tagen eine Nachricht bekommen.«

Ihm wurde kalt. Er ahnte schon, worum es ging. »Doch nicht etwa von Otto?«

Edith nickte. »Vom Suchdienst. Es ist verrückt, aber er lebt wohl.«

Er brauchte kurz, bis er wieder atmen konnte. »Weiß Betty das schon?«

»Nein. Die kennt ihn ja kaum. Aber ich bin zu Anni gegangen. Ich dachte, ich muss es ihr zuallererst sagen.«

»Warum nicht mir?«

»Wir haben zusammengehalten, sind durch dick und dünn gegangen. Ohne Anni hätte ich das nicht geschafft. Und nun kommt Otto zurück und Anni bleibt alleine.«

Theo lachte auf, er klang verbittert. »Ausgerechnet Anni. Die will doch alleine bleiben! Hat sie dich nicht vom Hof gejagt?«

»Du hast ja Recht! Es ist nur ... dass ich es selbst kaum glauben kann.« Edith zupfte verlegen an ihrem Kleid. »Wer hat denn damit noch gerechnet.«

»Und wie stellst du dir das vor? Sollen wir Freunde bleiben? Das kannst du vergessen!«

Edith hatte gar nicht zugehört. Sie war mit ihren Gedanken weit weg und schüttelte immer wieder den Kopf. »Nach all den Jahren kommt der wieder. Vielleicht heute schon.«

17

Anni hätte gern den Landrat gesehen, der war oft in der Zeitung abgebildet. Auch wegen der neuen Maschinen wäre sie zum Fest gegangen und wegen Bier und Suppe. Wann waren die Oberen schon mal so spendabel? Es musste einen Grund dafür geben. Vielleicht stimmte etwas nicht mit dem Plan, halb Unnenmoor umzugraben und man wollte das Dorf milde stimmen? Mehr als einmal war sie zum Schaukasten gegangen. Die Einladung zum Fest hing da aus, gleich neben den Bekanntmachungen. Sie hatte sich alles von oben bis unten durchgelesen, aber keinen Haken gefunden. Also musste sie wohl glauben, dass es einzig und allein darum ging, dem Dorf etwas Gutes zu tun. Der Grund, warum sie das Fest dann doch lieber mied, lag vielmehr darin, dass sie Edith nicht begegnen wollte.

Vor drei Tagen war sie zu ihr gekommen. Sie hatte sie zuerst nicht reinlassen wollen, denn sie wusste nicht mehr, ob sie ihr noch trauen konnte. *Rote Haare, Sommersprossen sind des Teufels Zeitgenossen.* An den alten Sprüchen war immer was Wahres dran. Sie hatte sich hinreißen lassen und ordentlich Öl ins Feuer gegossen. Vielleicht hatte sie übertrieben, aber gab Fritz ihr nicht Recht? Er hatte sie ausdrücklich gewarnt, als Anni ihn letzte Woche geholt hatte, wegen der Krämpfe. Willi litt darunter und kein Kraut kam dagegen an, nur Fritz konnte helfen.

»Hat sich die Abel'sche in letzter Zeit hier herumgetrieben?« Das war seine erste Frage gewesen. Anni wusste nichts davon, aber Willi lief immer mal wieder durchs Dorf und kam bei den Abels vorbei. So gut konnte sie gar nicht aufpassen.

»Der ist nicht zu trauen. Und Betty ebenso wenig. Pass auf, dass sie euch nicht verhext.«

Er musste es ja wissen. Er kannte sich aus mit solchen Dingen. Manche hielten Fritz für einen Spinner, sie nicht. Was zählte, war die Tatsache, dass es Willi besser ging, nachdem Fritz ihm die Hand aufgelegt hatte. Also hatte das alles einen Sinn, was er da machte. Warum sollte sie ihm nicht glauben?

Daran dachte sie, als Edith plötzlich in der Waschküche gestanden hatte.

»Was willst du hier!«, hatte sie sie angeherrscht und Edith war mit der Tür ins Haus gefallen.

»Stell dir vor, Otto lebt. Er ist schon auf dem Weg hierher.«

Alles war wieder hochgekommen. All die schlimmen Jahre, in denen sie sich zusammengerauft und gegenseitig Mut gemacht hatten. Es werde alles gut werden. Otto und Josef, die kämen schon wieder, zäh seien die und unverwüstlich. Und als der Krieg zu Ende war und beide verschollen, da hatten sie sich damit abgefunden, dass es auch so weiterging, sonst wären sie beide längst verrückt geworden. Sie trat beiseite. »Komm rein.«

Sie hatte Kaffee gekocht. Dann saßen sie am Tisch. Anni schwieg. Sie musterte Edith, suchte nach Veränderungen und fand, dass sie müde aussah, wie immer.

»Was soll ich denn jetzt machen!«, hatte Edith sie gefragt.

»Dich freuen.«

Da hatte Edith sie groß angeguckt. »Du begreifst das wirklich nicht, oder? Und ich dachte, dass du …«

»Dass ich was?«

Edith blieben die Worte im Halse stecken, da sprang Anni ein. »Ich stell' mir nur gerade vor, ich wäre an deiner Stelle und Josef würde kommen. Ich würde mich freuen.«

»Die sind einundvierzig in den Zug gestiegen. Das ist jetzt wie lange her? Neun Jahre? Das Leben ist weitergegangen.«

»Für dich vielleicht.« Der Satz schmeckte bitter und kam ihr kaum über die Lippen, aber Edith merkte nichts. Sie hatte die Sprache wiedergefunden und plapperte drauflos. Dass sie Theo mochte, sehr sogar, und dass sie Otto auch noch liebte. Was für ein Quatsch! So viele Gefühle konnte kein Mensch auf einmal haben. Am besten hatte man gar keine, aber das brachte Anni ja auch nicht fertig. Sie war viel zu oft zornig und sie vermisste Josef immer noch, da konnte sie machen, was sie wollte. Das war mehr als genug.

»Ich weiß gar nicht mehr, was ich denken soll.« Jetzt fing Edith auch noch an, zu weinen. »Was ist denn bloß los mit mir, Anni? Kann man zwei Menschen auf einmal lieben? Und ist das nicht eine Sünde?«

Sie hatte Rotz und Wasser geheult und Anni hatte sich beherrschen müssen, sie nicht gleich rauszuwerfen, denn was gab es da zu jammern? Wusste die überhaupt, wie sich echte Einsamkeit anfühlte? Das war der Moment gewesen, in dem sie beschloss, nicht zum Fest zu gehen, weil das alles nur noch schlimmer machte. Sie hatte gedacht, sie sei darüber hinweg. Josef hatte sie in eine Kiste gesteckt, in den hintersten Winkel ihres Herzens. Seit Ediths Besuch träumte sie wieder von ihm. Dabei war die Ehe nicht einmal besonders glücklich, welche war das schon, aber sie hatten gemeinsam den Hof bewirtschaftet und Josef war ein guter Bauer und ein noch besserer Vater gewesen. Für Kinder hatte er ein Händchen gehabt. Eine ganze Koppel hatte er sich gewünscht. Das war ihnen nicht vergönnt. Zuerst die Fehlgeburten, dann Willi, mit den Füßen voran. Der war mehr tot als lebendig auf die Welt gekommen, an einem krummen Montag im November, einem Krüpeltag. Anni hatte nichts mit dem Jungen anfangen können, Josef umso mehr. Der hatte einen Narren an dem Jungen gefressen. Die beiden! Als er von einem Tag auf den anderen in den Krieg hatte ziehen müssen, war sie mit allem allein gewesen, mit dem kranken Kind und dem Hof. Sie hatte das nicht mehr voreinander gekriegt und dann war alles schiefgelaufen. Die Kühe verkalbten, die Schweine kriegten die Seuche und sie den Zorn. Den kriegte sie nicht wieder los. Der kam von nun an in Schüben wie schlechtes Fieber. Dann kochte sie über und hatte sich nicht mehr in der Gewalt. Meistens bekam Willi es ab, weil er arglos im Weg stand. Dafür hatte der Junge eine Begabung. Hinterher tat es ihr leid, aber sie kam nicht dagegen an, denn es wurde ihr einfach alles zu viel und sie machte schlimme Sachen.

Im Frühjahr, nach der Geschichte mit Betty, da hatte die krumme Katie sie auf frischer Tat ertappt. Am Abend hatte sie mit ihrem Wagen auf dem Hof gestanden und alles gewusst.

»Kann ich Willi sehen?« Das war keine Frage gewesen, sondern ein Befehl. Bevor Anni antworten konnte, war Katie schon ins Haus gegangen und in die Schlafkammer.

Willi hatte in seinem Kinderbett gelegen, das ihm längst zu klein geworden war, aber, meine Güte, er rollte sich sowieso immer zusammen wie eine Katze. Wozu brauchte einer wie er dann ein großes Bett!

Katie hatte ihn geweckt und sich seine Flecken und Beulen angeschaut. Wie sie sich geschämt hatte.

»Warum hast du das gemacht?«

Ja, warum wohl! Er hatte den Professor gebissen, in den sie so viel Hoffnung gesetzt hatte, dass er Willi heilen konnte. Nun war die Mettwurst weg, in der Eierkasse fehlte Geld und Gott wollte niemanden dafür bestrafen, im Gegenteil. Die Erde drehte sich noch. Dass sie da wütend geworden war, musste man doch verstehen, aber Katie hörte gar nicht richtig zu. Sie hatte ihre Salben geholt, den Jungen behandelt und ihr zuletzt noch eine Warnung mit auf den Weg gegeben.

»Wenn du das nächste Mal Lust hast, deinen Jungen zu schlagen, dann beiß dir selbst in die Hand. Und denk dran. Das Auge sieht alles. Ich verfluche dich bis in alle Ewigkeit, wenn ich darin sehe, dass du ihn noch einmal anrührst. Und noch was: Wenn du deine böse Zunge nicht im Zaum hältst, dann verfluche ich dich auch. Hast du mich verstanden?«

Anni nahm sich das zu Herzen, denn mit Flüchen war nicht zu spaßen. Die konnten einen ins Grab bringen. An manchen Tagen war ihre Hand schon ganz wund vom vielen Reinbeißen. Heute auch wieder, denn Willi hatte keine Ruhe gegeben. Er wollte unbedingt auf das Fest, denn er liebte Musik. Sie hatte ihn schließlich eingesperrt. Nun stand sie zwischen den Hühnern, den Futtereimer in der Hand. Der Wind wehte Musikfetzen vom anderen Ende des Dorfes heran, vor allem die Trommel war zu hören, mal lauter, mal leiser. Anni versuchte, nicht hinzuhören. Sie verteilte Klee und Brennnesseln, das Grünzeug hatte Willi am Morgen gesammelt. Für so etwas war der Junge zu gebrauchen. Sie sah zum Haus hin. Er stand am Kammerfenster und guckte. Sie dachte an Katie und holte ihn lieber wieder raus.

»Aber dass du mir nicht wegläufst! Verstanden?«

Willi nickte. Dann kam Köter um die Ecke und leckte seine Hand. Willi legte sie auf den struppigen Hunderücken. Die beiden hatten sich auch gesucht und gefunden. Zusammen stolzierten sie über den Hof. Köter trottete neben Willi her. Der boxte mit der freien Hand den Takt in die Luft, der vom Fest zu ihnen herüberwehte. Willi versuchte einen Stechschritt, das hatte er sich auf dem Schützenfest abgeguckt. So marschierte der alte König, gefolgt von seinen Adjutanten, dem neuen entgegen, um ihm dann die Ehrenkette zu übergeben. Meist waren sie dann schon voll wie die Strandhaubitzen und verhedderten sich in ihren eigenen Beinen, aber so wollte es die Tradition. Nur in dem Jahr, als Wienert den Vogel abgeschossen hatte, war es anders gekommen. Der Lehrer hatte den Paradeschritt im Sportunterricht geübt und eine Schüleraufführung daraus gemacht, da war er fein raus gewesen. Seine Jungs waren marschiert wie die preußische Armee. Ebenso versuchte es nun Willi. Der war gerade auf der anderen Seite vom Hühnerstall wieder zum Vorschein gekommen, wie ein Storch im Salat.

Anni spürte, wie sich ihre Nerven spannten. Sie konnte sich diesen mallerigen Kram nicht mit angucken und floh ins Haus. Da fing sie an zu fegen, um sich nicht wieder in die Hand beißen zu müssen, aber sie kam nicht zur Ruhe. Draußen bellte der Hund und Willi brummte aufgeregt.

Anscheinend war jemand gekommen. Bestimmt Edith und Otto, die ihr Glück vorzeigen wollten, oder was auch immer. Sie hatte keine Lust, sich das anzusehen, und fegte weiter, aber es half nicht. Draußen ging ein Radau los. Nun wurde ihr die Sache langsam zu bunt.

Anni ging mit dem Besen zur Tür, um das frische Glück vom Hof zu jagen, aber davor stand Willi mit geballten Fäusten, er verteidigte den Eingang vor einem Kerl in einem Karren. Köter beschnüffelte den nur, ließ ihn aber sonst in Frieden. Vielleicht hatte er Mitleid, denn dem Mann fehlten die Beine. Er sah schrecklich zerlumpt aus, die Haare fielen ihm ins vernarbte Gesicht, sein Bart überwucherte den Rest. Anni lehnte den Besen an die Wand. Sie war fast erleichtert, dass es nur ein Bettler war. Sein Anblick stimmte sie milde.

»Wenn du mit einem Becher Milch zufrieden bist, sollst du einen haben.«

Er starrte sie an.

»Ein Ei kann ich dir auch braten. Siehst aus, als ob du Hunger hättest.«

Der Mann schwieg.

Sie wollte schon reingehen, um das Ei in die Pfanne zu schlagen und die Milch einzugießen, da hob der Fremde die Hände, die in zerlumpten Handschuhen steckten, wohl zum Zeichen, dass er nichts verlangte. Irgendwie kam er ihr bekannt vor.

Willi stand zwischen ihnen, mit offenem Mund, wie immer. Er beobachtete den Mann in der Kiste, der starrte zurück auf eine Art, die Anni nervös machte.

»Kein Grund, den Jungen mit den Augen aufzufressen. Du bist auch nicht gerade ein Muster von einem Menschen.«

Der Mann wandte den Blick von Willi ab. »Hast ja Recht. Ich hab's nicht so gemeint.«

Reden konnte er also. Er klang heiser, doch seine Stimme schlug eine Saite in ihr an.

»Was willst du hier? Suchst du was Bestimmtes?«

»Ich suche Edith«, sagte der Bettler. »Edith Abels. Bist du das?«

»Gott bewahre! Nein. Die wohnt am anderen Ende vom Dorf.«

Der Mann sah in die Richtung, in die sie zeigte. Er zog die Handschuhe aus und schob sich die viel zu langen Haare hinter das Ohr. Die Geste erinnerte sie an etwas, aber sie kam nicht drauf. Sie fragte: »Wie heißt du.«

»Otto?« Es klang wie eine Frage, als ob er über diesen Namen selbst nachdenken musste. Anni lief es kalt den Rücken hinunter. Konnte das ein Zufall sein oder kehrte Otto Abels als Krüppel zurück? Er wäre nicht der Erste. Fast empfand sie Mitleid mit den beiden, aber irgendetwas passte nicht ins Bild. Sie musterte den Mann in der Kiste und suchte in dem entstellten Gesicht nach Ähnlichkeiten mit Otto, wie sie ihn gekannt hatte. Dunkle Haare, graue Augen und ein Schlacks.

»Jetzt gaffst du mich an? Noch nie einen Kriegsversehrten gesehen?«

Nun senkte Anni den Kopf.

Der Mann zeigte auf Willi. »Und wie heißt der Meister hier?«

Der Junge trat einen Schritt zurück, er ließ den Mann nicht aus den Augen.

»Willst mir deinen Namen wohl nicht verraten? Na ja, ich rede auch nicht mit jedem.«

Anni stellte sich vor ihren Sohn. »Der redet gar nicht.«

Langsam wurde ihr die Sache zu bunt und sie wäre den Kerl nun gerne losgeworden. Im Dorf spielte die Kapelle wieder auf, es hörte sich an wie ein Walzer.

»Schützenfest?«, fragte der Mann.

»Ne. Der Fortschritt.«

Sie musterten sich argwöhnisch.

»Immer der Musik nach. Da findest du deine Edith.«

Er rang sich so etwas wie ein Lächeln ab. »Eine Milch könnte ich jetzt eher vertragen. Ich bezahl die auch.«

Aber Anni rührte sich nicht vom Fleck. Ein anderes Gesicht schob sich immer wieder über das des Bettlers. Nun träumte sie schon am helllichten Tag.

»Wie heißt du?«, wollte er jetzt wissen.

»Du bist ganz schön neugierig. Ich bin Anni. Und das da ist Willi. Mein Sohn.«

»Was ist mit ihm?«

»Na, was soll schon sein? Einen Döskopp hat er.«

»Ich auch.« Er schlug sich gegen die Stirn. »Alles weg. Ich weiß nichts mehr.«

»Warum bist du dann hier und suchst Edith?«

»Weil ich diesen Ring habe.« Er zog ihn vom kleinen Finger und reichte ihn Anni. Die nahm ihn und las die Gravur. Es war Ottos Ehering, da bestand kein Zweifel. Ediths Name stand darin samt dem Hochzeitsdatum. Anni war Trauzeugin gewesen.

»Dann ist die Sache doch klar, oder?«

»Er passt mir nicht. Aber dich kenne ich von irgendwoher.«

Da konnte Anni nur zustimmen. Sie hockte sich vor den Mann, kam ihm ganz nah und sah ihm in die Augen. Sie zog ihm die Mütze vom Kopf, nahm sein vernarbtes Gesicht in beide Hände und besah es sich von allen Seiten.

Er ließ sich das gefallen. Ihre Finger ertasteten die kleine Delle am Hinterkopf. Sie sah ihm in die hellen Augen.

»Du bist nicht Otto.« Einen Moment musste sie sich an der Hausmauer abstützen. »Du bist Josef. Du bist nach Hause gekommen.«

18

Die Arbeiten im Moor hatten schon Tage vor dem Fest begonnen. Der halbe Krüppelwald war gefällt. Da sollte eine Maschinenhalle hin, mit Büro und allem Drum und Dran. Das Holz lag aufgeschichtet am Rand vom Festplatz. Betty saß auf einem gefällten Baumstamm. Ein guter Ort, um den Feiernden zuzusehen und selbst nicht aufzufallen. Sie hatte keine Lust, sich zwischen die anderen zu mischen.

»Du gehörst nicht mehr zu denen«, sagte Guste. Wie aus dem Boden gewachsen stand sie da und kannte Bettys Gedanken. Vielleicht hatte sie laut gedacht und es nicht bemerkt. Sie machte Platz und Guste ließ sich ächzend neben ihr nieder.

»Und nun fragst du dich, ob es nur an dir liegt und ob du was verkehrt machst?«

Betty nickte. Guste legte ihr die Hand auf die Schulter. Da brach es aus Betty heraus.

»Die Glöhnigen wollten mich holen, denn ich bin eine Diebin.«

Guste kniff die Auge zusammen. »Du? Was hast du denn gestohlen? Eine Tüte *hau-mi-blau*?« Sie lachte, aber Betty war nicht nach Scherzen zumute.

»Seit der Nacht im Moor höre ich Dinge, die keiner hört. Und ich sehe, was keiner sieht. Vielleicht bin ich ja doch eine Hexe.«

»Ach was! Das Moor steckt dir in den Knochen, es hat ein langes Gedächtnis. Und was das andere betrifft«, sie legte Betty ihre alte Hand auf den Arm, »hast du im Laden ein Bonbon geklaut?«

»Nein.«

»Oder ein Ei von Anni?«

Da hielt Betty es nicht länger aus. »Kein Ei. Ich hab Geld genommen. Fünfzig Pfennig aus der Eiertasse. Der Fünfziger hat so schön geglänzt.«

Guste seufzte und legte den Arm um sie. »Wenn es den da oben gibt, hat er dir längst vergeben, denn das zählt nicht.«

Betty wischte sich die Tränen ab und sah Guste erleichtert an. »Und was zählt dann?«

Guste zeigte zu den Feiernden hin. »Die da. Ich auch. Wir alle haben gewusst, was im Moor los war. Wir haben die Gestalten gesehen. Der Spökenfritz, der hat die Gefangenen bewacht und wir anderen haben heimlich im Wald gestanden und zugeguckt. Manchmal hab ich was über den Zaun geworfen. Ein Stück Brot, um mein Gewissen zu beruhigen.« Sie schüttelte den Kopf. »Ich bin nämlich feige.«

»Bist du nicht!«

»Weil ich nicht sterben wollte.«

»Das will keiner.«

»Die in der Baracke hausen mussten, wollten das auch nicht, aber die konnten sich das nicht aussuchen.« Sie seufzte tief. »Das ist meine Schuld. Die zählt.«

Da beichtete Betty gleich alles, wo sie schon mal dabei waren. Dass sie Willi gegen die Pumpe geschubst hatte, weil der Bescheid wusste, und dass er wegen ihr eine Tracht Prügel bezogen hatte. Sie verriet auch, wo die gestohlene Münze jetzt eingegraben war.

Guste nickte zu allem und sagte dann, dass sie nicht

weiter darüber reden wollten. »Zerbrich dir nicht mehr den Kopf.«

Sie machte Anstalten, aufzustehen, sie stöhnte wegen ihrer kaputten Knochen. Betty half ihr auf. Die Kapelle spielte einen Marsch. *Alte Kameraden.*

»Die Trommel hört sich an, als ob gleich jemand zum Schafott geführt wird. Lass uns von hier verschwinden«, sagte Guste, als sie endlich aufrecht stand. Betty zögerte und sah sich nach ihrer Mutter um, die seit der Nacht im Moor darauf bestand, zu wissen, wo Betty sich herumtrieb. Sie entdeckte sie mit Theo bei den Maschinen. Gerade sah sie zu ihnen herüber und winkte. Betty winkte zurück und hakte Guste unter. Das musste als Erklärung reichen.

Im Rauchhaus war es kühl und still. Betty atmete auf. Sie setzten sich an den Tisch.

»Erzähl jetzt weiter«, bat sie und Guste nahm den Faden wieder auf.

»Als der Moorbauer am Abend zur Kate zurückgekommen ist, mit dem Karren voll Torf, weil er auch an diesem Tag gestochen und geschichtet hatte, da rechnete er fest damit, dass die neuen Pächter schon eingezogen waren. Der Beamte hatte es ja gesagt. Er wollte sie fragen, ob sie ihn als Knecht nehmen wollten, so hatte er sich das überlegt. Er brauchte nicht viel, nur einen Platz zum Schlafen, vielleicht im Stall bei der Ziege, und eine warme Grütze am Tag. Die wollte er sich verdienen. Die neuen Pächter konnten sicher jede Hand gebrauchen, wer wusste das besser als er. Außerdem hatte er keine Idee, wohin er sonst gehen sollte. Die Kate war doch sein Zuhause. Die hatte er selbst gebaut und die stand immer noch so leer, wie er sie verlassen hatte. Keiner war drinnen gewesen. Seine paar Habseligkeiten lagen auch noch herum. Langsam war ihm der Gedanke gekommen, dass der Beamte ihm nur Angst gemacht hatte. Vielleicht gab es gar keine neuen Pächter. Oder er hatte das alles nur geträumt und träumte womöglich immer noch, denn der Hunger gaukelte ihm schon was vor. Also hat er wieder den guten Anzug angezogen und sich ins Bett gelegt. Vielleicht wollte ihn der Tod jetzt endlich holen, denn er fühlte sich schon ganz schwach.«

Guste hustete wieder und fasste sich an die Brust. »Bring mir einen Schluck Wasser.« Betty holte ihr einen Becher von draußen aus der Pumpe. Es war schön kalt. Guste trank und ihr Atem beruhigte sich. Sie erzählte weiter.

»Er hat sich ins Bett gelegt und ist sofort eingeschlafen. Von einer fetten Graupensuppe hat er geträumt und dann von dem Beamten, der ihm auf den Kopf zugesagt hat, er und seine Familie, sie seien wohl zu faul gewesen, um die Pacht zusammenzukriegen. Aber das Moor hatte sie alle krank gemacht mit seinen Nebelgestalten und Irrlichtern. Die Dämonen hatten es auch auf ihn abgesehen, denn was sollte es sonst sein, das sich in der Nacht zu ihm ins Bett legte, wenn es schon nicht der Tod war?«

»War das denn wirklich ein Geist, der sich zu ihm gelegt hat?«, fragte Betty.

»Wart's ab. Den Rest der Nacht hat er stock und steif dagelegen und ist irgendwann vor lauter Erschöpfung doch wieder eingeschlafen. Am Morgen war der Spuk dann vorbei, aber die Seite, wo das Kalte gelegen hatte, die war zerwühlt und auf dem Kopfkissen hat er ein dunkles Haar gefunden, wie von seiner Frau.«

»Dann war sie doch nicht tot?«

»Natürlich war sie das! Du musst mir zuhören. Auch in der dritten Nacht ging das so. Da war der Moorbauer so verzweifelt, dass er den guten Anzug gleich anbehalten hat, und am Morgen ist er nicht ins Moor, sondern zum Kuhlengräber gelaufen, der die Gräber ausgehoben hat. Der konnte ein paar Worte Lateinisch für die Messe und hat sich für einen Gelehrten gehalten. Mit dem Bösen hat er sich auch gut ausgekannt.«

»Wie der Spökenfritz?«, wollte Betty wissen.

»Ach der!« Guste spuckte in die Glut. Es zischte. Sie legte noch ein Stück Torf nach.

»Der Moorbauer hat dem Kuhlengräber von dem kalten Dämon erzählt. Da hat der Mann ihn in seine Kammer neben der Kapelle gelassen und ihm reinen Wein eingeschenkt. ›Ich weiß, was dir jede Nacht ins Bett kriecht. Eine Hexe. In der Nacht kommen sie und quälen dich mit wollüstigen Gedanken, glaub mir, ich weiß, wovon ich rede. Sie wollen deine Seele und irgendwann tust du, was sie von dir verlangen. Hat sie dich erst einmal unter, dann bist du ihr Sklave und kommst in die Hölle.‹

Der Moorbauer hat gefleht. ›Was soll ich tun?‹

›Verschließ jedes Loch in deiner Kammer mit Bienenwachs und lass nur eines offen. Durch dieses Loch kommt die Hexe in der Nacht. Liegt sie bei dir, verschließ das Loch, dann hast du sie gefangen. Und dann kommst du und ich hole sie mir.‹«

Guste hustete wieder. »Ich fürchte, auf den Rest musst du noch ein bisschen warten.«

Betty stand auf. »Ich muss auch gehen.«

»Komm bald wieder«, sagte Guste. »Die Geschichte geht noch weiter.«

Betty versprach es.

19

Das Fest ging zu Ende und Otto war nicht aufgetaucht. Edith wartete. Auch am nächsten und übernächsten Tag kam er nicht. Sie bedauerte schon, Theo so vor den Kopf gestoßen zu haben, aber sie war nun einmal mit Otto verheiratet und die Frau vom Suchdienst hatte gesagt, dass er auf dem Weg sei. Sie musste vernünftig sein. Sie musste nach vorne schauen. Was sie nicht alles musste. Vor allem musste sie Geduld haben. So viele Jahre war Otto weg gewesen, da kam es auf ein paar Tage nicht an, und doch machte sie das Warten nervös. Die Mitarbeiterin vom Suchdienst hatte Andeutungen gemacht. Er sei schwer verwundet. Was genau mit ihm los war, konnte die Frau ihr nicht sagen, aber sie dachte an nichts anderes mehr. Vielleicht fehlte ihm ein Arm oder ein Auge. Möglicherweise fehlte ihm das Geld, um zu telefonieren. Cordugas hatte einen Fernsprecher in der Gaststube stehen, von dem alle telefonierten oder sich anrufen ließen, wenn es sein musste. Sie hatte dem Suchdienst die Nummer gegeben. Vielleicht saß Otto auch nur am Bahnhof fest, weil kein Bus ins Moor fuhr. Der Gedanke schoss ihr gerade durch den Kopf. Dass sie darauf nicht längst gekommen war!

Es kostete sie Überwindung, zu Theo zu gehen und ihn zu bitten, sie mit in die Stadt zu nehmen. Er fuhr schließlich jeden Morgen mit seinem alten Motorrad in die Redaktion. Schweigend hörte er sich an, was sie wollte, und nickte nur. Sie sah es ihm an. Er war verletzt, aber wen hätte sie sonst fragen sollen? Er schlug ihr die Bitte nicht ab und brachte sie bis vor den kleinen Bahnhof. Es gab nur ein Gleis hinter dem Gebäude. Sie ging vorne rein. In der Wartehalle saßen ein Mann und eine Frau auf der Bank. Die Frau hatte ein Kind auf dem Schoß. Sie warteten wohl auf den Zug, der nach Leer fuhr, oder auf den nach Oldenburg. Edith fragte, ob sie einen Heimkehrer hier am Bahnhof gesehen hatten, einen Versehrten, der vielleicht nicht weiterwusste. Sie schüttelten nur bedauernd die Köpfe. Der Beamte hinter dem Schalterfenster konnte ihr auch nicht helfen. Sie hatte rund um den Bahnhof alles abgesucht, es war gut möglich, dass er irgendwo eingeschlafen oder schon tot war. Man musste mit allem rechnen, aber sie hatte keinen Otto gefunden. Sie war daraufhin zur Post gegangen, um beim Suchdienst anzurufen. Die wussten auch nicht, wo er sein konnte. Sie gab die Suche auf und ging nach Hause.

Sie hatte das Dorf fast erreicht, war müde, ratlos und durstig. Mittag war längst vorbei. Zwei Stunden hatte sie gebraucht. Da sah sie jemanden den Weg entlangkommen. Die Sonne stand tief und blendete. Im Gegenlicht erkannte sie eine dunkle Silhouette. Der Statur nach konnte es wohl Anni sein. Groß und dünn, ein bisschen gebückt, als sei es ihr peinlich, dass sie über die Köpfe der meisten hinwegsehen konnte. Sie war es, da bestand kein Zweifel. Nun erkannte sie auch, dass Willi neben ihr herfuhr. Es sah aus, als säße er auf einem Holländer. Woher hatte der denn so ein Gefährt?

Sie blieb stehen, um auf die beiden zu warten und weil sie das Bedürfnis hatte, jemandem ihr Herz auszuschütten. Anni kam ihr gerade recht. Sie würde sie einladen. Ein Rest Kaffee war noch in der Dose, die Theo vor Wochen aus der Stadt mitgebracht hatte. Ein Geschenk. Sie beschattete ihre Augen und blickte ihnen entgegen. Je näher die beiden kamen, desto deutlicher wurde, dass sie sich doch getäuscht hatte. Wer da neben Anni herfuhr, war nicht Willi und er saß auch nicht auf einem Holländer, sondern in einer Kiste mit Rädern. Ein Kriegsversehrter rollte neben Anni her. Er stieß sich mit den Händen vom Boden ab. Solche sah man nun oft, junge Kerle, denen Gliedmaßen fehlten, es war ein Jammer.

Ihr kam ein Gedanke. Wenn Otto ins Dorf gekommen war, während sie ihn in der Stadt gesucht hatte, wäre er dann nicht zu Anni hin? Sie hatte ihm ins Feld geschrieben, dass sie beide sich gegenseitig halfen. Er wusste davon. Sie traute sich kaum, den Gedanken zu Ende zu denken und stellte sich schließlich doch die Frage. Rollte ihr da Otto entgegen? Ihre Knie gaben nach. Sie wollte sich irgendwo festhalten, aber da war nichts, also riss sie sich zusammen. Haltung bewahren. Lächeln. Was sollte er denken, wenn sie bei seinem Anblick in Ohnmacht fiel! Sie drückte den Rücken durch und wartete, bis sie sich gegenüberstanden. Erst da erkannte sie den Irrtum. »Josef? Was machst du denn hier!«

Er lächelte dünn. Die Begrüßung war gründlich missglückt. Der Mann kam aus einem Krieg, war schwer verwundet, und sie fragte, was er hier mache.

»Bist du also wieder zu Hause?«

»Ich vermute es mal«, antwortete er.

Wie er das sagte. Und wie er sie ansah. Sie erkannte die Frage hinter seiner Stirn. *Bist du das wirklich?* Als ob er sich auf sie nicht mehr recht besinnen konnte. Dabei hatten sie sich eine Nacht lang viel zu gut gekannt, allerdings lag das Ewigkeiten zurück. Es war schon nicht mehr wahr, aber in diesem Moment erinnerte sie sich an die alte Geschichte. Ein kalter erster Mai, ein kahler Maibaum, weil es bis weit nach Ostern gefroren hatte, zu viel Schnaps, zu viel albernes Gerede, zu viel Übermut. Sie war damals frisch mit Otto verlobt gewesen und Josef mit Anni. Zwei Paare, wie sie in einem Dorf wie Unnenmoor eben vorkamen. Otto und Edith, Josef und Anni. Nicht mehr und nicht weniger. Aber dann war alles durcheinandergeraten, wie beim Würfeln. Otto und Anni, Josef und Edith. Später hatte keiner mehr ein Wort darüber verloren und mit der Zeit hatte es sich wie ein Traum angefühlt, als sei das alles nicht wirklich passiert. Es spielte ja längst keine Rolle mehr. Bis heute. Bis zu dem Blick von dem Mann in der Kiste. So hatte er sie damals auch angesehen.

Anni blieb stumm. Sie stand hinter Josef, ihre Hand lag auf seiner Schulter, sie war der dunkle Engel, der das Paradies bewachte.

»Ich dachte ...«, Edith räusperte sich, denn es saß ihr ein dicker Kloß im Hals. »Also, für einen Moment habe ich geglaubt, dass du Otto bist.«

»Das hab ich auch bis vor kurzem gedacht.« Er musterte sie von oben bis unten, bis sie sich verlegen abwandte. »Ich habe von dir geträumt. Du bist die rote Frau und ich war mit dir verheiratet.«

Edith stieg das Blut in den Kopf. Sie sah zu Anni. Die krallte ihre Hand in seine Schulter. Er zuckte zusammen und sie ließ ihn wieder los. Fast sah es aus, als ob sie sich in die Hand beißen wollte. Waren denn heute alle verrückt geworden?

»Wann bist du angekommen?«, fragte Edith, um das Gespräch in andere Bahnen zu lenken. Er machte den Mund auf, aber Anni kam ihm zuvor. »Am Sonntag schon.«

»Heute ist Donnerstag. Wo habt ihr denn die ganze Zeit gesteckt?«

»Im Waschbottich.« Anni fuhr ihm durch die Haare. »Du kannst dir nicht vorstellen, wie der ausgesehen hat.«

Er hob die Schultern. »Na ja. War Krieg, oder?«

Endlich fanden sie einen Strohhalm, an dem sie sich alle festhalten konnten.

»Nun soll es ja wieder aufwärts gehen. Sogar hier in Unnenmoor, wie man hört.« Aus Josefs Mund klang das seltsam.

»Wird auch Zeit.« Edith wischte die Gedanken an Otto weg, so gut es ging. »Wo wolltet ihr eigentlich hin?«

»Zu dir. Josef muss dir was erzählen.«

Als sie durchs Dorf gingen, wehte ein Wind durch die Stuben. Alle Gardinen bewegten sich, aber keiner kam aus dem Haus. Wäre da nicht der Maschinenlärm im Moor, hätte man glauben können, das Dorf sei verlassen. Dabei versteckten sie sich nur. Man musste die Leute verstehen. Sie brauchten ihre Zeit, um sich daran zu gewöhnen, dass Josef Groll zurückgekehrt war und in welchem Zustand, nach all den Jahren. Das musste erst einmal verdaut werden, bevor man einen Schnaps zusammen trank.

Betty war von der Schule zurück. Sie saß am Tisch und schrieb Rechenaufgaben auf ihre Schiefertafel, als die Mutter mit Besuch hereinkam. Sie blickte zu Anni und dann zu Josef. Edith erkannte ihr Entsetzen. Sie hatte Betty gesagt, dass sie ihren Vater suchen gehe. Was sollte das Kind auch anderes denken, als dass sie ihn gefunden hatte. Sie schüttelte den Kopf. *Das ist er nicht.*

Josef rollte vor bis an den Tisch. Er musterte Betty von oben bis unten, sie wurde ganz verlegen. »Du bist so schön wie deine Mutter in jungen Jahren.«

»Kaffee?«, fragte Edith, denn ihr war unbehaglich zumute. Sie kramte emsig Tassen hervor. Anni guckte angriffslustig.

»Wo habt ihr denn Willi gelassen?«, fragte Edith, als keiner antwortete.

»Zu Hause.«

Sie deckte auf.

»Setzt euch doch und macht es euch auf der Bank bequem.«

Aber Josef saß schon und er würde auch nicht auf die Bank klettern können. Sie biss sich auf die Zunge und suchte noch die richtigen Worte, da packte Anni ihren Mann schon wie ein Paket, hob ihn auf und setzte ihn auf der Küchenbank ab. Man musste sich wundern, wie stark sie war und dass er sich das gefallen ließ, denn Edith kannte ihn als Eigenbrötler, der sich ungern etwas aus der Hand nehmen ließ. Viele Freunde hatte er nie gehabt. Eigentlich nur einen. Otto. Insofern passten er und Anni gut zusammen. Vielleicht war er es auch längst gewohnt, dass man ihn hierhin und dorthin schleppte.

Betty ließ er nicht aus den Augen. Edith setzte Wasser auf und legte Torf nach. »Hast du Guste schon die Suppe gebracht?«, fragte sie und wandte sich an Betty.

»Sollte ich das?«

Edith holte eine Schüssel aus der Speisekammer. Da war noch ein Rest Bohnensuppe drin, der sollte eigentlich für sie beide sein. Betty steckte die Tafel weg, auf der sie geschrieben hatte. Sie nahm die Schüssel und ging. Edith holte die Dose mit den Kaffeebohnen aus dem Schrank, tat eine Handvoll in die Kaffeemühle und klemmte sie sich unter den Arm. Die Kaffeebohnen knirschten im Mahlwerk, als sie die Kurbel drehte. Solange sie mahlte, fiel das Schweigen nicht weiter auf. Sie wussten alle drei nicht, wo sie anfangen sollten. Als die Kaffeebohnen durch waren, stand sie auf, schüttete das Pulver in die Kanne und goss Wasser drüber. Ein würziger Duft breitete sich in der Küche aus.

»Das hab ich ewig nicht gerochen«, sagte Josef.

Edith schenkte allen ein, zuletzt sich selbst und setzte sich. Sie tranken und plauderten über Unverfängliches, das Wetter, die Preise, die Arbeiten im Moor, bis Edith fast platzte, denn sie ahnte schon, warum die beiden gekommen waren. »Ihr seid wegen Otto hier, oder?«

Schlagartig wurde es still. Josef wühlte in seiner Hosentasche, holte ein Herrentaschentuch heraus und legte es auf den Tisch. Es war unbenutzt und sauber zusammengefaltet.

»Da ist was drin, das dir gehört.« Er schob ihr das Tuch über den Tisch. Edith faltete es auseinander. Darin lag ein schmaler Ring. Sie erkannte ihn sofort wieder und hob ihn auf. Während sie ihn betrachtete, erzählte Josef die ganze Geschichte. Dass sie ihn wegen des Rings für Otto gehalten hatten. Dass er selbst nicht mehr gewusst hatte, wer er war. Dass er schließlich geglaubt hatte, Otto Abels zu sein.

»Wie ist er gestorben?«, wollte Edith wissen.

»Wir haben nebeneinander im Graben gelegen, da hat uns eine Granate erwischt. Er konnte mir noch den Ring geben. Ich sollte ihn dir bringen. Und ich soll dir sagen …

also … dass er dich … er hat dich sehr geliebt. Und Betty. Euch beide.«

Die Sätze kamen ihm schwer über die Lippen. Er trank einen großen Schluck Kaffee, als müsste er die Worte, die ihm noch im Hals steckten, runterspülen.

»Dabei hast du deine Beine verloren?«, fragte Edith nun geradeheraus.

»Und mein Gedächtnis. Aber manches kommt jetzt wieder. Ich wünschte, die Beine auch.« Er klang bitter.

Sie tranken aus den guten Tassen, die nur an den Festtagen auf den Tisch kamen. Edith hatte gute Lust, das schöne Porzellan gegen die Wand zu schmettern und sie begriff nicht zum ersten Mal Annis Wut. Es täte gut, die Ventile zu öffnen und endlich alles herauszulassen, was in ihr gärte, aber sie beherrschte sich. Es wäre zu schade um das gute Geschirr. Das hatte den Krieg überlebt, nun würde es auch die schlechten Nachrichten noch heil überstehen.

20

Sie waren wieder eine Familie und Anni kümmerte sich um alles. Besonders um Josef. Sie rieb ihm die Stümpfe mit Franzbranntwein ein, sie legte ihm warme Tücher auf die schmerzenden Muskeln, sie behandelte die wulstigen Narben. Ein Stümper hatte das zusammengenäht. Sie wusch die Wunden, rieb schwarze Salbe drauf, die nach Teer stank. Sie machte Umschläge aus Weizen und Eidotter, das hatte sie aus dem Buch, das gleich nach der Bibel kam, bei manchen sogar noch davor. Es hatte lange oben auf dem Küchenschrank gelegen und war ganz verstaubt. Dem Pastor zeigte man das besser nicht, aber was wusste der schon. Nun las sie wieder öfter in dem Buch, denn da stand alles drin. Wie man Wunden behandelte oder wie man jemanden in sich verliebt machte. Vielleicht sollte sie Letzteres bei Josef probieren, denn der guckte sie kaum noch an.

Anfangs war alles gut gewesen, die ersten Wochen fast schön und heiter, trotz seiner Verletzungen und allem, was damit zusammenhing. Man musste sich an so vieles neu gewöhnen. Nach dem ersten Schock waren sie sich sehr nahegekommen. Josef schien sich zu erholen. Der Sommer, luftig und lau, war Balsam für ihre harten Herzen gewesen. Josef hatte Anni zärtliche Worte ins Ohr geflüstert und Anni hatte Josef zum Lachen gebracht. Sie hatten miteinander geschlafen. Oft sogar. Aber der Sommer ging vorbei und nahm all das Leichte und Gute wieder weg.

Zurück blieb die Fremdheit. Dagegen kamen sie nicht an. Manchmal saßen sie sich in der Küche gegenüber wie entfernte Verwandte. Der Krieg hatte andere Menschen aus ihnen gemacht.

Willi nahm mit seinem Gleichmut alles hin. Weil er nichts verlangte, blieb unter dem Strich etwas für ihn übrig. Er blühte auf. Sein Vater spielte ihm manchmal auf der Mundharmonika vor. Für Anni hatte er das nur ein paar Mal getan. Sie hätte sich gewünscht, dass er öfter für sie spielte. Stattdessen häuften sich die Tage, an denen sie ihm nichts recht machen konnte. Er wurde mürrisch und unruhig. Dabei gab sie sich Mühe, legte sich krumm, trug ihn hierhin und dorthin, wenn er nicht mehr sitzen konnte und seine Knochen schmerzten, vor allem der Rücken und die Schultern. Er ließ seine Launen an ihr aus. Sie wusste sich nicht zu helfen und holte den Spökenfritz, denn der Doktor wollte ihren Mann ins Sanatorium stecken. Die Pillen, die er Josef verschrieben hatte, halfen kein bisschen. Die konnte er selbst fressen. Fritz' Behandlungen schlugen dagegen an, wenn auch nur für kurze Zeit. Er besprach Josefs Leiden, er hatte heilende Hände. Wenn nichts mehr half, schickte Josef seinen Sohn mit der Kanne zum Wirt. Der wusste dann schon Bescheid, füllte sie mit Bier und kippte aus Mitleid noch einen ordentlichen Schuss Kartoffelschnaps obendrauf. Anni roch die Mischung, sie hatte lange nichts dazu gesagt, hatte sich nur ihre Gedanken gemacht. Als Josef damit anfing, sich herumzutreiben und mit seiner Kiste durch das Dorf zu juckeln, wusste sie schon, woher der Wind wehte. Er passte Edith ab oder Betty, die ihrer Mutter so ähnlich sah. Anni verstand nicht, warum er so einen Narren an den beiden gefressen hatte. Sie stritten sich, denn es kränkte sie sehr. Nach dem letzten schlimmen Streit hatte er gedroht, eines Tages weiterzuziehen und so zu leben, wie er das in den Jahren davor gemacht hatte. Vielleicht sollte er es noch einmal mit Berlin versuchen. Sie fragte ihn, wie er allein zurechtkommen wolle, wenn sie sich nicht mehr um ihn kümmerte. Hier war sein Zuhause und sie war sich wirklich für nichts zu schade. Was wollte er denn noch!

So ging das immer öfter. Wenn sie sich müde gebrüllt hatten, saßen sie sich blank gegenüber. Er sagte dann Dinge wie: »Ich will, dass mein Kopf wieder dumm wird. Nichts mehr wissen, nichts mehr fühlen.«

Sie nahm ihn in den Arm und er weinte dann. Gegen die Schlachtfelder kam sie nicht an oder gegen das, was er gesehen und getan hatte. All das Böse legte sich wie Staub auf sein Gemüt, auf den Hof, auf das Vieh, auf Anni, nur nicht auf Willi. Auf eine geheimnisvolle Weise blieb er verschont und Josef klammerte sich an ihn und schenkte ihm alle Freundlichkeit, die noch in ihm war. Für Anni blieb nichts übrig. Sie versuchte, von den wenigen guten Wochen zu zehren, aber als mit dem Herbst die Nebel kamen, saß ein Knurrpott in ihrer Küche. Wenn er getrunken hatte, wurde er zum Lumpen. *Schlampe! Hässliche Alte!* So nannte er sie. Er kannte eine Menge wüster Worte. Sie stellte sich taub. Er warf mit Dingen, mit der Milchkelle oder dem Handfeger. Ihre Hand war ganz wund. Zuletzt schlug er sie, da lief das Fass über. Da lernte er ihren linken Haken kennen. Danach verschwand er mal wieder und sie stand da, schlotternd und bebend am ganzen Leibe und fragte sich, was aus ihnen geworden war. Im Schweinestall heulte sie sich die Augen aus dem Kopf. Keiner sollte sie so sehen. Aber Willi mit seinem dösigen Kopf, der fand sie und legte seine Hand auf ihre Wange. Sie war so erschrocken, dass sie ihm auch gleich eine schallerte. »Gah na dien Vadder hen un laat mi in Freeden! Weg mit jo. Alle beide!«

Er gehorchte, wie er das immer machte. Schweigend und mit diesem waidwunden Blick. Was hatte sie sich nur dabei gedacht? Als der Zorn verflogen war, erinnerte sie sich an Katies Worte, die mit dem Fluch. Sie hatte sich lange beherrscht, nun war es wieder passiert. Wenn sie es recht bedachte, hatte der Fluch sie allerdings längst getroffen, denn es wurde alles immer schlimmer. Josef soff und schafuterte, dass ihm schon alle aus dem Weg gingen. Der Hof verkam. Manchmal fand sie ihn im Moor, in seiner Kiste schlafend, manchmal fand ihn ein anderer, denn man hörte ihn schon von weitem schnarchen.

Einmal war sie wieder auf der Suche, da begegnete sie Fritz. Der ging ein Stück mit ihr.

»Siehst schlecht aus, Anni.«

»Ist wegen Josef und weil er das Saufen angefangen hat.«

Fritz blieb stehen, Anni auch. »Schon seltsam, oder? Wie so ein herzensguter Mann zugrunde geht.«

Anni seufzte. »Der verfluchte Krieg.«

»Jaha!« Fritz guckte wissend. »Damit lässt sich alles erklären und nichts. Aber hast du dir schon mal überlegt, ob er vielleicht beschrien ist?«

Der Gedanke schlug ein. Mit einem Zauber ließ sich vieles erklären. Sie erzählte Fritz von Katies Fluch. Der hörte zu und nickte. »Da hast du's.«

»Kannst du uns nicht helfen?«, fragte Anni. »Du kennst dich doch mit sowas aus.«

Sie waren dann ein Stück nebeneinanderher gegangen

und Fritz hatte laut nachgedacht. »Ich müsste bei euch räuchern und vielleicht ein paar Himmelsbriefe eingraben. Aber ob das reicht? Ich muss sehen, wie schlimm das bei euch schon ist. Und es würde ein bisschen was kosten, sonst wirkt es nicht.«

Das sah Anni ein, denn die Hexenbannerei war ein schwieriges und riskantes Geschäft, vor allem für denjenigen, der es mit den dunklen Mächten aufnahm. Man konnte schnell selbst zu Schaden kommen. Andererseits hatte sie den letzten Groschen kürzlich für einen Rollstuhl ausgegeben, denn Josefs Kiste fiel schon auseinander.

»Ich will's mir überlegen.«

Fritz war kein Unmensch. Er sagte, sie könne ihn bezahlen, wie es gerade passte und schenkte ihr noch ein Amulett gegen den bösen Blick. »Trag das immer bei dir!«

Anni fand Josef schließlich im Graben am Schwarzen Weg. An seiner Kiste fehlte mal wieder ein Rad, er versuchte, es auf die Nabe zu stecken, aber er war viel zu betrunken. Anni zog ihn aus dem Graben heraus und trug ihn nach Hause. Eigentlich sollte er den Rollstuhl erst in ein paar Tagen bekommen, wenn er Geburtstag hatte, aber er brauchte ihn jetzt. Sie schleppte Josef in den Schuppen. Da stand das gute Stück unter einer Plane versteckt. Sie hatte ihn eher zufällig gefunden, weil jemand im Moorboten inseriert hatte. Ein Rollstuhl, gebraucht, weil der alte Besitzer gestorben war. Der Preis war in Ordnung gewesen, denn der Rollstuhl hatte einige Macken, dafür aber einen Hebelantrieb, der noch gut funktionierte. Die Fußkiste war abgebrochen, aber die brauchte Josef sowieso nicht.

Cordugas hatte ihr geholfen, den Rollstuhl aus der Stadt zu holen. Sie hatte ihn gewienert, die Räder geölt und ein paar Schrauben nachgezogen. Nun sah er fast aus wie neu.

Sie schleppte Josef zu dem Rollstuhl, zog die Plane ab und setzte ihn hinein.

»Herzlichen Glückwunsch im Voraus, du Suffkopp!«

Er kriegte nichts mit und döste wieder weg. Sie ließ ihn im Schuppen zurück, da konnte er seinen Rausch ausschlafen und sich anschließend wundern.

An seinem Geburtstag, es war ein Sonntag, sah man ihn dann im neuen Rollstuhl durchs Dorf fahren, stolz wie ein König, mit frischem Hemd, ohne die Lumpenhandschuhe, stattdessen mit einer ordentlichen Decke über den Knien. Anni fand, das sei eines Kriegshelden würdig. Sie kehrten im Pennig ein, alle drei, um zur Feier des Tages einen Kaffee zu trinken und danach vielleicht noch einen Schnaps oder zwei, vor aller Augen, denn das Dorf sollte sehen, dass es bergauf ging mit ihnen.

Die Gaststube saß voll. Der Spökenfritz gratulierte dem Geburtstagskind, dann nahm er Anni beiseite. Wie es denn aussähe. Wann er kommen solle, um die Hexe zu verjagen, die Josef so zu schaffen machte. Anni wurde verlegen. Sie wollte nichts mehr davon hören. Es gehe ihm schon viel besser, sagte sie. Die Töversche habe wohl schon von ihm abgelassen. Der Spuk sei vorbei.

»Du musst aufpassen«, raunte Fritz, »vor allem auf die Abel'schen. Die und Guste und die krumme Katie, die stecken unter einer Decke, das sagt doch alles. Oder glaubst du, die geben auf, weil Josef nicht mehr auf dem Boden hockt?«

Sie sah zu ihrem Mann, der hing ein bisschen schief in seinem neuen Stuhl. Dünn war er geworden, aber er war guter Dinge und riss derbe Zoten. »Guck ihn dir doch an. Der hat den Krieg überlebt. Den kriegt keine so schnell unter.«

Fritz guckte vielsagend. »Lass dir das gesagt sein, Anni: Wenn die einen haben, dann lassen die den nicht wieder los. Ich kenne die Sorte. Irgendwann steht Edith bei dir auf dem Hof, tut schön, will was leihen oder bietet dir Hilfe an. Zack! Dann hat sie euch wieder am Kanthaken. Das merkst du gar nicht. Und dann denk an mich.«

Anni lachte ihn aus, aber die Worte trafen. Wenn sie darüber nachdachte, kriegte vieles einen Sinn. Es stimmte, was Fritz sagte. Edith kam tatsächlich wieder zu ihnen, um bei der Arbeit zu helfen, weil Josef nicht mehr viel konnte. Sie hatte sich selbst angeboten und Anni war froh gewesen. Aber wenn sie es bedachte, fiel so einiges auf. War Edith auf dem Hof, hatte er nur noch Augen für sie. Und legten die Hühner nicht weniger Eier, wenn Edith da gewesen war? Anni nahm sich vor, die Sache zu beobachten.

Kurz nach Josefs Geburtstag kam sie, um Anni beim Rübenhacken zu helfen, ohne Betty, die hatte Wandertag. Josef zeigte ihr stolz seinen Rollstuhl, den Edith geradezu überschwänglich bewunderte. Er ließ sie kaum aus den Augen. Er scherzte, sie lachte und tat so schön. Er stellte sich mit dem Rollstuhl an den Ackerrand, sah ihr bei der Arbeit zu und scheuchte Anni weg. Es war nicht zu übersehen. Er tanzte nach Ediths Pfeife und merkte es nicht einmal. Sie schickte Edith noch am selben Tag nach Hause. Sie kämen gut allein zurecht. Edith tat so, als würde sie nichts begreifen, fragte scheinheilig, was sie denn verkehrt gemacht habe. Warum Anni sie vom Hof werfe, wo doch alles wieder gut zu werden schien.

Eine Weile ließen die Abel'schen sich nicht blicken, bis Edith kurz vor dem Volkstrauertag doch wieder auf dem Hof stand. Es hatte in der Nacht gefroren und an den Bäumen hing Reif. Anni kam gerade aus dem Haus mit einer Wanne Bettwäsche, die dampfte noch vom Waschwasser. Die sollte an der Leine ausfrieren, dann trockneten die Laken am Ofen schneller. Anni hatte viel zu waschen, denn Josef schwitzte stark und die Stümpfe suppten. Sie blieb stehen, als sie Edith entdeckte.

»Was willst du denn hier!«

»Mit dir reden.«

Anni presste die Lippen aufeinander. Schweigend ging sie an Edith vorbei zur Wäscheleine und stellte den Korb ab. Sie hatte nicht vor, noch ein Wort zu sagen. Edith kam hinter ihr her.

»Im Dorf geht das Gerücht, ich soll deinen Josef verhext haben?«

Sie klang ungehalten. Anni wandte ihr den Rücken zu, nahm ein Laken aus dem Korb und klammerte es an der Leine fest. Dann stand Edith neben ihr und bückte sich auch nach einem Laken. Fritz hatte vorhergesagt, dass sie so etwas tun werde.

»Faat dat nich an!« Anni stieß mit dem Fuß den Wäschekorb zur Seite.

Edith stand da, die Hände noch nach dem Laken ausgestreckt, und wich zurück. Anni hatte in ihrer Angst das Amulett unter der Bluse hervorgeholt und hielt es Edith entgegen.

»Was soll das?«

»Ick kenn di. Gah weg!«

Im selben Moment kam Willi aus dem Dorf, er keuchte, denn er war gerannt. Vor den Frauen blieb er stehen und vollführte eine Pantomime. Ein kräftiger Kerl war er geworden, aber stumm geblieben. Er sprach noch immer mit Händen und Füßen. Gerade zeigte er in die Richtung, aus der er gekommen war, und torkelte wie besoffen. Anni verstand, was er sagen wollte. Sie mussten Josef mal wieder aus dem Pennig abholen. Fast war sie froh. Sie ließ Edith stehen und eilte mit Willi ins Dorf.

Fritz hockte an der Theke. Theo saß wie immer in der Ecke und schrieb in sein Notizbuch. Wer nicht so genau hinsah, bemerkte ihn nicht, aber Anni hatte ihn entdeckt. Der steckte mit den Weibern unter einer Decke, sie musste vorsichtig sein. Cordugas zapfte Bier. Als der Wirt sie sah, wies er mit dem Kopf Richtung Clubzimmer. Die Flügeltür stand offen, sie hatten Josef da reingeschoben. Er hing halb aus seinem Rollstuhl und schnarchte.

»Schläft mal wieder seinen Rausch aus.«

Als sie am Wirt vorbeiging, hielt er ihr Josefs Deckel vor die Nase. »Der ist von dieser Woche.«

Sie warf einen Blick darauf. Ihr wurde kalt und dann wurde sie wütend auf Cordugas. »Warum schenkst du ihm auch so viel aus? Ich kann mir das Geld nicht aus den Rippen schneiden.«

»Sorg du dafür, dass er nicht ständig hier aufkreuzt. Der wird komisch, wenn er nichts kriegt und verscheucht mir die Gäste.«

»Was kann ich daran ändern?«

»Ich leg mich nicht mit einem Krüppel an.«

»Hilft sowieso nicht. Da steckt nämlich was anderes

dahinter.« Sie senkte die Stimme und warf Fritz einen vielsagenden Blick zu. »Edith und ihre feine Tochter, die haben den unter. Der kann gar nichts dafür. Fritz sagt das auch, oder?«

Cordugas sah sie groß an und dann zu Fritz, der in sein Bierglas starrte. Er begriff mal wieder nichts.

»Menschenskind! Wir haben Töversche im Dorf, wenn du weißt, was ich meine.«

Cordugas schnaubte. »Jetzt geht das wieder los!«

Anscheinend wollte sie keiner verstehen. Sie ging durch zu Josef.

»Bis Monatsende will ich mein Geld!«, rief der Wirt ihr nach. Sie stellte sich taub, rückte Josef in seinem Stuhl zurecht, damit er ihr unterwegs nicht rausfiel und schob ihn zum Ausgang. Die Gaststube dampfte, denn es war Feierabend. Sie vermied es, in die Gesichter zu sehen, hörte nur das Gemurmel und wie ein Stuhl über den Boden schabte. Dann sagte Theo etwas. »Ich zahl den Deckel.«

Da stand sie schon mit Josef in der Tür. Sie ließ ihn stehen und wandte sich um. »Hat dich jemand darum gebeten?«

»Nein. Aber ich weiß, ihr habt's nicht leicht.«

»Ach! Warum wohl! Frag doch mal deine schöne Edith.«

»Ist die jetzt auch schuld, dass dein Josef säuft?«

Sie stellte sich neben den Spökenfritz und stieß ihn an. »Sag's ihm!«

Es wurde still im Gastraum. Theo reckte sich, sah sich um. »Ich will jetzt von euch allen mal wissen, wer eigentlich an diesen Blödsinn glaubt!«

Anni sah zu Fritz, der legte seinen Finger über die Lippen. War sie zu weit gegangen? Manche Dinge behielt man lieber für sich, vor allem seine Meinung. Keiner antwortete auf Theos Frage und einen Moment lang war Anni sich mit Theo einig, dass sie alle Feiglinge waren. Sie rückte von Fritz ab, riss den Deckel in tausend Stücke und warf die Teile wie Konfetti über die schweigenden Männer. Dann, endlich, schob sie ihren Josef nach draußen, sie brauchte frische Luft.

Auf halbem Wege holte Fritz sie ein.

»Was willst du!«, herrschte sie ihn an.

»Musst du eigentlich überall alles breittreten?« Er äffte Anni nach. *»Edith und ihre feine Tochter, die haben den unter. Der kann gar nichts dafür. Fritz sagt das auch.«*

»Aber das stimmt doch!«

»Und dann steht das Maul ganz weit offen, wie ein Scheunentor?«

Anni blieb stehen. »Die Leute sollen ruhig wissen, wer hier Böses will im Dorf.«

»Willst du, dass ich vor den Kadi komme? Theo ist bei der Zeitung. Ein Artikel über mich und ich bin erledigt.«

Josef rührte sich, schlief aber weiter. Der ließ sie immer mit allem allein.

»Hast du denn was ausgefressen?«

»Nein! Aber im Dithmarschen steht gerade ein Heiler vor Gericht, weil ihn eine Hexe angezeigt hat.«

»Aber das geht doch gar nicht. Weswegen denn!«

»Wegen Verleumdung und übler Nachrede. Und die hat Recht bekommen, das muss man sich mal vorstellen.«

Anni konnte das kaum glauben. »Da kriegt eine Töversche Recht?«

»Der muss drei Monate ins Gefängnis. Darum schweigt man besser.«

Anni stand da, fassungslos. »Wenn die das unter Demokratie verstehen, dass keiner mehr an das Böse glaubt, dann sieht's schlimm aus im Land.«

Schweigend gingen sie weiter bis zur Kreuzung, da trennten sich ihre Wege.

21

Im Dezember tauchte Katie wieder auf, wie aus heiterem Himmel. Fast zwei Jahre hatte sie sich nicht blicken lassen, nun stand sie da wie aus dem Nichts und ausgerechnet zu einer Jahreszeit, in der die alte Katie sicher nicht unterwegs gewesen wäre, nämlich im Winter. Anscheinend gab es die Hausiererin nicht mehr. Sie hatte sich verändert, wie so vieles. Nun musste Edith zweimal hingucken, bis sie die elegante Frau erkannte, die vor ihr stand.

»Meine Güte! Bist du das wirklich? Was ist denn mit dir passiert!«

Katie lächelte und winkte ab. »Lange Geschichte.«

Die Landstreicherin hatte sie gründlich abgelegt und sah nun aus wie eine aus der Stadt oder wie die Frauen, die in den Illustrierten abgebildet waren. Statt Dutt und Kopftuch trug sie die Haare jetzt kurz und mit einem Seidentuch nach hinten gebunden, wie es Mode war. Die Lippen hatte sie rot geschminkt. Der Glanz verriet, dass sie einen echten Lippenstift besaß. Edith benutzte immer noch die rote Schuhcreme, wenn sie mit Theo ausging. Die glänzte kein bisschen, färbte aber immerhin die Lippen. Die Schuhcreme hatte sie Katie bei ihrem allerersten Besuch abgekauft und wie es aussah, würde die bis an ihr Lebensende reichen, denn sie hatte gar keine roten Schuhe.

Statt der Generalsuniform mit dem angenähten Ärmel trug Katie jetzt einen taillierten Damenmantel aus schwarzem Wolltuch und mit Pelzkragen. So etwas war vor dem

Krieg der letzte Schrei gewesen und der Mantel sah immer noch verflucht schick aus. Gut, er hatte bessere Tage gesehen. Edith konnte das an den glänzenden Ärmelaufschlägen und den dünngewetzten Ellenbogen erkennen. Ein bisschen feucht war er an den Schultern, denn es hatte angefangen zu nieseln. Der Militärrucksack auf dem Rücken störte die Eleganz allerdings erheblich, aber die Marlenehose und der blankgeriebene Lederhelm in ihrer Hand machten alles wieder wett. Katie hatte Stil, das musste man ihr lassen. Sie war mit dem Moped gekommen, einem alten Sachs-Torpedo mit Anhänger. Das parkte nun vor der Kate.

»Ist das deins?«, fragte Edith und zeigte auf das Gefährt. Sie staunte nicht schlecht.

»So ist es.«

»Und wo hast du deinen Handwagen gelassen?«

»Verkauft.«

Edith stand immer noch in der Tür, zu verblüfft, um Katie ins Haus zu lassen, denn sie konnte die Veränderung kaum fassen. Im Frühjahr neunundvierzig hatten sie sich überstürzt verabschiedet, da war sie noch eine Streunerin gewesen.

»Kaufst wohl nichts mehr von fahrenden Händlern?«, fragte Katie schließlich. Edith trat beiseite. Sie ließ sie ins Haus und ging vor bis zur Küche. Dann standen sie da und wussten nicht, was sie sagen sollten. Sie hatten sich zu lange nicht gesehen und die alte Vertrautheit wollte sich so schnell nicht einstellen.

»Hast dich sehr verändert«, stellte Edith fest. »Zum Guten.«

»Ich habe mein Geschäft ein bisschen aufgemöbelt. Man muss mit der Zeit gehen.«

»Und läuft es gut, dein Geschäft?«

»Kann man wohl sagen.«

»Immer noch Nähgarn und Haushaltswaren? Und … na ja, du weißt schon.«

Katie lachte und Edith senkte den Kopf. Die Frau, die vor ihr stand, flößte ihr Respekt ein und machte sie verlegen. Sie selbst trug immer noch dieselben Kittelschürzen wie vor zwei Jahren. Bei ihr war die Zeit stehengeblieben, bei Katie schritt sie voran. Ach was, sie galoppierte davon. Das Erbauge legte sie bestimmt nicht mehr auf den Tisch für kleines Geld. Das passte nicht zu der neuen Katie, aber sie hatte sich getäuscht.

Die nahm den Rucksack ab und stellte ihn auf die Bank. »Ich hab dir ein kleines Geschenk mitgebracht. Um der alten Zeiten willen.« Sie wühlte die abgenutzte Zigarrenkiste aus dem Rucksack und stellte sie auf den Tisch. Edith setzte sich.

»Ist dir nicht gut?« Katie klang besorgt.

»Nein, nein. Es ist alles in Ordnung. Nur ein bisschen zu viel Überraschung.« Edith öffnete den Deckel des Holzkistchens und ließ ihn wieder fallen. »Das kannst du mir nicht schenken.«

»Das olle Erbauge? Also ich brauche es nicht mehr und dir war es immer wichtig.«

Wieder machte sich Verlegenheit breit. Edith dachte an die langen Nächte, in denen sie beide hier am Tisch gesessen hatten, zwischen ihnen das Auge und ihre Fragen. Die Antworten hatten ihr immer gefallen, obwohl sie im Grunde wusste, dass die von ihr selbst kamen, dass die nur irgendwo verborgen geschlummert hatten. Das Auge zu befragen, war wie Türen öffnen. Es hatte ihr geholfen, über die schlimmen Jahre zu kommen, in denen Otto längst tot gewesen war. Auch das hatte sie im Grunde gewusst.

»Willst du mir deinen Mantel geben?«, fragte Edith und stand wieder auf. Katie zog ihn aus und reichte ihn an die Freundin weiter. Sie strich über den Stoff. »Ein schöner Mantel ist das. Aber wo hast du den alten gelassen? Ich hatte mich daran gewöhnt.«

»Den hab ich gegen den hier getauscht.«

Edith hängte den Mantel an den Haken, gleich neben die Siebenschwänzige. »Da hat aber jemand einen schlechten Tausch gemacht.«

»Da war jemand scharf drauf. Das war immerhin ein Generalsmantel.«

»Mit einem Wolldeckenärmel.«

»Na und? Du glaubst nicht, wie das Zeug weggeht. Wär auch ein Geschäftsmodell gewesen, aber das war mir dann doch zu schmuddelig.«

Edith nahm die Kleiderbürste, die lag immer neben der Nähmaschine. Sie fing an, Katies neuen Mantel auszubürsten, und genoss es, mit der Hand über den feinen Stoff zu streichen. »Du hast mir nie verraten, woher du den Generalsmantel hattest.«

»Gefunden.«

Die Antwort kam ein bisschen zu schnell. Edith hakte nicht weiter nach. Über manche Dinge redete man nicht. Sie war mit dem Bürsten fertig und ließ den Mantel hängen. Katie stand immer noch da, sie sah ihr zu.

»Setz dich doch. Ich mach uns Kaffee.«

»Auf diese Worte habe ich gewartet.« Katie griff ein zweites Mal in den Rucksack und holte eine Dose Onko heraus. »Den hab ich auch noch für dich mitgebracht.«

Edith staunte. »Hast wohl reich geheiratet?«

»Niemals! Ich mach mich doch nicht von einem Kerl abhängig, nachdem ich all die Jahre allein zurechtgekommen bin. Das wäre nichts für mich.«

Während Edith den Kaffee mahlte und das Wasser aufgoss, setzte Katie sich ans Fenster und sah hinaus. Hinten im Moor konnte man die Spitze des Mammuts sehen. Die Arbeiten gingen voran. Die Lokomobile zischten und stampften, das hörte man bis hierher.

»Die haben angefangen, das Moor trockenzulegen?«, fragte sie.

»Da sollen Viehweiden hin. Und wir kriegen eine neue Siedlung.« Edith holte Tassen aus dem Schrank.

»Vorher hats mir besser gefallen.«

»Na ja. Schön sieht das gerade nicht aus, aber jeder Anfang ist schwer. Bald wächst da Gras und dann sind da fette Weiden.«

Alle sprachen davon, aber ihr lagen die Worte quer im Mund. Sie klang schon wie Theo. Der redete sich immer in eine große Begeisterung hinein, wenn es um die Arbeiten da draußen ging. Es war zum Fürchten, wie schnell sich nun alles veränderte, aber es hatte auch sein Gutes. »Die Männer haben wieder Arbeit«, sagte sie. »Kann sein, wir kriegen sogar eine neue Straße und bald auch eine neue Schule.«

»Ah. Gut.«

Der Kaffee war fertig, Edith goss ein, sie setzte sich dazu und musterte Katie. Ein bisschen fülliger war sie geworden, es stand ihr gut. Beim letzten Mal hatte man auf ihren Rippen noch Klavier spielen können. Edith trank den ersten Schluck und schloss die Augen. »So sollte guter Bohnenkaffee schmecken.«

»Deshalb hab ich den mitgebracht.«

Langsam tauten sie auf und Edith schossen tausend Fragen durch den Kopf. »Wo warst du die ganze Zeit?«

»Unterwegs.«

»Aber hierher bist du nicht gekommen.«

»Ich hab lieber einen Bogen um das Dorf gemacht. Wegen der alten Geschichte, du weißt schon. Aber sag mal, wie gehts Betty? Die ist bestimmt groß geworden und eine junge Dame. Wie alt ist sie jetzt?«

»Bald dreizehn.« Edith seufzte. »Die Nacht im Moor hat sie verändert. Du wirst sie nicht wiedererkennen.«

»Na ja, sie ist eben kein Kind mehr. Und wie geht es dir?«

Edith trank noch einen Schluck. Sie wusste nicht, wo sie anfangen sollte. »Anni hat uns nun endgültig vom Hof verbannt.« Das war das Erste, das ihr in den Sinn kam, weil es immer noch schmerzte. Dafür ging der Spökenfritz nun bei ihnen ein und aus. Edith mochte ihn nicht und um Willi tat es ihr leid. Betty durfte nicht mehr auf ihn aufpassen. Andere Freunde hatte er nicht.

Edith erzählte auch von Josef, dass er zurückgekommen war und die ganze Geschichte, die sich im Sommer ereignet hatte, die Tragödie um Annis Mann, die Gerüchte, die nicht verstummen wollten, und auch, dass sie nun ganz offiziell Witwe war.

»Herrje! Was ich alles verpasst habe. Dann ist Otto also doch gefallen?« Katie legte ihr die Hand auf den Arm. »Mein Beileid. Nun weißt du wenigstens Bescheid.«

Edith zog die Zigarrenkiste zu sich heran, öffnete den Deckel und nahm das Auge heraus. Sie betrachtete es nachdenklich und das Auge starrte zurück. »Du hattest die ganze Zeit recht. Das blöde Ding ist nur ein Glaskiesel. Ich schäme mich fast ein bisschen.«

»Ach was! Du wolltest die Hoffnung eben nicht aufgeben. Wer kann dir das verdenken.«

Der Himmel riss auf, die Sonne kam durch und schien bis auf den Tisch. Es war ein außergewöhnlich milder Dezember nach den harten Wintern, die hinter ihnen lagen. Bisher hatte es nicht einmal geschneit, nur ein bisschen gefroren.

»Erzähl mir von dir«, sagte Edith. Sie wollte nicht weiter über Otto und Anni reden. Es war schon alles traurig genug. »Was machst du nun für Geschäfte?«

»Andere. Die Hausiererei hat sich einfach nicht mehr gelohnt. Nun hab ich einen Versandhandel für Damenunterwäsche.«

»Ach! Etwa diese wattierten Liebestöter in rosa und hellblau?«

Sie lachten beide.

»Ach was! Damit bin ich früher hausieren gegangen. Jetzt gehe ich eher so in Richtung Erotik.«

Das verblüffte Edith noch mehr, aber Katie wirkte kein bisschen verlegen.

»Und sowas verkauft sich?«

»Wie geschnitten Brot.« Sie lehnte sich über den Tisch und wurde verschwörerisch. »Passend dazu hab ich Spielzeug für Erwachsene im Angebot, wenn du weißt, was ich meine.« Sie zwinkerte und Edith spürte, wie ihr das Blut ins Gesicht schoss.

»Ferkeleien?«

»Ich nenne es *Artikel für die Ehehygiene*.«

»Klingt, als wenn man dafür ein Rezept braucht.«

»Kannst dir ja eines bei Dr. Till holen.«

Sie prusteten und das Eis brach endgültig. »Ich hab das Wort nicht erfunden, aber wenn du was brauchst, ein bisschen was Verführerisches, dann guck dir das hier in Ruhe an.« Sie legte ein dünnes Heft auf den Tisch, die Seiten waren mit roten Wollbändchen zusammengebunden. »Das ist mein Katalog. Ich mach die noch per Hand, aber kann sein, dass es die auch bald gedruckt gibt.«

Edith starrte darauf.

»Na, nun schlag ihn ruhig auf. Der beißt nicht.«

Sie nahm ihn vorsichtig in die Hand und blätterte die ersten Seiten um. Auf jeder klebten Fotografien, darauf waren Miederhosen, Büstenhalter und Spitzenunterröcke abgebildet. In Maschinenschrift standen darunter der Preis, die Größe, die Artikelnummer und in welchen Farben sie zu haben waren, denn die Fotografien waren schwarzweiß.

»Farbfotos sind mir noch zu teuer«, entschuldigte sich Katie. »Und besonders groß ist das Angebot auch nicht. Aber es wächst. Jeden Tag kommen Bestellungen rein. Ich musste schon jemanden einstellen für die Post.«

Edith nickte anerkennend. »Das sieht doch toll aus.«

»Ich hab sogar ein kleines Büro und ein Lager. Also eher eine Abstellkammer, aber es ist ein Anfang.«

»Dann bist du jetzt eine richtige Unternehmerin?«

»Mit Gewerbeschein und allem. Die krumme Katie war mal.«

Edith blätterte um. »Das ist alles wunderschön.« Sie zeigte auf ein Mieder. »In Grün würde mir das gefallen.«

»Welche Größe hast du?«

Edith schüttelte den Kopf. »Ich kann das sowieso nicht bezahlen.«

»Da mach dir mal keine Gedanken.«

»Aber das kommt doch bestimmt aus Paris?«

»Nein! Ich habe ein paar Näherinnen ganz in der Nähe.

Die machen das. Und ich bin noch auf der Suche. Wenn du willst, hätte ich den einen oder anderen Auftrag für dich. Ich zahle ganz ordentlich.«

»Sowas kann ich nicht!« Edith starrte fassungslos auf die Bilder. »Ich wüsste auch nicht, wo ich solche Stoffe herkriegen soll.«

»Na, von mir. Und auch alles andere. Schnittmuster, Garn, Spitze. Ich kann dir sogar eine elektrische Nähmaschine besorgen.«

Aber Edith hatte keinen Strom. Die Leitung ging bis ins Moor, weil die Arbeiter Elektrizität brauchten, aber das Dorf war noch immer nicht angeschlossen. Sie betrachtete die Fotografien voller Sehnsucht. Schöne Dinge aus edlen Stoffen zu nähen, davon träumte sie schon lange. Hier brachten sie ihr nach Mottenkugeln stinkende Anzüge zum Kürzen und Auslassen oder muffige Kleider, die für eine weitere Konfirmation herhalten mussten. Manche hatten noch Uniformen, die sollte sie umfärben und umnähen, damit die nicht mehr nach Reich aussahen, aber die Stoffe waren nicht kaputt zu kriegen, das war was fürs Alltagsleben. Was sie in dem Katalog sah, das war purer Luxus und ein bisschen unanständig. Sie stellte sich vor, was Betty und Theo sagen würden, wenn sie plötzlich anfing, in dieser düsteren Moorkate frivole Wäsche zu nähen. Wenn das in Unnenmoor bekannt wurde, könnte sie sich auf der Straße erst recht nicht mehr blicken lassen.

»Es tut mir leid. Ich bin keine Stadtfrau.«

»Ist das ein Nein?«

Das wusste sie selbst nicht. Sie blätterte weiter und stieß auf die *Artikel für Ehehygiene*, von denen Katie gesprochen hatte. Edith schlug den Katalog schnell zu. Sie war einen solch freizügigen Anblick nicht gewohnt und wollte das nicht sehen.

»Ich könnte dir, wenn du willst, Kondome besorgen.« Katie fragte das, als rede sie über Nähnadeln.

»Um Himmels willen. Nein!«

»Jetzt hab dich doch nicht so. Erzähl mir nicht, dass du und Theo, also, dass ihr nicht …« Sie zwinkerte. »Oder führt ihr ein Klosterleben?«

»Na ja.«

»Ist doch nichts dabei.«

Edith stellte sich vor, wie Theo gucken würde, wenn sie ihm ein Päckchen Kondome hinlegte.

»Ich überlegs mir.«

»Und dass du für mich nähst, überlegst du dir auch?«

»Ich muss darüber nachdenken.«

Sie kam sich dumm und prüde vor. Katie trank ihren Kaffee aus und stand vom Tisch auf. »Hinten auf der letzten Seite, da steht meine Adresse. Wenn du was bestellen willst, schick mir eine Postkarte mit der Artikelnummer. Du hast immer noch was gut bei mir.«

»Musst du schon weiter? Bist gerade erst gekommen.«

Katie nahm ihren Mantel und zog ihn über. »Die Konkurrenz schläft nicht. Ich muss die Kataloge verteilen.«

»Hier in Unnenmoor?« Edith kicherte. »Du glaubst, die kaufen dir hier sowas ab? Hier gibt es Hexen.«

»Gerade hier. Und nun muss ich wirklich los.«

Edith ging mit bis zur Tür. Es war fast Mittag, Betty würde bald von der Schule kommen. »Wie lange bleibst du noch im Dorf?«, fragte sie.

Katie schwang sich auf den Sattel, sie schnallte sich den Lederhelm um und startete den Motor. Der qualmte und stotterte, es dauerte, bis er sich warmgelaufen hatte.

»Ich guck demnächst nochmal rein!«, rief sie über den Lärm hinweg, fuhr los und winkte noch einmal zum Abschied. Sie hatte es eilig.

Edith ging wieder ins Haus. Auf dem Tisch lag noch der Katalog. Sie räumte ihn schnell weg, bevor Betty den zu Gesicht bekam.

22

Weihnachten war kaum vorbei, da stand Betty am Rand des Moors und sah zu, wie es mehr und mehr verschwand. Die Arbeiten liefen auch zwischen den Jahren weiter, denn nun musste alles besonders schnell gehen. Weil anderswo die Arbeit ruhte und viele nicht glauben konnten, dass das Moor sich das gefallen ließ, gab es eine Menge Zuschauer für das Spektakel. Es lag eine Gereiztheit in der Luft, die jeden erfasste, auch Betty. In diesen Tagen und Nächten sollte eigentlich alles stillstehen, so war es immer gewesen, weil sonst schlimme Dinge passierten. Die Moorgesellschaft interessierte das nicht. Die Arbeiten gingen einfach weiter, denn Zeit war Geld. Gleich nach dem zweiten Weihnachtsfeiertag, es war ein Mittwoch, wurden die Lokomobile wieder angeheizt und das Mammut wühlte sich durch die Schichten. Was in Jahrtausenden gewachsen war, wurde in kürzester Zeit geschürft und geschliffen. Der Boden sah aus wie eine eitrige Wunde. Deshalb standen so viele da, reckten die Hälse und rechneten damit, dass etwas geschehen musste. Dass eines der Stahlseile riss, dass das Mammut stecken blieb, dass jemand zu Schaden kam, denn in den Raunächten, das wusste jedes Kind, kroch ans Licht, was sonst im Verborgenen blieb. Kein Rad sollte sich drehen, keine Wäsche im Wind flattern, weil sich die Geister darin verfangen konnten. Die wurde man das ganze Jahr nicht wieder los. Guste hatte Betty davon erzählt und nun fragte sie sich, wozu diese Geschichte gut sein sollte.

»Warts nur ab«, hatte sie Betty zugeraunt, denn im Raunen war sie fast so gut wie im Geschichtenerzählen. »Wenn die Glöhnigen erstmal vertrieben sind, dann suchen die sich einen anderen Ort. Dann nisten die sich irgendwo ein und treiben ihr Schindluder.«

Aber nichts geschah, obwohl die Maschinen dampften, die Zahnräder sich drehten und die Schlote rauchten. Fassungslos sahen alle zu, wie sich das Alte, das schon immer gewesen war und auf das sich alle immer verlassen hatten, widerstandslos ergab. Woran man noch glauben sollte, wusste in diesen Zeiten so recht keiner mehr, aber es gab auch die anderen.

Gerd Hausmann lachte die Zweifler und Ängstlichen aus. Er arbeitete auf einem der Lokomobile und hatte auch noch seinen Hof im Dorf. Er kannte das Moor, die Baracke und jeden Winkel. Er war dabei gewesen, als Aufseher, zusammen mit Fritz. Er sprach nicht darüber und keiner wollte da so genau draufsehen, er selbst am allerwenigsten. Wenn doch jemand besoffen genug war, ihm an den Kopf zu werfen, dass er die Toten schließlich gekannt hatte, dass er für das Sterben sogar verantwortlich gewesen war, dann winkte er ab: »So waren die Zeiten. Was gewesen ist, ist vorbei. Nun haben wir die Zukunft.«

Er musste es wissen. Seit er bei der Gesellschaft arbeitete, die für die Trockenlegung des Moores zuständig war, gab es für ihn nur noch eine einzige Blickrichtung, nämlich die nach vorne. Da zeigte sich schon, wie die Zukunft aussehen sollte. Anstelle von Baumstümpfen, Bulten und Büschen erstreckte sich ordentlich planiertes Land, sauber und ohne Überraschungen. Das war immer schon das Ziel gewesen, aber nun musste erstmal Gras drüber wachsen und danach würden die Bauern Pfähle einschlagen, um die neu gewonnenen Viehweiden abzustecken. Später würden hier auch Kartoffeln wachsen. Vielleicht Gemüse. Das Gelände für die neue Siedlung war auch schon ausgemacht. Es hatte groß in der Zeitung gestanden. Man konnte sich bei der Gemeinde bewerben und wenn man Glück hatte, bekam man ein Grundstück für ein robustes Siedlerhäuschen mit Nutzgarten hinten raus, mit Klosett, Strom und Wasser aus der Leitung.

Theo hatte ihnen gestern davon vorgeschwärmt. Betty musste nun, wo sie hier stand, daran denken. Ihr zukünftiger Vater war auch so ein Geradeaus- und Vorwärtsgucker, nüchtern und an den Fortschritt glaubend. Gestern erst hatte er am Tannenbaum gesessen und Edith den unromantischsten Heiratsantrag aller Zeiten gemacht. Mit dem Bauplatz hatte er angefangen und dass er sich um einen beworben hatte.

»Und was soll dann aus deinem Hof werden?«, hatte Edith gefragt.

»Das kommt alles weg. Was soll ich damit? Feucht, kalt und schimmlig ist das alles. Außerdem soll da sowieso die neue Straße hin.«

»Ist das schon beschlossene Sache?«

»So gut wie.«

Theo wusste immer über alles Bescheid, denn er war nun bei der Zeitung fest angestellt, mit eigenem Schreibtisch und Telefonapparat in der Redaktion. Er ging auf jede Gemeindeversammlung, um darüber zu berichten. Es sollte hier einiges umgekrempelt werden. Ein neues Rathaus, eine neue Schule, ein neues Feuerwehrauto, die Wunschliste war lang, aber zuerst war die Straße dran, damit die schweren Fahrzeuge ins Moor fahren konnten, wenn es erstmal losging mit dem Bauen. Was die Straße betraf, so beriet sich der Gemeinderat allerdings hinter verschlossenen Türen, denn es wurde mit Protesten gerechnet. Die Leute ließen sich vieles gefallen, aber wenn der Zorn groß genug war, konnte das böse enden und es ging das Gerücht, dass die neue Straße quer durchs Dorf führen sollte. In gerader Linie, wie mit dem Lineal gezogen. Bloß keine krummen Sachen mehr! Der Schwarze Weg torkelte wie besoffen um die Höfe herum. Wer wollte sich sowas noch antun. Für die neue Straße mussten ein paar Gebäude weichen. Welche das sein sollten, darüber schwieg die Gemeinde. Dafür wurde der Bürgermeister nicht müde, die alte Straße schlechtzumachen. Wie sah die denn aus! Die war schon ganz bucklig und an den Rändern eingesunken, so dass Automobile aufsetzten. Und dann der Name! *Schwarzer Weg.* Als ginge es von hier direkt in die Hölle. Die neue sollte Unnenmoorer Straße heißen. Das klang hell und modern.

»Dann kommt unser Haus auch weg?«, hatte Edith Theo gefragt.

»Wir ziehen doch sowieso zusammen.«

»Aber die Bauplätze sind für Ehepaare und Familien. Willst du mich jetzt auch noch heiraten?«

»Das habe ich mir so gedacht.«

Betty hatte darauf gewartet, dass Theo nun auf die Knie fiel, wie in den Filmen, die im Gasthaus gezeigt wurden. Danach fingen die Frauen immer an zu weinen. Aber Theo hatte sein Besteck neben den Teller gelegt und Edith war aufgestanden und hatte angefangen, das Geschirr abzuräumen. Es hatte falschen Hasen gegeben.

Daran musste Betty denken, während sie hier stand und den Arbeiten zusah. Nicht, dass sie etwas dagegen hatte, wenn die beiden heirateten, aber in ein anderes Haus zu ziehen, das konnte sie sich nicht vorstellen. Theo wohnte schon fast bei ihnen, er kam jeden Tag, aß mit ihnen und es fehlte eigentlich nur, dass sie *Papa* zu ihm sagte. Da mussten sie nicht auch noch ein Haus bauen.

Ihren eigenen Vater kannte sie nur von dem nachkolorierten Foto auf dem Stubenbüfett. Edith behauptete, sie müsse sich doch erinnern, aber da war nichts. In ihren Gedanken blieb er ein fremder Mann, groß und dunkel, neben der Mutter stehend. Betty hatte etwas von beiden, rot wie Edith und großgewachsen wie der Vater. Sonst hatte er ihr nichts hinterlassen. Als die Nachricht von seinem Tod kam, hatte sie keine Trauer gespürt. Im Dorf sagten sie, dass Otto Abels ein feiner Mann gewesen war, aber das sagten sie über jeden Gefallenen. Im Spätsommer hatte es eine kleine Andacht gegeben und Butterkuchen in der guten Stube. Die Mutter erhielt nun Hinterbliebenenrente. Das erleichterte so einiges, denn es hatte sich vieles verändert. Zu Anni gingen sie schon lange nicht mehr, um sich Eier und Milch zu verdienen. Die hatte sich auf ihrem Hof verbarrikadiert und ließ nur noch den Spökenfritz herein. Im Laden wurde viel darüber spekuliert.

Im Moor liefen die Maschinen aus, es war schon Mittag. Die Arbeiter stiegen von den Lokomobilen, zwei kletterten vom Mammut.

»Betty?«

Sie wandte sich um. Theo war gekommen, er lächelte. »Hier bist du. Deine Mutter macht sich schon Sorgen.«

»Ich wollte nur gucken.«

»Hast du vergessen, dass ich euch heute einladen wollte?«

Es fiel Betty wieder ein. Eine kleine Verlobungsfeier im Gasthaus. Er wollte ein Mittagessen spendieren und hatte einen Tisch reserviert.

Edith stand schon vor dem Pennig, sie hatte sich fein gemacht, guckte aber, als ginge es zu einem Beerdigungskaffee. »Wo treibst du dich denn schon wieder rum! Immer muss man dich suchen.«

»Nun sei mal nicht so streng«, meinte Theo.

Hinter ihnen kamen ein paar Arbeiter vom Moor, die sich wohl im Pennig aufwärmen und ein Bier trinken wollten, denn sie hatten Pause. Gerd führte das große Wort und schlug Theo hart auf die Schulter. »Na, du alter Zeitungsschmierer? Führst du heute deine schöne Töversche und ihre Tochter aus?« Er lachte schallend und warf Betty Blicke zu, dass Edith sich vor sie stellte. Die anderen Männer grinsten und folgten Gerd in den Pennig.

Edith blieb stehen.

»Was ist?«, fragte Theo.

»Mir ist der Appetit vergangen.«

»Nun komm schon. Der meint das nicht so. Und du willst doch unsere Verlobung nicht ausfallen lassen?«

Er hakte Edith unter und zog sie mit sich. Betty folgte widerwillig. Was sollte sie auch machen.

Im Pennig ging es hoch her. Theo hatte den Tisch ganz hinten reserviert, an dem er sonst immer hockte und schrieb. Sie mussten durch die ganze Gaststube hindurch, da half alles nichts. Am Stammtisch saß der halbe Schützenverein noch zum Frühschoppen. Gerd und seine Kollegen hatten einen Tisch in der Mitte in Beschlag genommen. In der offenen Tür zum Clubraum hing Josef schief in seinem

Rollstuhl und spielte alte Schlager auf der Mundharmonika. Alles war wie immer, nur dass Willi heute dazu tanzte. Jemand hatte ihm ein Bier hingestellt. Er war schließlich fast ein Mann, auf jeden Fall größer als Betty und ein starker Kerl. Betty war stehen geblieben, um ihm zuzusehen.

Die Arbeiter rissen derbe Zoten. Man solle den Kerl doch gleich in den Zoo zu den Tanzbären stecken. Dann war das Lied zu Ende. Es gab Beifall und ein weiteres Bier für sie beide.

Betty rief ihn. Er hörte sie und kam auch gleich. Wie er sich freute. Sie gaben sich die Hand wie Erwachsene.

»Wie geht es dir?«, fragte sie. Er brummte und wiegte den Kopf. Sie wäre gerne länger bei ihm stehen geblieben, aber Josef rief ihn zu sich. »Komm von der Hex' weg, Junge!«

Die Arbeiter lachten.

»Ich bin doch keine Hex'! Weil's nämlich keine gibt!« Es kränkte Betty, dass Willis Vater auch schon damit anfing. Die Arbeiter feixten.

»Willst dich nicht ein bisschen zu uns setzen?«, fragte Gerd. »Wir haben keine Angst vor Hexen. Kriegst auch eine Limonade.«

»Betty!« Edith stand schon am Tisch in der Ecke. Betty folgte, sie setzten sich.

»Was war das eben?«, fragte Edith.

»Ach, nichts. Josef hat wohl wieder zu viel getrunken.« Betty wollte die Stimmung nicht kaputt machen. Immerhin ging es um eine Verlobung.

Cordugas kam und nahm die Bestellung auf. Es gab Schweinebraten oder Erbsensuppe, sie entschieden sich für den Braten.

»Kommen die jetzt immer zu dir?«, fragte Theo und deutete zu den Arbeitern hin.

»Bis die Baracke fertig ist. Da kommt dann eine Kantine rein. Ich hab schon den Auftrag, die zu beliefern.«

»Kommst ja richtig groß ins Geschäft, was?«

Cordugas zeigte aus dem Fenster. »Nächstes Frühjahr baue ich da draußen eine Sommerterrasse. Wir sind jetzt ein Ausflugsort.«

Das stimmte. Seit sie das Mammut hatten, kamen Besucher von weit her, um es zu bestaunen.

»Wenn die neue Straße erstmal da ist, rennen die mir die Bude ein. Wirst schon sehen.«

Cordugas brachte die Bestellung in die Küche. Da fing Josef wieder an zu spielen, dieses Mal ein Weihnachtslied, noch war die Zeit, aber nicht alle wollten das hören. *Oh du fröhliche, oh …* Willi tanzte.

Nach der zweiten Strophe stand Gerd auf. Sein Stuhl kippte nach hinten um. Er hieb auf den Tisch, so dass die Gläser klirrten. Seine Arbeiter grinsten.

»Was ist denn das für eine gräsige Musik! Kann man hier nicht mal zwischen den Jahren in Ruhe essen?«

Josef brach das Lied ab, aber Gerd war nicht fertig. »Unsereins schuftet hart und dann kommen die zwei Krüppel daher und gehen uns auf die Nerven. Früher hätte es das nicht gegeben. Cordugas, was sagst du denn dazu!«

»Dein Früher ist vorbei. Und nun gib Ruhe.«

Der Schützenverein hatte die Gläser schon auf einen Kameraden erhoben, nun blieb ihnen das »Gut Schuss!« im Hals stecken, denn es lag Streit in der Luft.

Josef verstaute seine Mundharmonika, nahm sein halbvolles Bierglas, rollte zu Gerd an den Tisch und schüttete es ihm ins Gesicht. Der hatte nicht mit sowas gerechnet.

Einen Moment lang sah er vollkommen überrumpelt aus, dann packte er Josef an den Schultern, es sah aus, als ob er ihn aus dem Rollstuhl werfen wollte, aber Josef umklammerte seine Handgelenke und drückte zu, bis die Knochen knackten und Gerd vor Schmerz brüllte. Josef hatte starke Arme. Er packte ihn am Kragen und zog ihn zu sich heran. »Komm mir bloß nicht so, Herr Ortsgruppenleiter!«

Cordugas trat zwischen die beiden. »Nun reicht das.« Er wandte sich Willi zu. »Und du bringst deinen Vater nach Hause. Der hat genug.«

Willi stellte sich hinter den Rollstuhl und schob ihn zum Ausgang.

»Mach bloß, dass du Land gewinnst!«, rief Gerd ihm nach.

Der Wirt schloss die Tür hinter den beiden.

»Musste das sein?«, fragte er. »Der hat es nun wirklich nicht leicht.«

»Da hat er aber selber Schuld.«

»Dass sie ihm die Beine weggeschossen haben?«

»Ich hab ihm angeboten, er soll sich bei der Moorgesellschaft bewerben. Die suchen einen Pförtner für die Maschinenhalle, wenn die fertig ist. Das kann der im Sitzen ab. Aber der will gar nicht. Kein Mumm, kein Mut, kein Nichts. Kein Wunder, dass wir den Krieg verloren haben.«

»In den du nie musstest.«

»Ich war UK!«

Draußen ging Guste vorbei. Sie blieb stehen und guckte durchs Fenster. Betty winkte ihr zu, aber Guste sah sie nicht. Sie schlug ein Zeichen in die Luft, wie sie das manchmal machte, vor allem in diesen Tagen. Das galt Gerd und seinen Leuten. Es war bekannt, wie sehr sie die Arbeiten im Moor verabscheute.

Gerd hatte sie gesehen. Er stürzte zum Fenster und zeigte Guste die Faust. Die Abneigung beruhte auf Gegenseitigkeit, aber Guste hatte sich schon umgewandt. Heute war nicht Gerds Tag.

»Kommt, wir gehen!«

Die Arbeiter tranken aus. Sie verließen den Pennig. Der Wirt verschwand in die Küche und kam mit dem Verlobungsbraten wieder. Der sah gut aus, aber die Stimmung war im Eimer. Der Schützenverein schmetterte dennoch endlich sein »Gut Schuss!« und im Moor ging der Krach wieder los.

23

Am nächsten Morgen, es war ein Donnerstag, blieb es gespenstisch ruhig in Unnenmoor, bis Gerds Frau durchs Dorf lief und brüllte wie am Spieß.

»He is mallerig!«, schrie sie. »De Doden! De Glöhnigen! De willt em wat!«

Sie rannte bis zum Haus von Dr. Till, wo sie Sturm klingelte, denn er wollte partout nicht öffnen. Er hatte sich zwischen den Feiertagen eine Pause verdient. An der Tür hing ein Schild. *Nur für Notfälle!*

Das hier war einer. Schließlich erbarmte der Doktor sich doch.

»Meine Güte, Vera, was brüllst du denn das ganze Dorf zusammen!«

»Gerd!«, keuchte sie und bekam kaum Luft. »Der steht auf dem Misthaufen.«

»Dann hol ihn da runter.«

»Der hat eine Forke. Der fuchtelt da rum und lässt keinen an sich ran. Der ist ganz vogelig im Kopp!«

Da holte Dr. Till seine Tasche und folgte Vera zum Hof.

Die Nachricht, dass ausgerechnet Gerd Hausmann, der Vorarbeiter, der ein Lokomobil bedienen konnte, den Verstand verloren hatte, machte im Dorf schnell die Runde. Nicht, dass sie das von anderen nicht kannten. Am Teufelsloch kriegte so mancher schlimme Marotten. Aber Gerd? Alle liefen hin, um sich das *Puhee* anzusehen, denn sie hatten immer gewusst, dass etwas passieren musste. Insgeheim dachte so mancher, dass es den Richtigen getroffen hatte. Seit Gerd das Lokomobil führte, konnte er vor Überheblichkeit nicht geradeaus gehen. Der Fortschritt sei ihm gewaltig zu Kopfe gestiegen, meinten einige.

Der Doktor kam und sah schon von weitem, dass hier mit Zureden nichts zu machen war. Er stellte die Tasche ab und zog eine Spritze auf.

»Ick will di helpen, Gerd!«, rief er laut und deutlich, damit der sich darauf einstellen konnte. »Ich komm jetzt zu dir rauf!«

Aber Gerd wollte sich nicht helfen lassen. Er fuchtelte mit der Forke, wie Vera das eben durchs Dorf gebrüllt hatte. Sie war auch zu Fritz gelaufen, denn ein zweiter heilkundiger Mann konnte nicht schaden.

»Mit sowas kommst du dem nicht bei, Doktor«, meinte Fritz.

»Was schlägst denn du vor? Willst du dem einen Himmelsbrief um den Hals hängen?«

»Dafür ist es zu spät. Ne, wir sollten die Feuerwehr rufen, damit die den vom Misthaufen runterspritzt. Vielleicht kommt der dann zur Vernunft.«

Dr. Till lachte. »Dass ich dich von Vernunft sprechen höre, ist ja auch mal was Neues.«

Er wandte sich wieder seinem Patienten zu und stieg auf den Mist. »Hör mal, Gerd. Du willst doch auch, dass es dir besser geht, oder?«

Gerd stieß mit der Forke nach dem Doktor und erwischte ihn noch am Arm. Der Doktor fluchte. Er stolperte vom Misthaufen wieder herunter, weil er sich nun erstmal selbst verarzten musste und packte die gute Spritze wieder ein.

Vera rang die Hände. »Wat schööt wi denn maaken!«

»Ich ruf jetzt den Krankenwagen«, sagte Dr. Till. »Der muss in die Anstalt.«

Aber Vera flehte ihn an. Alles, nur das nicht.

»Denn macht doch alle, was ihr wollt.« Der Doktor nahm seine Tasche und ging nach Hause.

Nun standen sie da und wussten nicht weiter. Den Spritzenwagen aus dem Feuerwehrhaus zu holen, wie Fritz vorgeschlagen hatte, war auch keine gute Lösung, denn was sollten sie mit Gerd machen, wenn der klitschnass und stinkewütend vor ihnen lag?

»Wir lassen den einfach noch ein bisschen da oben stehen.« Wieder war es Fritz, der den Rat gab. »Irgendwann kommt der schon von allein da runter und dann hat er sich wieder beruhigt. Sieht ja heute stark nach Regen aus.«

Den Vorschlag fanden die meisten vernünftig.

Betty und Edith waren eher zufällig vorbeigekommen und hatten das halbe Dorf bei den Hausmanns stehen sehen, auch Guste.

»Das kommt jetzt davon«, sagte sie, als die beiden sich neben sie stellten.

»Was meinst du?«, fragte Edith.

»In den Raunächten das Moor umzugraben!« Guste wurde laut, damit es alle hören konnten. »Ihr werdet schon sehen, was euch der Hochmut einbringt!«

Weil es nun tatsächlich zu regnen anfing und weil auch ein bisschen Schnee darunter war und der Wind aus dem Osten die Kälte heranblies, kleckerten nun alle nach Hause. Hier gab es nichts mehr zu sehen außer einem bregenklöterigen Mann auf einem Misthaufen. Das kam vor. Gerd würde sich schon wieder einkriegen und runterkommen. Morgen säße er wieder auf seinem Lokomobil und zu Mittag im Pennig, sprücheklopfend und laut, wie man ihn kannte.

Am Abend war Gerd dann verschwunden. Vera suchte ihn überall.

Am nächsten Morgen schaukelte Gerd sachte im Wind. Schneeflocken tanzten um ihn herum. Seine Kollegen standen vor dem Mammut und konnten es nicht fassen. Ihr Blick ging in den Himmel. Wie er da raufgekommen war, auf die Spitze der aufgestellten Pflugschar, konnte sich keiner erklären. Er musste schon geflogen sein. Für Guste war die Sache klar. Der Polizei gab sie ganz offiziell zu Protokoll, dass es die Moorgeister gewesen waren, die ihn da hochgetrieben hatten. Der Beamte hörte sich das an und machte pro forma ein paar Notizen, damit die verrückte Alte ihn nicht länger bedrängte.

Die Untersuchungen dauerten. Die Maschinen ruhten während der Raunächte, die noch kamen. So mancher verschloss vorsichtshalber die Stalltüren und redete dem Vieh gut zu. Die Frauen nahmen die Wäsche von den Leinen, die Schubkarren wurden weggesperrt und der Spökenfritz war in seinem Element. Er ging von Haus zu Haus, um seine Dienste anzubieten. Er hatte Wachstafeln gemacht mit Sprüchen aus dem Buch Mose, das Stück zu fünf Mark, aber er machte keine guten Geschäfte. Ein paar ließen ihn jedoch in die Schlafkammern, da durchwühlte er die Betten nach Federkränzen und fand welche. Er riet dazu, die Schlüssellöcher mit Stecknadeln zu verstopfen und geöffnete Scheren unter die Fußmatten und Türschwellen zu legen, »gegen die Penomen«. Was er damit meinte, wusste er selbst nicht, aber das Wort gefiel ihm. Er benutzte es oft.

Gleich nach Dreikönig und kurz nach Gerds Beerdigung ging es dann auch schon weiter mit dem Fortschritt. Es wurde höchste Zeit. Die Gesellschaft hatte Ersatz für Gerd gefunden. Man konnte sich keine weiteren Ausfälle leisten.

24

Josef stippte seinen Zwieback in die Buttermilch und beobachtete Willi, der beim Essen fast einschlief, weil er seinem Vater seit dem Morgen hinterhergelaufen war. Josef hatte einen flatterigen Tag gehabt, dann hielt er es nicht lange an einer Stelle aus. Dann trieb es ihn hierhin und dahin, und der Junge wich ihm nicht von der Seite. Oft sahen sie den Arbeitern im Moor zu, wie sie das Untere nach oben holten. Das Mammut wühlte und wühlte und brachte so einiges zutage. Fahrräder, Forken, Wehrmachtspistolen, eine Moorleiche, Münzen und noch eine Moorleiche. Letztere war sehr alt, mindestens zweitausend Jahre, schätzte Lehrer Wienert. Er war ganz aus dem Häuschen und half den Archäologen beim Bergen des *Germanen*. Er hielt sich auf diesem Gebiet für einen Experten und gab Theo ein Interview. Unnenmoor sei nun auch archäologisch bedeutsam geworden. Josef hatte Wienerts Foto im Schaukasten gesehen, wie er neben der halb freigelegten Moorleiche posierte, dieser Wichtigtuer. Von dem *Germanen* war aber nicht allzu viel übrig. Ein ledriger Haufen und rote Haare. Das Moor färbte alle Haare rot. Die andere Moorleiche hatte auch solche Haare und ein Einschussloch in der Stirn. Die war schnell und still beerdigt worden, bevor da noch jemand auf die Idee kam, Fragen zu stellen.

Nun saßen sie also beim Abendbrot und kauten schweigend die Brocken. Ihnen fehlten wie meistens die Worte. Josef beobachtete Anni. Wenigstens ansehen konnten sie sich noch. Sie hatte den ganzen Tag in den Beeten gestanden und altes Kraut herausgezogen. Ein paar Reihen Grünkohl wuchsen da, sonst standen die Beete leer. Nun wurde es Zeit, den Boden vorzubereiten, denn Lichtmess war gerade vorbei. Heute hatte sie draußen aufgeräumt. Bald würde sie Bohnen und rote Bete aussäen und was hier sonst noch wuchs. Er hatte sie eifersüchtig belauert, wie sie in der schwarzen Erde wühlte. Der schenkte sie ihre Liebe und die Erde liebte sie zurück. Zum Dank hatte sie sich in ihre Hände eintätowiert. Die ging nie wieder raus. Sie trug den Dreck mit Stolz unter den Fingernägeln und in den Hautfalten. Es war das Mal der Guten und Ehrlichen. »Harte Arbeit und Schweigen. Das macht den Menschen. Solltest du auch mal versuchen. Besen binden und Körbe flechten kann man auch im Sitzen.«

Aber er hielt es nie lange an einer Stelle aus. Er fuhr lieber in der Gegend herum und spielte für Bier und Schnaps auf der Mundharmonika, weil er für alles andere nicht mehr zu gebrauchen war und weil seine Hände zitterten. Solche Hände konnten nichts mehr schaffen, so dachte er und hoffte, Edith zu sehen. Sie tat so, als ginge sie ihm aus dem Weg, aber in Wirklichkeit richtete sie es ein, dass sie sich begegneten, bog wie zufällig um die Ecke oder huschte über den Schwarzen Weg, wenn er kam. Das machte sie mit Absicht. So legte er sich das zurecht. Es musste so sein, denn er schaffte es immer, ein paar Worte mit ihr zu reden. Wenn er sich ihr in den Weg stellte, lief sie nicht weg, war freundlich und schön, aber sie ließ sich auch nicht anfassen, blieb immer auf Abstand. So spielte sie mit ihm und quälte ihn, wie sie es gerade wollte. Er war von ihr besessen und es war nicht seine Schuld. Sie war in seinen Kopf gekrochen und hatte sein Gemüt vergiftet, denn wie konnte es sonst angehen, dass er sich an sie zuerst erinnert hatte und nicht an Anni? Der Traum von der roten Frau geisterte immer noch durch seine Nächte.

Fritz hatte ihm das haarklein auseinanderklamüsert. Der kam nun regelmäßig zu ihnen auf den Hof, um ihre Leiden zu lindern, weil der Doktor nichts taugte. Dieses Flattern und die Kopfschmerzen. Willis Krämpfe. Die hatten so richtig erst angefangen, nachdem Anni die Abel'schen Weiber vergrault hatte. Seine Frau hatte als Erste kapiert, was los war. Ihm hatte Fritz das mehrmals erklären müssen, bis er endlich auch verstand, dass Edith ihnen allen Böses antun wollte, auch wenn sie so freundlich tat. Man konnte ihr ebenso wenig trauen wie Katie oder Guste. Und Betty war auf dem besten Weg, auch so eine zu werden. Das Dorf war ein Nest, es musste am Moor liegen. Gut, dass das wegkam.

Anni litt am meisten. Es war wie eine Krankheit. Die fraß sie schneller auf als ihn oder Willi. Dem Jungen schien das Böse sowieso nichts anhaben zu können. Er war ja schon verrückt. Aber Anni war im Winter noch dünner geworden, geradezu mager. Die Wangenknochen stachen hervor. Die Augen lagen tief in den Höhlen. Wie hässlich sie ist, dachte er immer öfter, aber diese bösen Gedanken waren nicht seine. Auch das hatte Fritz ihm erklärt. Wenn sie ihn nicht hätten! Die gab die Hexe ihm ein. Nichts war, wie es schien, auf nichts sollte man sich verlassen. Der Boden unter seinen Füßen konnte sich jeden Moment auftun und die Luft war vergiftet. Sie waren Verdammte. Er fragte sich nur, warum die Hexe es ausgerechnet auf sie abgesehen hatte. Waren sie nicht schon genug gestraft?

Er dachte wieder öfter an den Blumenverkäufer, der auch freundlich zu ihm gewesen war, wie Edith. Keinem konnte man noch trauen. Die Blumen hatten sich zu Asche verwandelt, das war doch ein Zeichen! Er stellte sich vor, wie er dem netten Blumenverkäufer ein Messer in den Leib rammte. Er dachte die allerschlimmsten Dinge, denn in seinem Kopf hatte sich das Böse eingenistet, das gab ihm alles ein und es kam von Edith und ihrer Brut. Nun wusste er über alles Bescheid.

Er schluckte den Bissen, auf dem er schon so lange kaute, und der Zwieback rutschte ihm bitter in den Magen. Buttermilch rann ihm das Kinn hinab und tropfte auf seine Schenkel. Anni wischte mit dem Schüsseltuch darüber und auch über seinen Mund. Das Schüsseltuch war eine alte, ausgediente Unterhose. Warum hatte ihn das nie gestört? Schüsseltücher waren immer alte Unterhosen. Manchmal auch Hemden. Er musste sich kurz am Tisch festhalten. Dann packte er ihre Hand. Einen Moment lang sahen sie sich an und er ließ sie sofort wieder los. Sie rieb sich das Handgelenk. Seine Finger hatten rote Abdrücke hinterlassen. Sie schwieg und tat so, als sei nichts passiert. Man konnte ihr vieles vorwerfen, aber nicht, dass sie zimperlich war. Sie wischte Willis Mund auch noch sauber, dann stand sie auf und ging hinaus in die Waschküche, um den Lumpen auszuspülen.

Wieder kam ihm der Blumenverkäufer in den Sinn, wie er ihm damals in Hamburg begegnet war inmitten der Ruinen. Er hatte ihm bei ihrer letzten Begegnung diese Rose geschenkt, angeblich weil er sich für ihn gefreut hatte. Weil er nach Hause fuhr. Weil er ein Zuhause hatte. Nun schlief er in seinem Bett und saß an seinem Tisch. Er hatte seinen Namen zurück, seine Familie und seinen Hof, alles war so gekommen, wie er gehofft hatte, aber alles war nur noch schlimmer geworden. Nichts wurde wieder gut, denn er kriegte so manches nicht aus seinem Kopf, die rote Frau am allerwenigsten. Es lag auch an dem Ring, der war verhext gewesen. Fritz hatte das herausgefunden mit seinen Methoden. Nun ergab endlich alles einen Sinn. In seinem Leben passierte schon lange nichts mehr zufällig. Alles folgte einem ausgeklügelten Plan, seit er damals mit Edith im Stroh gelegen hatte. So manches war ihm wieder eingefallen, seit er sie verfolgte und beobachtete. Im Stroh hatte es angefangen, in dieser Nacht, als alles durcheinander gewesen war, vor vielen Jahren. Da hatte sie ihn in seine Gewalt gebracht. Dass er seine Beine verloren hatte und sein Gedächtnis, das gehörte alles zum Plan dazu. Und dass er nie von Anni geträumt hatte, nur von der roten Frau, dass er Anni nicht mehr liebhaben konnte, obwohl sie die Gute war in diesem perfiden Spiel, ein bisschen grob zwar, aber sie fütterte ihn fett und wurde selbst immer weniger. Sie flickte seine Kleidung und schnitt die Hosenbeine ab, weil er sich darin verhedderte. Sie versorgte den Hof, oder das, was davon übrig geblieben war, und er soff sich im Pennig die Hucke voll oder stellte der Hexe nach.

Manchmal kriegte er seinen Moralischen. Dann holte er das Hochzeitsfoto aus der guten Stube und heulte. Anni und er hatten gut ausgesehen, geradezu stattlich, aber Edith schickte ihm wollüstige Gedanken.

Fritz vermutete sogar, dass sie auch Willis Kopf durcheinandergebracht hatte. Dass sie ihn in Annis Leib verdreht hatte. Darum war der Junge schwachsinnig. Das traf ihn am allermeisten. Er musste Willi nur ansehen, diesen langen Lulatsch mit dem Klotzkopf, diesen tollpatschigen Kerl, dann wurde ihm warm ums Herz. Willi weckte das Gute in ihm. Also hatte ihn das Böse noch nicht ganz untergekriegt. Fritz sagte das auch. Der kam jeden Tag, um sich mit ihnen zu besprechen, denn die Sache wurde immer schlimmer. Nur er konnte sie jetzt noch retten, weil er die geheimen Zauber kannte. Die letzten Ersparnisse hatten sie hingegeben und zuletzt die trächtige Sau, aber die dunklen Mächte waren stark und ihre Mittel tückisch. Erst letztens hatte die Hexe ihre Tochter mit einem Topfkuchen geschickt, von ihr selbst gebacken, mit guter Butter, damit sie wieder zu Kräften kamen. Köter hatte nicht mal gebellt, als Betty an die Tür klopfte. Das sagte schon einiges. Anni hatte den Kuchen gleich an die Schweine verfüttert. Das war doch auch nur ein Trick gewesen, um sie noch mehr unter ihre Macht zu kriegen, denn der Kuchen hatte so verdammt gut gerochen. Josef war kurz davor, aufzugeben und sich dem Bösen zu überlassen. Er hatte nichts mehr zu verlieren. Aber dann hatte er die Leute im Gasthof reden gehört. Der berühmte Heiler Bruno Conradi sollte nach Oldenburg kommen. Der hatte schon vielen geholfen. Es hieß, er habe den göttlichen Heilstrom in sich und käme gegen das Böse an. Josef hatte wieder angefangen, zu hoffen. Er hatte Anni überredet, es mit dem Conradi zu versuchen. Es konnte nicht schaden. Natürlich bekam Fritz das heraus und er warnte sie. Wie sie denn auf die Idee gekommen seien? Der Conradi, das habe ihm ein Kollege verraten, sei nur ein Scharlatan.

Wer das denn sei, hatte Josef gefragt. Mit dem würde er gerne persönlich reden. Da war Fritz ausgewichen, hatte was von zu vielen Köchen gefaselt und ob sie mit ihm nicht mehr zufrieden seien. Aber Josef blieb stur und war sich ausnahmsweise mit Anni einig, obwohl die große Stücke auf Fritz hielt. Da bot er ihnen an, sie hinzufahren, denn er wollte das Spektakel auch mal sehen. Morgen sollte es nun so weit sein.

Anni kam mit dem Lappen aus der Waschküche zurück. Sie fing an, den Tisch abzuräumen und alles sauber zu wischen.

»Wir sollten zu Bett gehen«, sagte sie. »Fritz kommt morgen zeitig.«

Josef stieß Willi an, der schon halb über dem Tisch lag. »Soll ich dir einen Holzklotz holen, wo du den Kopf drauflegen kannst?«

Der Junge kam hoch, blinzelte verschlafen.

»Ab in die Koje, mien Jung. Wir fahren morgen in die Stadt.«

Willi sah ihn verdattert an. In der Stadt war er noch nie gewesen.

»Na, nun mach schon!«

Willi gehorchte und Josef sah ihm nach, wie er aus der Küche schlurfte. Wenn dieser Conradi wenigstens ihm helfen konnte, dann hätte sich schon alles gelohnt.

Am Morgen stand Fritz pünktlich auf dem Hof. Es war noch dunkel und kalt. Zwar hatte es nicht mehr gefroren, aber die Feuchtigkeit kroch ihnen in die Kleider. Fritz ließ den Motor laufen, er besaß noch immer den alten Horch mit Pritsche von seinem Vater. Der stammte aus dem ersten Krieg und sprang schlecht an, fuhr aber immer noch, was wollte man mehr. Sie luden den Rollstuhl hinten drauf und banden ihn fest. Josef setzten sie daneben und Anni wickelte ihn in eine Decke. Er hatte darauf bestanden, hinten zu sitzen, denn sie passten nicht alle vorne rein und er brauchte frische Luft.

Sie fuhren in die Dämmerung hinein. Einmal mussten sie anhalten, weil der Wagen ins Stottern kam und der Motor würgte. Fritz fluchte, denn es dauerte eine halbe Ewigkeit, ihn wieder zum Laufen zu bringen. Als sie gegen zehn endlich ankamen, vollkommen durchgefroren und hungrig, da standen die Leute schon bis draußen hin. Der Gasthof war brechend voll. Keiner wurde mehr eingelassen.

»Und nun?«, fragte Anni.

Fritz hob die Schultern. »Das weiß ich jetzt auch nicht. Ihr wolltet ja unbedingt herkommen.«

Sie fragten sich durch, wie das hier alles vonstattengehen sollte, aber so genau wusste das niemand. Irgendwas würde schon passieren und der Meister war auch noch nicht gekommen. Er habe viel zu tun, zu viele Menschen brauchten seine heilenden Hände und sein Gebet. Also holten sie erstmal den Rollstuhl vom Wagen, setzten Josef hinein und Anni war schon wieder in Brass, denn sie fürchtete, dass sie vergeblich gekommen waren. Bei so einem großen Meister wusste man nie, schließlich war das kein Wald- und Wiesenprophet wie der Professor Asmodi, der mit seinem Weltuntergang durch die Gegend reiste. Fritz hielt sich zurück, guckte nur vielsagend. Er hatte es ja gewusst.

»Ich geh mal nach vorne. Gibt vielleicht irgendwo einen besseren Platz zum Warten.«

Dann war sie auch schon verschwunden.

»Hummeln in'n Mors«, meinte Fritz und bot Josef eine Zigarette an. Willi lief um den Rollstuhl herum, ein unsichtbares Steuer in der einen Hand, einen Schaltknüppel aus Luft in der anderen. Er machte den Horch nach und war ganz in seinem Element.

Die Zeit verging. Nichts tat sich. Josef sah sich um. Der Gasthof, im Stil des Kaiserreiches gebaut, konnte sich sehen lassen. Im Sommer stand hier sicher Tisch an Tisch. Nun war alles voll mit Kranken und Versehrten. Viele saßen in Rollstühlen, wie Josef. Manche lagen in Handwagen. Hier hatte sich alles Elend versammelt, aber wo blieb Anni?

»Ich guck mich auch mal um«, sagte er zu Fritz und setzte sich nun doch in Bewegung. Er rollte hierhin und dorthin. So viele waren gekommen, es musste in die Tausende gehen, aber die Stimmung war friedlich. Alle machten ihm Platz, keiner hielt ihn auf, nur er schimpfte, weil er Anni nicht fand und weil er Angst hatte. Was, wenn sie so nach Hause fahren mussten, wie sie gekommen waren? Zurück in die Trostlosigkeit, die Fritz auch nicht ändern konnte? Das wollte er nicht. Das hier war seine große Hoffnung, aber Conradi ließ auf sich warten.

Er sprach einen Mann an, der auch im Rollstuhl saß. »Warum ist der Meister noch nicht da? Kommt der noch oder sind wir umsonst hier?«

Der Mann guckte ihn groß an. »Keiner ist umsonst gekommen.«

»Aber der muss uns doch behandeln und es sind viel zu viele. Das schafft der doch gar nicht. Und wenn er dann auch noch zu spät kommt. Wie soll das denn gehen?«

Er merkte, wie ihm die Tränen kamen. Der Mann lächelte. »Der muss keinen anfassen«, sagte er. »Allein in seiner Nähe zu sein, reicht schon. Man muss nur an ihn glauben.«

Für einen Moment war Josef erleichtert. Wenn das so einfach war, konnte er beruhigt sein, aber je länger er darüber nachdachte, desto unmöglicher kam ihm die Sache vor. Er hatte in seinem Leben schon an viel geglaubt, zuletzt an Volk und Vaterland und an den Führer. An Fritz glaubte er auch, meistens jedenfalls, aber wie sollte er an einen Wildfremden glauben?

Die Zeit verging. Mehrmals hieß es, dass Conradi jeden Moment eintreffen werde, und dann kam er doch nicht. Josef wurde fast verrückt und Fritz feixte. Er habe von Anfang an gesagt, der Mann tauge nichts. Dass sie warten mussten, schien aber sonst niemanden zu stören und Anni blieb verschwunden, sie war nun schon seit über einer Stunde unterwegs. Wenn er sich umsah, war da keiner so nervös wie er und wieder musste er an den Blumenverkäufer denken mit seinem verfluchten Gottvertrauen. Das war nicht seine Sache.

Endlich kehrte Anni zurück.

»Wo warst du! Was ist denn jetzt!«, blaffte Josef sie an.

»Ich hab was.« Sie öffnete die Hand. Darin lagen drei kleine Kugeln aus Stanniolpapier. »Die gab's drinnen zu kaufen. Ist Medizin.«

»Ach! Und was macht man damit? Soll ich die jetzt schlucken?«

»Das soll man immer bei sich tragen. Da ist was vom Meister drin. Ein Haar, ein Fingernagel.« Sie steckte ihm eines in die Hosentasche und Willi auch. Er holte das Ding wieder heraus und drehte es zwischen den Fingern. »Und wie soll das gehen?«

Sie lächelte. Seit wann konnte sie das wieder? »Schaden tut es jedenfalls nicht.« Sie steckte ihre Kugel in die Jackentasche.

»Du glaubst doch sonst an nichts!«, fuhr er sie an.

Conradi kam und kam nicht, aber der Wirt brachte warme Getränke, später wurde Graupensuppe ausgeteilt und es gab Schmalzbrote zu kaufen, alles für kleines Geld, immerhin. Josef fror, er hatte Kopfschmerzen und seine Nerven vibrierten. Eine seltsame Stimmung herrschte, so etwas wie gespannte Freude. Aber dass alle so nett miteinander umgingen, geradezu verliebt, das weckte sein Misstrauen umso mehr. Er fühlte sich fehl am Platz. Mittlerweile bereute er sogar, hergekommen zu sein. Er hätte auf Fritz hören sollen. »Lass uns nach Hause fahren«, drängelte er, seit die Kirchturmuhr Mittag geschlagen hatte. Anni guckte ihn groß an. »Und was ist mit Conradi?«

»Der kommt doch eh nicht.«

Sie wandte sich ab und half einer Frau auf, die hingefallen war. Alle waren so hilfsbereit und kümmerten sich um die anderen, sogar Anni, die sonst gerne austeilte. Hier ging etwas vor, das er nicht begriff, und es machte ihm Angst.

Dann wurden zu allem Überfluss Kirchenlieder gesungen. Er war nicht gläubig, aber er hatte Hunger. Der Wirt ging durch die Reihen und verteilte Getränke und Essen. Andere halfen ihm. Auch ihm und Willi schenkte der Wirt ein. Er wollte das nicht annehmen.

»Ich habe kein Geld.«

»Dann lade ich dich ein.«

So ging das bis zum Abend und Josef nörgelte, er wolle nur noch weg von dieser Versammlung des Elends und nach Hause. Fritz wollte ihn gerade ins Auto laden, da fuhr eine Limousine vor, und alles wurde still. Als der Meister ausstieg, fingen sie wieder an zu singen. *Großer*

Gott, wir loben dich. Er sah Anni, die stand bei der Suppenausgabe und sang mit. Seit wann war sie kirchlich? Der Meister war nicht allein, sein Stab schirmte ihn ab und er verschwand schnell im Gasthaus.

»Der geht jetzt erstmal gemütlich was essen«, meinte Josef. Fritz setzte ihn in seinen Rollstuhl zurück.

»Und nun? Warten wir?«

Sie waren ratlos. Josef war nun froh, dass er hinten stand. Alles drängte nach vorne, er blieb bei Fritz.

Im ersten Stock öffnete sich ein Fenster und Conradi erschien an der Brüstung. Er wartete, bis das Lied zu Ende war. Fritz reckte den Hals. Anni kam mit Willi zurück, sie stellten sich neben ihn. »Jetzt geht es endlich los«, flüsterte sie.

»Meine lieben Freunde!«, rief Conradi ihnen zu und alles Gemurmel verstummte. »Ich bin gekommen, um über das Böse mit euch zu reden und wie ihr zum Guten kommen und gesund werden könnt.«

Das waren gute Worte. Josef horchte auf. Genau darum ging es. Vielleicht hatte sich die Warterei ja doch gelohnt. Conradi redete weiter, kam von einem zum anderen, Josef begriff nicht alles, aber die Menge lauschte andächtig, sogar Anni. Es ging um das Gute und das Böse und um Gott im Allgemeinen.

»Wie will er denn so heilen?«, raunte er Fritz zu. Der lehnte an seinem Wagen und rauchte schon wieder. Er hob die Schultern. »Woher soll ich das wissen?«

»Wer von euch Anwesenden hat Schmerzen? Der möge sich melden!«, rief Conradi vom Balkon herunter. Nun ging es also doch los. Josef meldete sich. Viele Arme gingen in die Höhe.

»Dann schließt nun die Augen und glaubt!«

Josef schloss die Augen, aber an was sollte er glauben? Panik stieg ihm in auf. »Was muss ich denn jetzt tun?«, fragte er Anni.

»Hast du nicht zugehört?«

Er war viel zu aufgeregt. Er versuchte es mit einem Gebet, aber seine Gedanken schweiften ab. Die Schenkel taten ihm weh und auch der Rücken.

»Nun öffnet die Augen wieder und sagt mir: Wer von euch hat jetzt noch Schmerzen?«

Josef hob die Hand. »Ich! Und ich weiß nicht, was ich tun soll. Bitte! Ich brauche Hilfe.«

Um ihn herum raunte es, denn er war der Einzige, der nicht fest genug glauben konnte. Aber an was! Conradi sah lange in seine Richtung. »Ja, wenn du nicht genug glaubst, guter Mann, dann kann dir niemand helfen.«

Zustimmendes Gemurmel war die Antwort.

»Aber woran soll ich denn glauben?«, rief Josef und schluchzte fast. »Warum kann ich das denn nicht!«

Anni legte ihm die Hand auf die Schulter. »Lass, Josef«, flüsterte sie ihm zu. »Mach das nicht kaputt.«

Wie Anni ihn ansah! Wie alle ihn ansahen. Wie einen Judas, dachte er.

»Dann hör gut zu, lieber Mann. Hört alle zu!« Conradi wurde ungeduldig. »Wenn ich sage, ihr sollt glauben, dann meine ich das so, wie ich es sage. Aber ich sage auch: Neunzig Prozent kann ich heilen. Der Rest ist Abfall. Und jetzt schafft mir diesen Menschen da weg. Er stört die Heilungen.«

25

Betty stand im Laden, als Guste hereinkam. Die sah sie gar nicht, sondern marschierte schnurstracks zum Tresen. Alle ließen sie vor, keiner grüßte, sonst musste man sich am Ende noch ihre Geschichten anhören und zu Hause blieb der Ofen kalt und das Essen kochte sich nicht von allein. Sie wurde hier immer schnell bedient, damit sie noch schneller wieder ging. Heute verstummten auch alle Gespräche, als sie nach vorne schritt, denn nun war es amtlich: Guste war nicht mehr bei Sinnen.

Nach Dreikönig hatte sie sich vor das Mammut gestellt, um es zum Halten zu bringen. Wenn Harm Cordugas, der zufällig mit einer Buddel Korn für die Arbeiter vorbeigekommen war, sie nicht im letzten Moment da weggezogen hätte, wäre sie untergepflügt worden. Aber so war die Buddel futsch und nicht Guste. Die sollte den Schnaps nun bezahlen, nur wovon?

Betty versteckte sich hinter einem Regal, damit Guste sie nicht entdeckte. Mit ihr zusammen gesehen zu werden, wäre ihr fast ein bisschen peinlich. Wohl war ihr nicht dabei, denn eigentlich mochte sie Guste, aber in der Schule zogen die Kinder sie auf, weil sie zu der hinging, und im Laden guckten wieder alle so komisch. Vielleicht lag es an Bettys Aussehen und daran, wie sie sich verhielt. Ihr Körper kam ihr fremd und plump vor, sie war gewachsen und hatte Rundungen bekommen und sie träumte viel in den Tag hinein. Vera hatte sich bei ihrer Mutter beschwert, weil Betty nicht mehr grüßte, wenn sie sich im Dorf begegneten.

Als sie nach Hause kam, stand aber der Henkelmann auf dem Tisch. Betty stellte die Packung Hafergrütze daneben, die sie im Laden hatte kaufen sollen. Die Mutter wusch in einer Schüssel das Geschirr ab. Sie hatte die Hände im Wasser und deutete mit dem Ellenbogen auf den Henkelmann.

»Das ist der Rest Labskaus. Bring den zu Guste. Die muss was essen.«

»Aber ich war gerade im Dorf!«

»Beeil dich.«

»Ich dachte, ich soll nicht auffallen?«

»Nun werd mal nicht frech, Fräulein!«

Also ging Betty nochmal los, widerwillig, denn die Großen, auch die Mutter, sagten mal so und mal so, wie es ihnen gerade passte.

An Gustes Hecke blieb sie stehen und sah sich um. Sie war alleine auf der Straße. Sie öffnete das Gartentor, ging zur Tür, stellte das Essen ab und klopfte.

»Guste? Bist du da? Ich bring dir Essen! Ich stell's hier hin, ja?«

Sie beeilte sich, fortzukommen, aber Guste riss die Tür auf, als hätte sie dahinter gewartet. Sie rief sie zurück.

»Betty? Warum kommst du nicht rein? Redest wohl auch nicht mehr mit mir, was?«

Betty war schon am Tor, nun wandte sie sich um. »Ich muss Hausaufgaben machen.«

»Du bist doch plietsch. Kannste später machen. Na, nun komm schon und leiste einer alten Schrulle ein bisschen Gesellschaft.« Sie nahm den Henkelmann auf und ging vor. Betty seufzte und folgte ihr ins Haus.

Drinnen roch es nach Ruß und Schimmel. Ein nasses Stück Torf rauchte vor sich hin und vernebelte den Raum. »Soll ich dir schnell das Feuer anmachen?«

Guste stellte den Labskaus auf den Tisch. »Heute ist schwere Luft, da zieht nichts ab.«

Betty suchte trotzdem in der Holzkiste nach trockenen Stücken, schob das feuchte beiseite und legte ein anderes auf. Sie pustete, bis kleine Flammen hochzüngelten. Guste öffnete den Henkelmann und schnupperte. »Deine Mutter ist ein Engel.« Sie schloss den Deckel wieder, setzte sich auf die Küchenbank und nahm den Strumpf wieder auf, den sie gerade stopfte.

Betty stand da und sah ihr zu. »Noch ist das warm. Willst du nichts essen?«

»Kalt schmeckt das auch noch.« Sie kniff die Augen zusammen und fädelte den Faden wieder ein, der aus dem Öhr gerutscht war. Dass sie überhaupt noch stopfen konnte mit den alten Augen. Es drang auch nicht allzu viel Licht durch die winzigen Fensterscheiben, aber sie schien keines zu brauchen.

Betty hatte sich schon darauf eingestellt, dass Guste ihre Geschichte weitererzählte und dass sie zuhören musste, obwohl sie für Märchen langsam zu alt wurde, aber sie schwieg und Guste stopfte blind weiter. Ratlos stand Betty da. Gustes Schweigen hing fast schwerer zwischen den Wänden als der Rauch. Betty fragte, ob das Rauchhaus denn jetzt auch wegmüsse, wegen der Straße. Darüber redeten gerade alle im Dorf. Guste riss den Faden ab und legte den Strumpf beiseite, denn er war fertig. »Gibt es da was Neues? Mir sagt keiner was.«

»Nein. Ich weiß nichts.«

Guste legte die Hände auf den Tisch und sah sich in

ihrer Kate um. »Wenn ich hier wegsoll, dann müssen die mich mit den Füßen zuerst raustragen.«

»Theo sagt, dass alle eine schöne, neue Wohnung kriegen.«

»Na, wenn der das sagt.«

Wieder stockte das Gespräch.

»Ich muss dann auch nach Hause.«

Guste sah sie so seltsam an. »Ich hab wohl gemerkt, dass du mir aus dem Weg gehst. Schämst du dich, oder legen die Leute euch wieder tote Tiere vor die Tür? Willst du deshalb nicht mit mir gesehen werden?«

Betty wurde rot. Sie senkte den Blick. »Ich weiß nicht. Gibt ja immer mal wieder Gerede. Das hört wohl nie auf.«

»Früher sind die Frauen nach Holland gefahren und haben sich wiegen lassen. Wenn sie nicht zu wenig wogen, gab es ein Zertifikat, als Beweis, dass sie keine Hexen waren. Dann war die Sache erledigt.«

Betty lachte. »Ist das der Anfang einer neuen Geschichte?«

»Nein!« Sie zog nun doch den Henkelmann zu sich heran und öffnete ihn. »Auch was?«

Betty schüttelte den Kopf. Guste nahm einen Löffel aus der Schublade unter dem Tisch und fing an zu essen. »Die Seele wiegt fünfzehn Kilo.« Sie sprach mit vollem Mund. »Wusstest du das? Hexen haben keine, also sind sie zu leicht. So kann man das beweisen.«

»Das ist doch Quatsch!«

»Das hat vielen Frauen damals den Hals gerettet. Aber jetzt haben wir ja den Fortschritt.«

»Den willst du doch auch nicht. Oder warum hast du dich ins Moor gestellt?«

Guste aß noch einen Bissen, schloss den Deckel und nahm sich ein Geschirrhandtuch vor, das war schon so oft gestopft, dass man den Stoff kaum noch erkennen konnte. Sie fädelte einen neuen Faden ein und begann mit der Arbeit.

»Man muss das richtige Maß finden.«

Betty verstand das nicht, aber sie fragte nicht weiter nach.

»Du weißt noch, dass der Moorbauer beim Pastor war, um sich Rat zu holen?«, fing Guste wieder an.

»Ich erinnere mich.«

»Hör zu. So geht es weiter. Der Moorbauer ist nämlich mit schweren Gedanken vom Kuhlengräber gekommen. Sein Rat hat ihm nicht gefallen. Wenn die neuen Pächter schon gekommen waren, wie sollte er denen erklären, dass er das Haus gegen die Hexe verteidigen musste? Aber die Kate stand noch so da wie vorher. Die Pächter kamen und kamen nicht.

Vielleicht ist ihnen was passiert, hat der Mann gedacht. Kann sein, dass sie an den Pocken gestorben sind.

Er hatte auf dem Markt davon gehört. Die sollten wieder ausgebrochen sein.

Er hat alles Bienenwachs zusammengesucht, das er noch finden konnte. Er hat es heiß gemacht und die Löcher zugestopft, wie der Pastor ihm geraten hat. Bis auf das Schlüsselloch. Das hat er offen gelassen und dann hat er sich hinter die Tür gesetzt und ist eingeschlafen. Und nun kommts: Mitten in der Nacht ist dann die Tür aufgegangen und jemand ist hereingeschlichen. Der Bauer in seiner dunklen Ecke ist fast vom Stuhl gefallen, denn das war seine Frau! Die hat sich ins Bett gelegt und die Decke bis zum Kinn hochgezogen.«

»Aber sie war doch tot. Oder ist sie auch eine von den Glöhnigen geworden? Eine Tote im Moor?«

»Wer weiß das schon. Jedenfalls hat sich der Mann neben die Frau gelegt. Eiskalt ist die gewesen.

›Willst du mich holen?‹, hat der Mann sie gefragt. Da ist die Frau hochgeschreckt, hat gezittert am ganzen Leib und war sehr lebendig.«

Guste legte das Geschirrhandtuch weg. Sie rieb sich nun doch die Augen.

»Bist du müde?«, fragte Betty.

»Zum Sterben. Aber das Ende ist schnell erzählt. Der Mann hat eine Kerze angezündet und der Frau ins Gesicht geleuchtet. Es war nicht seine, sondern eine andere. Eine Fremde. Er hat sie gefragt, wer sie ist und was sie in seinem Bett tut.

›Dein Bett? Das gehört jetzt mir!‹

Es war nämlich die Frau von dem neuen Pächter. Sie konnte ihm alle Papiere zeigen. Die hatte mit ihrem Mann hier einziehen wollen, aber der ist unterwegs gestorben. Und weil sie nicht wusste, wo sie hinsollte, ist sie allein hergekommen, aber der alte Bauer war noch da.«

»Dann könnten sie ja zusammenbleiben«, meinte Betty.

»Schlaues Mädchen. Genau das haben sie gemacht. Was sollten sie auch sonst tun.«

26

Edith stand vor dem Briefkasten, sie zögerte. Die Post an Katie lag schon seit Wochen im Küchenschrank. Die Frage, ob sie den Brief einwerfen sollte oder nicht, quälte sie seitdem, aber heute war die Entscheidung gefallen. Betty hatte gerade die Zusage bekommen, sie würde im Sommer auf die Höhere Handelsschule gehen. Die kostete Geld und Betty brauchte auch noch ein Fahrrad, um in die Stadt zu kommen. Zwar hatte Theo angeboten, das alles zu übernehmen, aber sie waren noch nicht einmal verheiratet und überhaupt waren ihr Zweifel gekommen. Sie hatte Katies Worte noch im Ohr. *Heiraten? Niemals! Warum sollte ich mich von einem Kerl abhängig machen?* Nun stand sie kurz davor, ebendies zu tun, weil es vernünftig war. Jeder hätte ihr dazu geraten. Sie wäre versorgt. Bestimmt wären auch die bösen Gerüchte aus der Welt, die nach Gerds Tod wieder aufgeflammt waren, denn dann wäre sie eine ordentlich verheiratete Frau. Solche kamen nicht so schnell in den Ruf, eine Töversche zu sein. Was wollte sie mehr? Außerdem musste sie an Betty denken.

Sie hatte das alles hin und her überlegt, das ganze Für und Wider abgewogen, denn es war ja so, dass sie den Krieg und alles, was danach noch gekommen war, allein gemeistert hatte. All die Jahre war sie niemandem Rechenschaft schuldig gewesen und nun sollte sie sich wieder unterordnen? Theo war ein guter Mann. Ob er ihr erlauben würde, erotische Wäsche für Katies frivolen Versandhandel zu nähen, war eine andere Sache. Als Redakteur hatte er schließlich einen Ruf zu verlieren. Andererseits unterschätzte sie ihn vielleicht, denn er kannte den Katalog. Er hatte sie dabei erwischt, wie sie den zum zigsten Mal durchgeblättert hatte, in der Absicht, eine Entscheidung zu treffen.

»Was ist das?«, hatte er gefragt und amüsiert geguckt.

»Katies Katalog.«

»Zeig doch mal!«

Sie hatten halb im Spaß darum gerungen und dann hatte Theo das Heft in die Finger gekriegt. Am Ende hatten sie sich darüber kaputtgelacht. Das wäre der richtige Zeitpunkt gewesen, ihm von Katies Angebot zu erzählen. Möglicherweise hätte er gar nichts dagegen gehabt und noch brauchte sie keine Erlaubnis. Andererseits war sie weder blind noch taub. Das Geflüster, die Zeichen, das ganze böse Gerede hinter ihrem Rücken, es wollte einfach nicht aufhören, im Gegenteil. Die Leute warteten doch nur auf einen weiteren Beweis, dass mit ihr etwas nicht stimmte. Sie hatte Betty geraten, den Kopf einzuziehen und nicht aufzufallen. Sie selbst sollte sich auch daran halten. Sie betrachtete den Brief in ihrer Hand und steckte ihn wieder in die Manteltasche. Sie würde schon irgendwie an das Geld für die Schule und das Fahrrad kommen. Oder Theo heiraten.

Vera Hausmann kam ihr entgegen. Sie ging immer noch in Schwarz, das Trauerjahr war noch nicht zu Ende. Ihr Gerd lag seit ein paar Monaten unter der Erde, es war ein Jammer. Nicht, dass Edith ihren Mann sonderlich gemocht hatte, aber dass er in der hintersten Ecke verscharrt worden war, weil er Hand an sich gelegt hatte, war für Vera ein weiterer Schlag gewesen. Sie kam nicht darüber hinweg, denn sie begriff nicht, warum das so gekommen war. Die Arbeit hatte Gerd gefallen, die Ehe war in Ordnung gewesen, nichts Besonderes, kein Grund, durchzudrehen. Vera sah schlecht aus.

»Moin«, grüßte Edith freundlich, aber Vera ging schweigend vorbei. Bestimmt war sie in Gedanken und hatte sie nicht gehört.

»Vera? Wie geht es dir?«

Nun blieb sie stehen und wandte sich um. »Frag doch nicht so scheinheilig.«

Edith war wie vor den Kopf geschlagen. »Warum sagst du das?«

Vera war im Begriff, weiterzugehen, aber wenn sie sich schon beschwerte, dass Betty nicht grüßte, dann sollte Vera auch ein bisschen Anstand zeigen.

»Was hab ich dir denn getan!«

Es kam keine Antwort. Edith lief ihr nach und hielt sie fest. »Bitte. Rede mit mir. Sag mir, was los ist, bitte!«

»Hexe!« Sie riss sich los.

»Oh! Daher weht der Wind.« Edith konnte sich nicht länger zusammenreißen. Zu viel hatte sich in ihr aufgestaut. »Ich bin wohl an allem schuld, was hier im Dorf passiert, was? Auch an Gerds Tod?«

»Das sagt hier jeder. Und das ist auch so. Frag Fritz, oder traust du dich nicht?«

Edith lachte auf. »Ja, stimmt! Jetzt weiß ich's wieder. Ich hab deinen Mann quer über meinen Hexenbesen gelegt und da hochgebracht. Und die Grolls, die hab ich auch in der Gewalt. Anni und Josef. Deshalb geht's denen so dreckig, weil ich ihre Seelen will. Sagt das auch jeder?

Oder nur Fritz! Oder braucht ihr einfach nur einen Sündenbock?«

Vera schlug ein Kreuz.

Edith machte einen Schritt auf sie zu. »Das hilft dir nicht. Pass bloß auf, ich hab heute den bösen Blick!«

Das saß. Vera stolperte rückwärts, fing sich, dann wandte sie sich um und rannte los. Unterwegs verlor sie einen Schuh, sie hob ihn auf und lief weiter. Ihre Strümpfe konnte sie wegschmeißen, das war sicher.

»Erzähl's gleich allen!«, schrie Edith ihr hinterher. »Die Abel'sche, die hat dich böse angeguckt!«

Vera bog um die Ecke und war nicht mehr zu sehen. Gleich würde sie im Laden brühwarm berichten, was sie erlebt hatte. Das mit dem Kopfeinziehen hatte ja wunderbar geklappt. Sie nahm den Brief wieder aus der Tasche und warf ihn in den Kasten. Dann ging sie mitten auf der Straße nach Hause, das Kreuz durchgedrückt und den Kopf erhoben. Wenn sie im Dorf unbedingt eine Hexe brauchten, dann sollten sie eine haben.

27

»Die Gottlosen haben freudig Schaden zu tun, aber des Gerechten Samen wird alle Frucht bringen!«

Fritz schritt um das Groll'sche Haus und wiederholte diesen Spruch nun zum fünften Mal. Zweimal musste er noch, denn sieben war die magische Zahl. So stand es im Buch, aus dem er seine Weisheiten zog. So hatte seine Großmutter ihn das gelehrt. Das magische Handwerk ging immer von einer Frau auf einen Mann über und umgekehrt, das wusste sogar Anni, die dabeistand und zusah. Nach jedem Aufsagen grub er ein Wachstäfelchen ein, darauf hatte er die gleichen Worte eingeritzt. Doppelt hielt besser. Wenn das nicht half, dann wusste sie auch nicht weiter. Die Fahrt nach Oldenburg zu diesem Wunderheiler hatte alles nur noch schlimmer gemacht und es hatte gedauert, das zu begreifen, denn ihr war es gut gegangen unter den Leuten. Es hatte so eine friedliche Stimmung geherrscht, das kannte sie gar nicht. Davon hatte sie sich mitreißen lassen und den Überblick verloren. Die Dinge lagen nämlich viel komplizierter. In Wahrheit war sie auf den Conradi hereingefallen. Sie wusste schon selbst nicht mehr, wo ihr der Kopf stand und was sie noch glauben sollte. Da walteten Mächte, die konnte nur noch einer wie Fritz durchschauen. Für sie war das zu hoch.

Josef war noch auf der Rückfahrt zusammengebrochen, hatte einen Anfall gekriegt und nach Luft geschnappt wie ein Fisch. Ganz blau war er geworden und sie hätten fast beim Doktor angehalten, weil Anni schon glaubte, dass er ihr unter den Händen wegstarb. Aber dann beruhigte er sich und sie hatten es bis nach Hause geschafft, wo Fritz ihn nach seiner Art behandelte. Er lebte, aber er war nicht mehr derselbe und es war ihre und Josefs Schuld. Wenn sie nur auf Fritz gehört hätten, wäre es nicht so weit gekommen. Fritz war weise. Der wusste alles. Der hatte auch gewusst, dass Conradi ein Aufschneider und Scharlatan war, der gegen das Böse nichts ausrichten konnte, sondern mit ihm im Bunde stand. Sie mussten sich nun voll und ganz auf ihn verlassen. Endlich hatte Anni das kapiert und ihm einen Schuldschein ausgestellt für all das Gute, das er ihnen tat, denn es war nichts mehr da. Das wenige Vieh, das letzte Schwein, die Kuh und die paar Hühner, die brauchten sie selbst zum Leben. Hundert Mark wollte Fritz für die Beschwörungen haben, die er nun bei ihnen machen musste. Wenn sie ihm nur mehr vertraut hätten, und nicht dem anderen, hätten sie das Geld gespart, aber jetzt kostete es eben, wenn sie das Böse loswerden wollten, das sah sie ein. Josef ging es nach der Oldenburger Katastrophe so schlecht, dass er nicht mehr aus dem Bett kam. Er klagte über Schmerzen in der Brust und im Rücken. Auch der Kopf tat ihm weh. Mit Sitzen war nichts mehr. Sie hatte noch einmal darüber nachgedacht, Dr. Till zu holen, aber Josef sperrte sich. »Der steckt mich nur ins Krankenhaus. Ich will aber zu Hause sterben.«

»Du stirbst nicht!«

»Wir sterben alle. Manchmal geht's schneller, als man denkt.«

Anni, so tatkräftig sie sonst auch war, wusste nicht weiter, geschweige denn, wo ihr der Kopf stand. Wem konnte sie denn noch vertrauen? Was stimmte? Fritz meinte, das Böse brauche keinen Grund. Es suche sich seine Opfer absichtslos. Das sei das Perfide. Nun holte er zum großen Schlag gegen die Hexe aus. Edith Abels, dieses Biest, die war mächtiger, als sie alle geahnt hatten. Wer hätte das gedacht. Tat immer so freundlich und verständig. Fritz sagte, das seien die Schlimmsten.

Die Stanniolkugeln vom Conradi hatte sie weggeworfen. Die waren doch auch nur so eine Täuschung. Rausgeschmissenes Geld. Stattdessen hatte Fritz ihnen Holzkreuze unter die Betten gelegt, die hatte er selbst zusammengenagelt und mit Weihwasser aus der Kapelle gesegnet. Jedenfalls behauptete er das und sie glaubte ihm, denn irgendetwas musste der Mensch ja glauben.

Anni schlief nicht mehr, weil die Gedanken sie quälten, und wenn sie doch einschlief, quälten sie die Träume. Dann sah sie, wie giftige grüne Dämpfe durch die Ritzen ins Haus und in die Ställe waberten und alles verätzten. Tatsächlich kriegte Josef schlecht Luft. Im Stall schrie das Schwein und die Hühner legten kaum noch Eier. Eines hatte schon wieder tot im Stall gelegen. Die Kuh gab Wasser statt Milch.

»Das ist kein Traum«, sagte Fritz. »Das macht alles die Töversche. Die ahnt, dass es ihr an den Kragen geht.«

Ihre Macht zu brechen, war eine gefährliche Angelegenheit, denn er musste sich mit ihr messen. Deshalb war das so teuer, dabei hatte er den Preis schon gewaltig nachgelassen. So eine große Austreibung kostete normalerweise zweihundertfünfzig Mark. Weil sie es waren, machte Fritz es für weniger als die Hälfte. Da konnte Anni noch dankbar sein. Sie versprach, alles zu tun, was er ihr auftrug, damit Josef sich erholte und der Spuk endlich vorbeiging.

Ein bisschen hatte der Zauber auch schon geholfen, Anni wollte das zumindest glauben. Josef hatte heute Morgen ein wenig gegessen. Sie hatte ihm Milchsuppe eingeflößt und gemeint, eine Spur von Farbe in seinem grauen Gesicht erkannt zu haben. Nur hatte er die Suppe nicht bei sich behalten und sie musste hinterher das Bett neu beziehen. Da war auch alles Rosige wieder von seinen Wangen gewischt, aber es war ein Anfang gewesen. Bei der Gelegenheit hatte sie die Decken und Kissen nach Federkränzen durchsucht. In Josefs Decke hatte sie gleich drei Klumpen gefunden, was sie nicht wunderte, denn Edith hatte es ja von Anfang an vor allem auf ihn abgesehen. Sie hatten daraufhin in den Ställen alle Ritzen mit Teer zugeschmiert und die im Haus mit Wachs, weil ihnen der Teer ausgegangen war, alles zum Schutz gegen die Dämpfe und dass die Hexe nicht ins Haus kommen konnte. Sie hatten Watte in jedes Türschloss gestopft und die mit Nadeln gespickt, die Spitzen nach außen, denn so eine Töversche flog durchs Schlüsselloch, wenn es sein musste. Zu guter Letzt war da noch die Sache mit den Wachstäfelchen, die Fritz gerade erledigte. Ein mächtiger Schutzzauber, wie er behauptete. Später würden sie räuchern, obwohl die Luft in den abgeschotteten Räumen schon jetzt dick war wie Gelee, aber es musste sein.

Fritz war mit seinen Beschwörungen fertig, er kam ihr entgegen, zusammen gingen sie ins Haus. Er setzte sich an den Tisch, das Zaubern hatte ihn erschöpft. Anni wärmte etwas von der dünnen Milch auf, die sie heute Morgen gemolken hatte, denn die Kaffeedose war leer. Sie goss ihm ein. Er trank den Becher in einem Zug leer.

»Können wir sonst noch etwas tun?«, fragte sie.

»Erstmal nicht. Nun müssen wir abwarten. Wenn sie hier nicht rein kann, dann wird sie toben und zu mir kommen. Aber ich weiß mir zu helfen. Bald seid ihr sie los.«

Das hatte er schon öfter gesagt.

»Und wenn nicht?«

Er drehte den Becher in den Händen. Das Schweigen zog sich, so dass Anni schon angst und bange wurde, Fritz könne mit seinem Latein auch irgendwann am Ende sein.

»Tja«, sagte er schließlich. »Dann müssen wir scharfmachen.«

»Und was heißt das?« Annis Frage war nur ein Flüstern, denn Fritz hatte ein Zeichen geschlagen, wohl ein Schutzzauber.

»Das willst du nicht wissen«, sagte er leise.

»Und wenn doch?«

Er beugte sich über den Tisch. »Dann wird es schlimm.«

Wenn es schlimm wurde, dann war es vielleicht genau das Richtige. Medizin musste auch bitter schmecken und was helfen sollte, musste weh tun.

»Nun sag schon. Ich verrate nichts. Niemandem.«

Da rückte Fritz noch näher, sie konnte seinen schlechten Atem riechen. Er wurde verschwörerisch. »Das ist was von den Alten und es ist verboten. Du kriegst gewaltigen Ärger, wenn das rauskommt.«

Anni schnaubte nur verächtlich. »Na und? Wenn wir nur diesen Fluch brechen, ist mir das doch egal. War nicht alles schlecht, was die gemacht haben.«

Fritz gab ihr Recht und dann schwiegen sie wieder, weil manches eben nicht zum Sagen war.

Josef rief aus der Kammer. Anni kam hoch. Die Tür stand nun immer offen, damit sie ihn hörte.

»Was ist denn?«

Er wollte Fritz sprechen. Der stand auf und ging hinüber.

Anni blieb am Tisch sitzen, sie hing ihren Gedanken nach. Wann hatte das angefangen, dieses Nicht-mehr-Mitkommen und Nicht-mehr-Verstehen? Bei Willis Geburt. All die Spritzen und was sie mit ihr angestellt hatten. Dann die Ärzte, denen man ausgeliefert war. Davor fürchtete sie sich ebenso wie vor den neuen Maschinen, diesen stählernen Ungetümen, mit denen die Böden jetzt bis auf die Knochen ausgeweidet wurden. Das Alte war anders. Nicht unbedingt besser, aber sie kannte sich damit aus. Das machte den ganzen Unterschied.

Fritz kam zurück.

»Was wollte er denn?«

»Ich soll ihn von den Schmerzen erlösen.«

»Und?«

»Tja. Nun müssen wir die Hexe wohl doch gehörig quälen, damit sie von ihm ablässt.«

»Und wie soll das gehen?«

Er sah sich um. Sie waren unter sich. Willi wachte bei seinem Vater und wer sollte schon hierherkommen?

»Du musst ein Stück Vieh nehmen«, flüsterte er. »Eins vom Hof. Am besten das Schwein.«

»Wir haben nur noch das eine!«

»Du sollst es ja nicht schlachten.«

»Aber?«

»Du musst es bis aufs Blut schlagen.«

»Und das soll helfen?«

»Die Hexe, die euch unterhat, spürt die Schmerzen und sie muss von euch ablassen. Der Fluch bricht. Wenn sie keinen guten Gegenzauber hat.«

»Und wenn sie einen hat?« Willi kam in die Küche. »Was willst du!«, herrschte Anni ihn an, denn es war der falscheste Moment. Er guckte von einem zum anderen und verschwand wieder.

Fritz sah ihm nachdenklich hinterher. »Wenn das nicht reicht, dann muss ein Mensch geschlagen werden.«

Anni lachte bitter. »Soll ich mir einen von der Straße holen?«

»Das muss einer von euch sein.«

Endlich begriff sie, was Fritz ihr sagen wollte. Ihr wurde kalt. »Dann schlage ich mich lieber selber. Der Junge versteht das doch nicht.«

»So weit muss es auch nicht kommen. Wollen mal sehen, ob meine Schutzzauber helfen, und dann sehen wir weiter.«

»Und wenn nicht? Wenn das alles nichts bringt? Die Abel'sche ist zäh.«

Fritz zuckte die Schultern und stand vom Tisch auf. Er war im Begriff, zu gehen. In der Küchentür blieb er stehen. »Dann müssen wir sie eben totschlagen.«

28

Am letzten Sonntag im Juni wurde Betty vierzehn. Theo schenkte ihr Lises Fahrrad. Die lag nun auch schon einige Jahre unter der Erde. Die Zeit verging. Es war ein gutes Viktoria. Unverwüstlich. Am Rahmen fehlte nichts. Er hatte neue Reifen aufgezogen, die Bremse repariert und ein gebrochenes Schutzblech ausgetauscht, denn das Rad war von einer Ecke in die andere geworfen worden. Nun sah es wieder aus wie neu. Während noch einige Trödler und Schnatterer vom Kirchgang nach Hause trudelten, probierte Betty das Rad schon aus. Sie hatten sich nach dem Gottesdienst beeilt, nach Hause zu kommen, denn Betty konnte nicht länger warten.

Am Himmel stand ein Regenbogen, es hatte geregnet, und nun schien die Sonne. Die Luft duftete nach frischen Laken. So roch es nur um Johanni herum. Edith stand neben Theo an der Hecke, sie sahen zu, wie Betty ihre Runden drehte. Das Rad war wie für sie gemacht.

»Darauf sitzt man wie auf einem Sofa!« Richtig glücklich sah sie aus und für diesen Moment war sie wieder das quirlige Mädchen, das noch nicht im Moor festgesessen hatte. Solche Momente gab es nur wenige, denn das Kind verblasste mehr und mehr hinter der ernsten, jungen Frau, die ihrer Mutter immer ähnlicher wurde.

Edith hatte auch ein Geschenk für sie gehabt, passend zum Rad. Eine Hose. Der letzte Schrei. Die hatte Betty gleich angezogen und war damit in die Kirche gegangen.

Da hatten sie aber geguckt! Darauf kam es nun auch nicht mehr an. Sie konnte sich schon denken, wer sich darüber aufregte. Vera, Wienert und Fritz Renken. Letzterer zuallererst und am allermeisten. Sollten sie tun, was sie nicht lassen konnten, sie lebten in anderen Zeiten und nun war Sommer, die Schatten wurden kürzer und die bösen Zungen leiser. Vielleicht lag es auch nur an diesem ungeheuer blauen Himmel, am Holunder, der so herrlich duftete, oder am Schnurren der neuen Nähmaschine, dass das Leben sich gerade so leicht anfühlte. Über die Maschine hatte Edith sich mindestens ebenso gefreut wie Betty über das Rad und die Hose. Sie schätzte sehr, dass der Faden nicht andauernd riss, dass sie nicht alle naselang neu einfädeln musste, dass die Nähte gerade wurden, weil das Fußpedal nicht hakte. Diese Freude hatte sie im Grunde Vera zu verdanken. Ohne sie läge der Brief an Katie wohl immer noch im Küchenschrank. Katie hatte prompt reagiert. Wie sie die versprochene Maschine in den Mopedanhänger reinbekommen hatte, sollte allerdings ihr Geheimnis bleiben. Es war eine Schrankmaschine, gebraucht, aber gut zu bedienen. Eine Singer, die man versenken konnte. Katie hatte ihr außerdem Stoffe dagelassen und alles, was sie sonst noch brauchte für die Spitzennegligés, Büstenhalter, Hüftgürtel und was die Kundinnen eben so bei ihr bestellten. Edith genoss es, die edlen Stoffe durch ihre Finger gleiten zu lassen. Sonst hatte sie meist nur mit grober Wolle oder steifem Leinen zu tun. Was hatte sie sich für Gedanken gemacht! Es war doch nichts dabei und Theo hatte auch nichts dagegen einzuwenden gehabt. Er hatte sie sogar ermuntert, denn er mochte ihr grünes Satinmieder. Das hatte Katie ihr tatsächlich geschenkt und Grün stand ihr sowieso am allerbesten.

Sie hatte auch alle anderen Bedenken weggeschoben, ob sie heiraten sollte oder nicht. Das Leben war unberechenbar, aber eines war sicher: Sie liebten sich doch und er hielt zu ihr, auch dann noch, wenn alle behaupteten, sie tue schlimme Dinge. Nun war das Aufgebot bestellt. Im Herbst sollte die Hochzeit gefeiert werden. Seit das im Dorf bekannt war, hatte kein totes Tier mehr auf der Türschwelle gelegen.

»Die Hexerei ist eben nur was für alleinstehende Frauen«, war Theos Kommentar dazu gewesen, aber Edith fand das nicht witzig. Sie hatte gelitten und Betty auch, aber nun kochte die Gerüchteküche ein anderes Süppchen. Das alte Dorf würde es bald nicht mehr geben. Nun stand fest, welche Häuser im nächsten Jahr wegen der neuen Straße abgerissen werden sollten. Theos Hof und die Abel'sche Kate gehörten dazu. Der Spökenfritz und Guste mussten auch weichen. Die Entscheidung stand fest und die Gemeinde war dabei, ihnen die Grundstücke abzukaufen. Der Bauplatz im Neubaugebiet war Theo auch schon so gut wie sicher, es fehlte nur der Trauschein.

Es gab Tage, da freute sich Edith sogar, aus den alten Mauern rauszukommen. Das neue Haus wurde hell und licht, wie dieser Sommer. Wer wollte da noch düstere Gedanken ausbrüten, wenn alles besser werden sollte, auch die Straße. Die alte hatte einen Buckel, darauf mochte keiner mit einem neuen Automobil fahren. Theo sparte schon auf einen eigenen Wagen. Wer keinen hatte, der stieg dann in den Postbus. Im Dorf sollte es bald eine Haltestelle geben. Dann musste man sich nicht mehr die Füße wund laufen, um in die Stadt zu kommen. Fritz war auch fein raus, denn der baute schon außerhalb. Übrig blieb Guste. Die war mit dem alten Gemäuer verwachsen wie eine Schnecke mit ihrem Haus. Sie hatte jeden Balken und jede Lehmwand abgehorcht. Wie viele Leben waren da eingesickert. Guste kannte die Geschichten oder ahnte sie zumindest. So ein Haus mit all seinen Erinnerungen konnte man nicht einfach abreißen, jedenfalls nicht, solange sie noch lebte, aber die Gemeinde wollte nicht warten und die Moorgesellschaft auch nicht. So waren die neuen Zeiten.

Der Bürgermeister kam und der Pastor gleich hinterher, aber weder eine Gemeindewohnung mit Wasserklosett und Kohleofen konnte sie locken noch ein Platz im Altenstift mit drei Mahlzeiten am Tag. Guste blieb stur. Sie nahm ihren Kreuzzug gegen den Fortschritt wieder auf und verkündete die Apokalypse.

»Das Moor vergisst nicht, was ihr ihm antut. Und denkt an die Glöhnigen. Ihr werdet schon sehen.« Seit dem Frühjahr unkte sie überall herum und langsam konnte es keiner mehr hören, denn wie sich herausstellte, war der Fortschritt gar nicht mal so schlecht.

»Guck nach vorne!«, rief auch Theo, aber er meinte Betty. Die hatte etwas gesehen und wäre fast mit dem Rad in der Hecke gelandet. Sie stieg ab und zeigte die Straße hinauf.

»Da ist Willi.«

Edith hatte ihn auch gesehen. Der Junge ging in den Pennig, er trug eine Milchkanne und war nun oft allein unterwegs. Sonst hatte er immer seinen Vater begleitet, aber Josef kam nicht mehr und kaum einer vermisste ihn, außer ein paar Ausflügler, wegen der Musik. Anni hatte sich auch nicht mehr blicken lassen. Etwas war da gewesen, ein Ausflug in die Stadt zu diesem Conradi. Genaues wusste nicht einmal Theo, der sonst über alles im Bilde war. Die Grolls hatten sich auf ihrem Hof verschanzt.

»Josef soll es schlecht gehen«, meinte Theo.

»Hab gehört, er ist bettlägerig. Wundern muss man sich nicht.« Er hatte im Krieg einiges abgekriegt, das steckte man nicht so einfach weg. Edith dachte dabei auch an Anni. Sie begriff immer noch nicht, warum sie sie so sehr hasste. Möglicherweise brauchte es dafür keinen Grund.

Theo klatschte in die Hände. »Was macht ihr denn für Gesichter, meine Damen! Heute ist Sonntag und wir feiern Geburtstag. Was ist? Wollen wir?«

Er lud sie heute wieder mal zum Essen ein. Er konnte es sich nun leisten.

Die Gaststube brummte, wie jeden Sonntag. Nach der Kirche trafen sich hier die Männer zum Frühschoppen, um die allgemeine Lage zu diskutieren, bis die Frauen den Sonntagsbraten auf dem Tisch hatten. Manche hielten es noch länger aus in der dicken Luft. Willi stand an der Theke, als sie hereinkamen, er hielt dem Wirt einen Zettel hin. Vor dem Clubraum staute sich der Betrieb, sie mussten warten, bis eine Gruppe Sommerfrischler Platz gefunden hatte. Die kamen noch immer, um das Mammut zu bewundern. Cordugas nahm Willi den Zettel ab, las und lachte. »Ein halbes Schwein? Damit wollt ihr die Deckel bezahlen?«

Willi nickte. Cordugas gab ihm den Zettel zurück. »Und dann auch noch notgeschlachtet. Ist euch wohl verhungert, das Vieh.«

Willi hielt ihm die Kanne hin.

»Nichts für ungut, Junge, aber mit dem Fleisch kann ich nichts anfangen und bevor ihr nicht zahlt, gibt's auch kein Bier mehr. Nicht mal aus der Leckwanne.«

»Was hat er denn?«, fragte Theo.

»Kein Geld hat er, und das schon lange.«

Theo zog seine Geldbörse aus der Jackentasche. »Was kostet die Kanne?«

»Vom Leckbier? Fünfzig Pfennig.«

»Dann mach die mal voll.«

Cordugas nahm Willi die Kanne ab, bückte sich und tauchte sie in die Wanne, die unter dem Gitter vom Zapfhahn stand, um den heruntertropfenden Schaum aufzufangen. Theo legte ihm das Geld hin.

»Und was ist mit den Deckeln?«, wollte Cordugas wissen. Übernimmst du die auch nochmal?«

»Ich zahl für das Bier, weil Sonntag ist und weil Betty Geburtstag hat.«

Der Wirt sah zu ihr hin. »Meinen Glückwunsch. Bist ja eine schiere Deern geworden, das muss man sagen.«

Betty bedankte sich, obwohl es sie verlegen machte. Sie stand neben Willi, der auf das Bier wartete.

»Wir treffen uns wohl immer nur hier«, sagte sie und betrachtete ihn. Sie hatten sich länger nicht gesehen. Er war noch ein bisschen gewachsen, schlanker war er auch geworden und gar nicht mal so unansehnlich.

»Wie geht es dir?«, fragte sie. Er hob die Schultern.

»Hab gehört, dass dein Vater krank ist?«

Er nickte.

Cordugas langte ihm die Kanne über die Theke, Willi nahm sie und blieb vor Betty stehen. Vielleicht wollte er ihr auch gratulieren, er brauchte immer ein bisschen länger, aber Theo drängelte. »Jetzt kommt doch endlich. Ich hab Hunger.«

Im Clubraum waren heute alle Tische besetzt bis auf einen. Sie gingen zu dem Tisch am Fenster, den Theo extra reserviert hatte, weil hier die Luft am frischesten war. Reinke, der Sohn vom Wirt, humpelte mit seiner nagelneuen Beinprothese von Tisch zu Tisch und nahm die Bestellungen auf. Mit Krücken sah man ihn nur noch selten. Anscheinend lief es sich ganz ordentlich mit dem Ersatz. Sonst stand er in der Küche und kochte gar nicht mal so schlecht, nur wenn Not am Mann war, half er beim Bedienen. Wie es aussah, würde er den Pennig übernehmen, denn sein älterer Bruder war gefallen.

Er kam an ihren Tisch. »Was darf's sein?«

Die Frage galt den Getränken, denn sonntags gab es nur ein Menü mit Hühnersuppe, gemischten Braten und zum Nachtisch Vanillepudding. Sie bestellten Bier und Sinalco. Während sie darauf warteten, stellte Theo die Frage, die Betty nun ständig zu hören bekam.

»Wenn du schon auf die Höhere Schule gehst, was willst du denn mal werden?«

»Archäologin.«

Die Antwort kam wie aus der Pistole geschossen. Damit hatten weder Edith noch Theo gerechnet.

»Wie kommst du denn darauf!«

Es hatte mit der Moorleiche zu tun, die die Archäologen damals geborgen hatten und wie sie mit ihr umgegangen waren. Dass sie alles Alte so fürsorglich behandelten, hatte sie fasziniert. Das war ihr im Gedächtnis geblieben.

»In der Erde buddeln? Zu sowas hast du Lust?«, wollte Edith wissen.

Reinke brachte die Getränke. Theo trank gleich einen großen Schluck und wischte sich den Bierschaum vom Mund. »Du müsstest Abitur machen und dann studieren.«

»Ja. Ich weiß.«

»Das hat in unserer Familie noch keiner gemacht. Und dann auch noch als Mädchen.« Edith blieb skeptisch. »Und wer soll das alles bezahlen?«

Reinke brachte die Suppe.

»Na ja, daran soll's nicht scheitern«, antwortete Theo und probierte. Er hatte ein Angebot erhalten, bald würde er zu einer großen Zeitung wechseln und noch besser verdienen. Es lief gut für ihn. »Allerdings wärst du eine alte Jungfer, wenn du fertig bist.« Er zwinkerte Betty zu und wechselte das Thema, obwohl sie das eine und andere noch dazu zu sagen gehabt hätte. Nun ging es um den Bauplatz und das neue Haus.

Der Braten kam und danach der Pudding. Am Ende setzte sich Cordugas höchstpersönlich an ihren Tisch und spendierte zum Geburtstag Schnaps für Theo und für die Damen einen Kirschlikör. Er stieß mit ihnen an.

»Der Willi, der kann einem leidtun«, sagte er und schenkte nochmal nach. »Anni schickt den jeden Tag mit der Kanne. Ist ja nicht so, dass ich ihm nichts geben will, aber irgendwann ist Schluss.«

»Und für wen holt er das?«, wollte Edith wissen. »Anni wird wohl kaum jeden Tag Biersuppe kochen.«

»Na für wen wohl?« Er seufzte tief. »Seit Josef wieder da ist, hat er in kein Bierglas gespuckt.«

»Wen wundert's.«

»Die sind gewaltig auf den Hund gekommen und ich sag euch, das kommt vom Spökenfritz. Der nimmt die aus.« Er tippte Theo an. »Darüber solltest du mal schreiben.«

Theo bezahlte. Sie gingen nach Hause und begegneten keinem, denn es war Sonntag und der folgte festen Regeln. Nach dem Mittagessen wurde geruht, dann kam der Sonntagsspaziergang, danach Kaffee und Kuchen. Nun war Mittagspause. Theo machte es sich auf der Chaiselongue bequem, Edith am Küchentisch. Sie war es so gewohnt. Betty ging nach draußen und bewunderte ihr neues Fahrrad. Sie war nicht müde.

Zum Spaziergang machten sie sich frisch. Theo schlug vor, dass Betty ihr Rad mitnahm, denn sie hatte wenig Lust. So machten sie sich auf den Weg und sie waren nicht die Einzigen. Zur Baustelle, wo das Mammut in den Himmel ragte, pilgerten die meisten hin. Da gab es immer etwas zu sehen und man wollte schließlich wissen, wie weit sie schon gekommen waren. Edith schlug heute die andere Richtung vor.

»Du willst zu Anni, stimmt's?« Theo kannte sie allzu gut.

»Nur mal gucken. Man macht sich schließlich Gedanken.«

Köter kam ihnen schon vor dem Hoftor entgegen. Er stellte sich in den Weg, bellte und tat gefährlich. Er war noch struppiger als sonst und nur noch Haut und Knochen. Betty ließ ihn schnuppern, danach streichelte sie ihn ein bisschen. Er beruhigte sich und trottete neben ihnen her.

Der Hof sah verwahrlost aus und wie verlassen. Schubkarre, Spaten, Eimer, alles lag verstreut. Halb verhungerte Hühner suchten nach Würmern. Zwischen ihnen strichen magere Katzen umher. Betty lief zum Stall, suchte den Futtereimer, aber der war leer.

»Was ist das?« Edith horchte. Es kam aus den Bäumen,

die den Hof säumten. Darin hing allerlei Kram. Kreuze, Kränze, Federn und Steine, die hatte jemand absichtlich da hineingehängt. Wenn der Wind in die Baumkronen fuhr, machten sie Geräusche. Das leise Klappern und Klingeln mischte sich in das erschöpfte Gackern der Hühner. Auch am Haus gab es magische Zeichen. Überall konnte man solche Male entdecken, aber kein Mensch zeigte sich.

»Ich geh da jetzt rein.« Edith flüsterte fast. »Am Ende liegen die tot in den Betten.«

Theo wollte sie aufhalten, aber sie war schon losgegangen. Sie hob den Riegel der Achterdöör und stellte fest, dass die Tür verschlossen war. Aus dem Schlüsselloch quoll Watte heraus. Sie klopfte. »Ich bin's! Edith! Jemand zu Hause?«

Nichts rührte sich.

»Lass mich mal«, sagte Theo. Er probierte ebenso vergeblich, die Tür zu öffnen, und hieb dann mit der Faust dagegen.

»Anni? Josef? Ist alles in Ordnung bei euch? Wir wollten nur mal *Moin* sagen!«

Nun hörten sie Schritte. Jemand kam in die Waschküche, blieb hinter der Tür stehen, sagte aber nichts.

»Willi? Bist du da?« Betty legte ihr Ohr an das Türblatt. »Kannst du rauskommen?«

»Geht weg! Wir haben euch nichts getan! Lasst uns endlich in Frieden!«

Hinter der Tür stand nicht Willi, sondern Anni. Sie klang heiser.

»Wieso sollten wir euch was tun?«, wollte Theo wissen und erhielt keine Antwort. Edith schob ihn beiseite. »Anni? Keiner will euch was. Lass uns rein. Bitte.«

»Tu nicht so schön! Töversche! Gah weg!«

Wie verzweifelt sie klang. Sie glaubte, was sie sagte. Köter winselte, Betty streichelte seinen Kopf. »Ich hab heute Geburtstag!«, rief sie. »Und ich würde mich freuen, wenn Willi mit zum Kaffee kommen darf.« Das war ihr gerade eingefallen.

Da flog die Tür auf, Edith konnte gerade noch beiseitespringen. Anni stand in der Tür. Sie hielt einen Karabiner in den Händen und zielte damit auf sie.

»Ick scheet!«

Theo riss Betty von der Tür weg und stellte sich vor sie, aber Edith hatte keine Angst. Sie waren Freundinnen gewesen. Sie machte einen Schritt auf sie zu. »Anni. Ich bin's doch. Kennst du mich nicht mehr?«

»Al lang nich.« Annis Stimme zitterte. Sie entsicherte das Gewehr, gleichzeitig fing sie an, Beschwörungen zu stammeln, und es hörte sich an, als sei sie nicht mehr ganz bei Trost. *»Die Gottlosen haben freudig Schaden zu tun, aber des Gerechten Samen wird alle Frucht bringen!«* Sie wiederholte den Satz und Tränen liefen ihr über die Wangen, aber sie weinte nicht. »Wat wills noch von uus. Hest nich aal genoog Unglück brocht?«

Edith rührte sich nicht von der Stelle, sie schob auch Theos Hand weg. Der hatte sie am Arm gepackt, aber das hier musste ein für alle Mal geklärt werden.

»Ich bin keine Hexe! Ich wollte euch nie was Böses, Anni. Ich weiß überhaupt nicht, wie du darauf kommst. Erklär's mir bitte.«

Anni schwieg. Eine Weile maßen sich die Frauen mit Blicken und fast sah es aus, als wenn Anni aufgeben wollte, aber dann stürzte Willi hinter ihr aus dem Haus und umarmte Betty, die wusste nicht, wie ihr geschah und erwiderte die Umarmung. Er klammerte sich an ihr fest.

Anni sah das und schrie. »Kumm dar weg!«

Willi hielt sich an Betty fest wie ein Ertrinkender und Anni schoss. Die Kugel flog an ihnen vorbei, Edith spürte den Luftzug. Anni lud nach.

»Weg! Weg! Ick maak jo alle doot.«

29

Er lag in dem schlammigen Loch, neben ihm sein Freund Otto. Es wurde scharf geschossen. Er wusste genau, dass er träumte, aber er konnte nicht aufwachen, denn so war es gewesen. Seit er sich wieder erinnerte, verfolgte ihn dieser Traum. Otto blutete. Er spürte seine Beine nicht. Sie würden beide sterben. Zwei junge Kerle aus einem ostfriesischen Moor, noch längst keine dreißig, noch kein halbes Leben gelebt. Ein Schlammloch irgendwo in Russland sollte nun ihr Ende sein, dabei hatten sie fest an den Sieg geglaubt, wie es von ihnen verlangt worden war, nur nicht an das hier. Im Traum konnte er darüber lachen. Ein Aberwitz. Alles war falsch.

Nicht, dass es keine Zweifel gegeben hätte, aber das Denken sollten sie anderen überlassen. Das stand ihnen nicht zu. Immer schön *druffhalten* und glauben, dass die Kinder, die Frauen und die Alten in diesem Dorf, dessen Namen er nicht mehr wusste, den Tod schon verdient hatten. Jemand kannte den Grund und sie hatten Befehle auszuführen. Er konnte nichts dafür.

Ein Befehl hatte sie auch in dieses Schlammloch gebracht, wo sie nun fürs Vaterland starben. Süß schmeckte das nicht. Er schiss sich in die Hosen. Otto auch. Sie würden in die Hölle fahren, so viel war gewiss. Ihm fiel nichts anderes ein, als zu beten. Wenn sonst nichts mehr half, dann musste der liebe Gott ran. *Vater unser.* Weiter kam er nicht. Ihm fehlten die Worte.

Otto war noch bei Bewusstsein. Er bewegte sich, zog sich den Ehering vom Finger. Ihm war nie aufgefallen, dass sein Freund die Hände eines Klavierspielers hatte. Er sagte ihm das. Vielleicht tröstete es ihn ein bisschen. Vielleicht musste so ein Schneider auch solche Hände haben, wegen der feinen Werkzeuge. Nadel und Faden. Er selbst war Bauer und seine Hände waren es gewohnt, schwere Dinge anzupacken.

Otto hatte daraufhin seine eigenen angeguckt. Die waren voll Blut. Viel war von dem ganzen Kerl nicht mehr da, aber reden konnte er noch. »Nimm den Ring«, hatte er geflüstert. »Bring ihn meiner Edith. Du hast sie doch auch immer gemocht. Sag ihr, dass ich sie liebgehabt habe.«

Josef versprach das. Es kam auf eine Lüge mehr oder weniger nicht an, denn er würde hier ebenso verrecken wie sein Freund. Er steckte den Ring ein, denn er passte ihm kaum auf den kleinen Finger. Wieder fiel ein Schuss. Jemand rüttelte an seiner Schulter. Er öffnete die Augen.

»Willi?«

Der Junge zitterte vor Aufregung. Josef war noch halb in dem Traum gefangen, aber er spürte das Bett unter sich. Da war kein Schlammloch mehr, er hatte nur wieder die Laken nassgeschwitzt, vielleicht auch unter sich gemacht, weil er getrunken hatte. Auf dem Nachttisch stand die leere Kanne.

Er wandte den Kopf zum Fenster. Draußen war es noch hell, die Sonne schien. So lange konnte er nicht geschlafen haben. Willi zog ihm die Decke weg. Ihm wurde schlagartig kalt. In diese düstere Kammer drang keine Wärme, nicht einmal jetzt.

Willi gestikulierte. Wenn er den Jungen wenigstens verstehen könnte.

»Was ist denn!«

Er wedelte mit den Armen, gab Geräusche von sich. Er war sehr aufgewühlt. Vielleicht wollte er auch nur mit ihm ins Dorf, wie sie das immer gemacht hatten. Er im Rollstuhl und Willi neben ihm. Zurück hatte der Junge ihn dann geschoben, aber seit Oldenburg war Josef nicht mehr aus dem Bett gekommen. »Ich bin krank, mien Jung'. Ich mach's nicht mehr lange.«

Draußen fiel ein weiterer Schuss. War denn schon wieder Krieg? Er hatte in der Zeitung gelesen, dass die Amerikaner sich mit den Chinesen in der Wolle hatten, aber das hier war Unnenmoor.

Willi ließ nicht locker. Er schob den Rollstuhl neben das Bett und zerrte ihn hinein. Er hatte Kraft.

»Was willst du denn!«

Er saß kaum drinnen, da schob Willi ihn in den Flur, er musste sich an den Handhebeln festhalten. Draußen schrie Anni herum. Willi kriegte den Rollstuhl nicht um die Ecke, er stieß gegen den Türrahmen, nahm einen neuen Anlauf und nun klappte es knapp.

»Wo willst du denn mit mir hin!«

Da waren sie schon in der Waschküche.

Die Achterdöör stand sperrangelweit offen. Im Rahmen stand Anni. Sie hatte ein Gewehr und den Finger am Abzug.

30

Sie waren nach Hause gerast. Da hatten die im Dorf aber geguckt, als sie zu dritt auf Bettys Rad den Schwarzen Weg runtergekommen waren, Edith auf dem Gepäckträger, Betty auf dem Lenker. Theo hatte in die Pedale getreten, als sei der Teufel hinter ihnen her. Anni hatte sie bis zum Tor verfolgt, den Karabiner im Anschlag. Nun standen sie atemlos in der Küche, nur Theo hatte sich hingesetzt. Er rang nach Luft. »Verdammt, das war knapp.«

Edith schüttelte immer wieder den Kopf. »Wenn ich das begreifen könnte.«

»Die ist krank im Kopf. Die ganze Familie.«

»Ich wusste nicht, dass es schon so weit mit ihr gekommen ist. Sonst wäre ich nie auf die Idee gekommen, euch da hinzuschleppen. Und dann auch noch an Bettys Geburtstag.«

»Der ist ja nun gründlich in die Hose gegangen.« Theo war aufgewühlt und wütend. »Das war schon ein bisschen gutgläubig von dir, mit allen da rauszufahren. Und wozu eigentlich?«

»Ich wollte doch nur ›Moin‹ sagen.«

»Und wenn sie Willi was tut?« Das war Bettys Sorge. Sie saß auf der Bank und zitterte. Edith strich ihr über die Wange, sie zuckte zurück. Auf dem Tisch stand das gute Geschirr. Alles war für die kleine Kaffeetafel vorbereitet, aber der Appetit war ihnen gründlich vergangen. Auf dem Herd summte der Kessel. Edith goss Kaffee auf. Sie konnte nicht nur dastehen und nichts tun. »Anni wollte keinen verletzen.«

Theo schlug mit der Hand auf den Tisch. »Die denunziert dich, die schießt auf uns. Was soll denn noch passieren, bis du kapierst, dass die nicht mehr alle Tassen im Schrank hat?«

Sie ging in die Speisekammer, den Kuchen holen. Betty hatte sich Kalten Hund gewünscht. Edith schnitt ihn in Scheiben und stellte ihn in die Mitte. Sie setzte sich dazu. Keiner mochte zugreifen.

»Was machen wir denn jetzt?« Betty sah von einem zum anderen. »Wir müssen doch was tun.«

Edith goss ihnen allen Kaffee ein. »Die beruhigt sich schon wieder.«

Theo sah sie an. »Du willst die einfach so weitermuddeln lassen?«

»Hast du einen besseren Vorschlag?«

»Ich fahr in die Stadt und geh zur Polizei.«

»Das lass mal schön bleiben.«

»Die hat auf dich geschossen, Edith. Die will dir an den Kragen.«

»Was soll denn dann aus Josef und Willi werden, wenn sie Anni wegbringen?«

»Wir hätten alle tot sein können! Und hast du Cordugas zugehört? Ich zeig die jetzt an.«

Er kam so schnell hoch, dass er von unten gegen den Tisch stieß. Edith saß am anderen Ende. Sie konnte ihre Tasse gerade noch auffangen.

»Warte!« Er war schon fast an der Tür.

»Was denn noch!«

»Lass uns alles in Ruhe überlegen.«

Er schlug mit der Faust gegen den Türrahmen. »Sag mir

einen guten Grund, warum ich nicht zur Polizei gehen soll.«

»Weil es die Polizei ist.«

»Eben. Das ist nicht mehr die Gestapo!«

»Aber muss Willi dann ins Heim?« Betty wollte das wissen. Sie klang besorgt.

»Kann schon sein.«

Theo sah von einer zur anderen. »Da haltet ihr zusammen, was? Ich verstehe euch nicht.«

Edith nahm seine Hand und zog ihn wieder an den Tisch. »Komm. Lass uns Kaffee trinken. Betty hat Geburtstag.«

Er schüttelte den Kopf, setzte sich dann aber doch dazu. Betty tat ihm ein Stück Kuchen auf.

»Lass uns diese Nacht darüber schlafen.«

»Und dann?«

Edith rieb sich die Stirn. Der Schmerz kroch ihr vom Nacken in die Schläfen. »Dann geh ich zu Fritz und knöpf mir den höchstpersönlich vor.«

31

Zwar stritten sie nicht mehr, aber sie wurden sich auch nicht einig. Betty wollte sich das nicht länger anhören. Sie aß ihren Geburtstagskuchen und ging dann nach draußen. Theo und ihre Mutter achteten nicht auf sie. Nun ging es um den Spökenfritz und seine Methoden. Sie nahm ihr Rad und fuhr einfach los. Unterwegs kamen ihr noch ein paar verspätete Spaziergänger entgegen, die nach Hause wollten. Sie trat in die Pedale und genoss die Fahrt auf dem neuen Rad. Die Räder rollten wie geschmiert, der Fahrtwind umwehte sie.

Sie kam zur Baracke, die nun der Moorgesellschaft gehörte. Betty war lange nicht hier gewesen. Die Schule, die Hausarbeit. Sie musste ordentlich ran, seit Edith für Katie nähte. Kochen, waschen, putzen. Sie war kein Kind mehr. Die Mutter betonte das immer wieder und sie konnte Hilfe gebrauchen, denn sie saß manchmal ganze Tage an der elektrischen Maschine. Katies Aufträge mussten zeitig erledigt werden, da war sie ganz Geschäftsfrau und Edith wollte sie nicht enttäuschen.

Betty stieg vom Rad und sah sich um. Nichts war mehr so, wie sie es in Erinnerung hatte. Keine schiefe Tür, keine Fensterlöcher, kein löchriges Dach, stattdessen ein frischer Anstrich, neue Fenster und eine breite Eingangstür. Das Dach war auch repariert und der Weg zum Eingang hin gepflastert. Nichts erinnerte mehr an die Bretterruine mit den grob zusammengezimmerten Stockbetten.

Sie stellte das Rad ab und ging um das Gebäude herum. Neugierig war sie schon. Sie sah durch die Fenster. Moderne Tische und Stühle standen aufgereiht in der Mitte. An der Stirnseite gab es eine Essensausgabe. Das hier war nun also die Kantine für die Arbeiter.

Sie kehrte um, suchte ihr Rad und schob es weiter bis zur alten Kate. Sie hatte schon befürchtet, dass die weg war, aber sie stand noch da, so elend und verfallen wie immer. Fast war sie erleichtert. Vielleicht hatte die Moorgesellschaft sie einfach übersehen, weil Schwarzerlen und Brombeerbüsche sie zwischen sich versteckten.

Sie lehnte das Rad gegen einen Baumstamm und sah sich um. Nach hinten raus existierte noch ein Rest Moor, so wie sie es kannte. Das Mammut war noch nicht vorgedrungen. Hier roch es weder nach Kohlenfeuer noch nach Maschinenöl und ihre Schritte federten auf den dicken Moospolstern, in denen sich Erlenzäpfchen vom Vorjahr verfangen hatten. Es war still hier, bis auf die Vögel. Einmal umrundete sie das Haus, das nur noch eine Bruchbude war. Vor dem Eingang blieb sie stehen und horchte. Da war ein Geräusch gewesen, vielleicht ein Tier, das sich in die Hütte verirrt hatte, denn die Tür hing schief und stand einen Spalt offen, wie es sich für eine alte, verwitterte Kate gehörte. Sie konnte hoffen, dass es so blieb und keiner die Dose mit dem gestohlenen Fünfziger fand, die sie hier vor Jahren vergraben hatte. Sie drückte sich durch den Spalt, denn sie wollte mit sich allein sein. Keiner kam hierher, niemand störte und sie konnte alles überdenken, aber sie hatte sich getäuscht.

»Betty? Bist du das?«

Sie musste sich erst an die Dunkelheit gewöhnen, aber sie erkannte die Stimme auch so. »Guste!«

»Willst du deine alte Schuld besuchen?« Sie kicherte. Guste wurde immer wunderlicher, aber anders als Anni. Vor Guste musste sie sich nicht fürchten.

»Hast du nicht heute Geburtstag?«

»Eigentlich schon.«

»Dann gratuliere ich.«

Betty winkte ab. »Was tust du hier?«

Guste schob mit ihrem Gehstock altes Laub zusammen. »Ich wollte mal gucken, ob ich in der Bude noch ein bisschen wohnen kann. Irgendwo muss ich ja hin, wenn ich kein Haus mehr hab.«

Betty sah sich um. Hier sah es noch zehnmal schlimmer aus als in Gustes Kate. Die Feuerstelle war auseinandergerissen, der Kesselhaken durchgerostet. Wind, Regen und Nebel gingen ein und aus. Im Sommer mochte das zur Not noch gehen, wenn man ein paar Möbel hineinstellte, aber im Winter würde sie hier erfrieren.

Guste rückte den Stuhl zurecht, auf dem sie saß. Der knarrte zwar, sah aber sonst noch einigermaßen stabil aus. Sie musterte Betty. »Was meinst du? War das der Stuhl, auf dem der Moorbauer gesessen hat, als er auf die Töversche gewartet hat?«

»Jetzt hör doch endlich mal damit auf!«, brach es aus Betty heraus. »Hexen, Töversche, Teufel! Der Moorbauer und der ganze Kram, ich kann das alles nicht mehr hören!«

Sie fing an zu weinen. Es schüttelte sie gewaltig, denn es wollte alles raus. Der Schock, die Angst. Das Gefühl, nicht dazuzugehören. Wenn sie durch das Dorf ging, hörte sie die Sprüche, das Gezische, die Lügen in ihrem Rücken. *Die Abel'schen, denen kann man nicht trauen. Die machen dies und das. Die haben, die können, die wollen.* In der Schule wollte schon kein Mädchen mehr neben ihr sitzen und sie blieb meist allein auf dem Hof. Sie dachte, sie könne das ab. Sie habe sich daran gewöhnt. Aber heute hatte Anni sogar geschossen. Sie hatte solche Angst gehabt, sterben zu müssen, und dann hatten Theo und ihre Mutter sich auch noch gestritten.

Sie spürte Gustes Hand. Die strich ihr über den Rücken, so lange, bis sie sich trocken geweint hatte.

»Ich denke, ich geh' einfach mal zu Anni und rede mit ihr«, sagte sie. »Mal sehen, vielleicht glaubt sie einer alten Spökenkiekerin, dass diese Hexengeschichten nur dummes Zeug sind und Fritz ein Idiot.«

»Sei vorsichtig. Die schießt.«

»Na und? Ich sterbe sowieso bald.«

»Sag doch sowas nicht!« Betty wischte sich über das Gesicht. Sie versuchte ein Lächeln. »Dann kannst du mir das Ende der Geschichte nicht mehr erzählen.«

»Ich dachte, das willst du nicht mehr hören.«

»Nicht heute. Aber vielleicht morgen.«

Sie saßen noch ein bisschen da, bis Betty aufstand. »Ich muss nach Hause. Sonst suchen die mich wieder.«

32

Am Morgen, gleich nach dem Aufstehen, schob Guste den Küchentisch zum Feuer hin und kletterte hinauf. Es war eine mühsame Angelegenheit, denn ihre Knochen wollten schon lange nicht mehr so wie früher. Als junge Frau hatte sie Mehlsäcke geschleppt, wenn es sein musste, das lag lange zurück. Da hatte es noch einen Kaiser gegeben. Wenn sie richtig rechnete, war sie knapp über siebzig. Uralt. Sie schaffte trotzdem, was sie sich vorgenommen hatte. Mit dem Handstock angelte sie eine Wurst vom Haken. Sie suchte sich die Kleinste aus. Wem die gehörte, wusste sie nicht. Vielleicht den Everstens oder Cordugas. Die würden nicht merken, wenn eine fehlte, es hingen noch genug da oben im Rauch. Sie kletterte vom Tisch herunter, packte die Wurst ein und marschierte los.

Es war noch früh am Tag, das Dorf fast ausgestorben. Nur Vera stand mit ihrer Einkaufstasche vor dem Laden, noch immer ganz in Schwarz. Das würde wohl ihr Lebtag so bleiben, denn sie kam nicht über Gerds Tod hinweg, dabei war der ein elender Stiesel gewesen. Der Laden hatte noch geschlossen, musste aber jeden Moment öffnen. Es ging auf sieben zu. Die Zeit hatte Guste im Gefühl. Eine Uhr brauchte sie nicht.

»Moin, Vera«, grüßte sie, als sie vorbeiging und rechnete nicht mit einer Antwort, aber es kam sogar ein knapper Gruß zurück. Vera war heute gut gestellt, es hatte sich auch wieder bewölkt, das tat ihr gut, denn so ein frischer, blauer Sommerhimmel war nichts für Trauernde. Guste konnte ein Lied davon singen. Die Meldung, dass ihr Mann gefallen war, hatte sie an einem schönen Sommertag im August 1915 erreicht. Seitdem konnte sie dem Sommer nichts mehr abgewinnen. So ging es anderen Frauen auch, nur sprach keine darüber.

Vor dem Schaukasten blieb sie kurz stehen und überflog die Überschriften. Es war eine Angewohnheit, man lebte schließlich nicht vollkommen hinter dem Mond. Die neue Zeitung hing schon aus. Ein Jahr Krieg in Korea und Kalter Krieg in Europa. Wie konnte denn ein Krieg kalt sein? Ohne schien die Menschheit jedenfalls nicht auszukommen. Darüber berichteten die Korrespondenten, aber die hohe Politik interessierte Guste wenig. Sie hatten in ihrem kleinen Dorf schon genug Kalamitäten. Sie ging weiter.

Auf dem Weg kam Köter ihr zähnefletschend entgegen. Sie hatte keine Angst, blieb stehen und zeigte ihm die Wurst. Er guckte sie an. Guste guckte zurück. Eigentlich war es schade um die Wurst, dachte sie und biss ein Stück ab. So ein Hund musste keine ganze Wurst haben. Während sie kaute, umrundete er sie, knurrte und schnupperte an ihrem Gesicht, das er mühelos erreichte, denn er ging Guste fast bis zur Schulter. Sie wurde immer krummer. Mit der Nase wuchs sie schon wieder dem Boden entgegen. Sie stützte sich auf ihren Stock und redete freundlich mit dem Hund, denn eigentlich mochte sie Tiere.

»Na, Köter? Passt schön hier auf, was? Hab dir auch was Feines mitgebracht.« Sie hielt ihm die halbe Wurst hin.

Noch traute er ihr nicht, aber Guste hatte es nicht eilig, sie wartete. Schließlich schnappte er sich die Wurst, nahm fast noch ihren Finger mit und verschwand damit hinter dem Hühnerstall. Der Hahn jagte ihm hinterher. Guste durfte weiter.

»Hallo? Ist da wer?«

Niemand antwortete. In den Bäumen klapperten die Kreuze aus Haselzweigen gegen die Hühnergötter und Muscheln und was da sonst noch hing. Betty hatte ihr davon erzählt. Ihr Geburtstag lag nun eine gute Woche zurück, eher hatte Guste es nicht hinbekommen mit dem Besuch bei Anni, weil ihre Knochen nicht mehr so wollten. Aber heute war ein guter Tag. Sie stützte sich auf ihren Stock und sah sich um. Anscheinend war Anni nicht zu Hause, denn die Achterdöör war zu. Ein Besen lehnte daneben an der Wand, ein Schutz gegen Hexen. Guste kannte den alten Aberglauben. Dass das Brot zum Herzen hin zu schneiden war, dass man ein Messer niemals mit der Schneide nach oben legte, dass das meiste Unglück an einem Montag passierte, das wussten doch alle.

Sie ging zur Tür, hob den Riegel, öffnete und steckte den Kopf in die Waschküche.

»Moin! Is een tohuus?«

Niemand antwortete ihr, nur Köter stellte sich neben sie, leckte sich die Schnauze und ließ sich streicheln nach dem großzügigen Geschenk. Als Guste ins Haus ging, blieb er draußen.

Dunkel war es hier drinnen. Mehlsäcke hingen vor den Fenstern. Die Luft stand. Langsam tastete sie sich voran und klopfte an die Küchentür. Da war auch keiner. In der Diele schnaubte eine Kuh. Von dort schlug ihr ein beißender Gestank entgegen. Es war wohl schon lange nicht mehr ausgemistet, geschweige denn gelüftet worden.

Sie hörte, wie hinten eine Tür klappte.

»Anni?«

Aber nicht sie guckte um die Ecke, sondern Willi. Er riss vor Schreck die Augen auf.

»Junge! Ich bin's nur. Die alte Guste. Ich will dir nichts.«

Er gab einen Ton von sich. Sie fragte, wo seine Mutter sei. Er zuckte mit den Schultern.

»Und dein Vater?«

Er verschwand wieder. Guste folgte ihm bis zur Tür und in die Kammer. Die Luft war verpestet. Sie war nicht zimperlich, aber das war fast zu viel.

Im Bett lag Josef. Er starb oder war schon tot, das erkannte sie sofort. Willi saß neben dem Bett auf einem Hocker und wiegte sich vor und zurück. In der Ecke stand der Rollstuhl. Den würde Josef nicht mehr brauchen.

Guste ging zum Fenster und riss den Sack herunter, der auch hier vor den Scheiben hing. Was das sollte, konnte sie sich nicht erklären, denn die Kammer ging nach Norden raus. Einen Schutz gegen die Sonne brauchte es hier kaum. Willi kam hoch, er beobachtete sie, wie sie das Fenster öffnen wollte, aber es ging nicht, denn es war mit Wachs zugeschmiert. In allen Ritzen klebte das.

»Was habt ihr denn hier veranstaltet!« Sie rüttelte am Fenstergriff.

Josef rührte sich, er lebte also.

»Anni?« Er klang sehr schwach. »Bist du das?«

Guste wandte sich um.

»Die ist nicht hier.« Sie hustete. »Man erstickt ja hier drinnen.« Sie rüttelte noch einmal kräftig und endlich gab ein Flügel nach. Sie öffnete ihn weit und lehnte sich nach draußen, um frische Luft in ihre Lungen zu kriegen.

Da stand Anni im Hof, den Futtereimer in der Hand. Schweine hatten sie keine mehr, nur noch ein paar magere Hühner und eine Kuh. Die muhte kläglich in der Diele. Anni starrte Guste an wie eine Erscheinung und würgte an den Worten, die ihr im Hals stecken blieben. Also machte Guste den Anfang. »Ich muss mit dir reden.«

Anni ließ den Eimer fallen und fing an zu zittern. Es sah aus wie ein Anfall.

Willi half ihr, sie in die Küche zu bringen. Sie wehrte sich, wollte sich nicht anfassen lassen, aber irgendwie schafften sie es doch, sie auf einen Stuhl zu setzen. Sie schnappte nach Luft. Auch hier war das Fenster abgehängt und zugekleistert. Guste riss den Sack herunter, schaffte es aber nicht, das Fenster zu öffnen. Sie schickte Willi nach Wasser, das schlug sie Anni ins Gesicht, damit die zu sich kam, aber sie wollte nicht aufhören zu zittern.

»Wenn dich mal nicht der Schlag getroffen hat. Wir müssen wohl den Doktor holen«, sagte Guste.

Da fand Anni die Sprache wieder, aber sie redete nur wirres Zeug. *»Gehe hin im Namen des Patris und komme nicht wieder.«* Sie wiederholte den Satz mehrmals. Das war ein Spruch aus dem Romanusbüchlein. Guste setzte sich. »Das ist nicht der Schlag, der dich getroffen hat. Dir sind die ganzen Zaubereien zu Kopfe gestiegen. Das kommt vom Spökenfritz.«

»Und wenn?«

Endlich wurde sie vernünftig.

»Du bist ein Wickweib geworden«, sagte Guste. »Jagst die Hexe. Die Bannzauber in den Bäumen und die zugeschmierten Fenster, das ist zum Schutz. Ist doch so, oder?«

»Hilft ja alles nichts. Sonst wärst du nicht hier reingekommen.«

»Weil das Dummtüüg is. Narrenkram! Das hat der Spökenfritz dir alles angeschnackt.«

»Der ist der Einzige, der uns noch hilft.«

»Was hat er dafür verlangt, für seine herzensgute Hilfe? Man hört ja so einiges. Dass er nicht gerade billig ist.«

Willi stand immer noch da. Er wartete. Guste erbarmte sich. »Brauchst den Doktor nicht holen, mien Jung. Kümmer dich mal um deinen Vater.«

Er verschwand und Guste wandte sich Anni zu.

»Nu vertell. Was ist hier los? Und was ist mit Josef?«

»Der verreckt. Was fragst du denn so scheinheilig? Du gehörst doch auch zu denen.«

»Zu wem?«

Anni lachte bitter. »Töversche!« Sie musste sich am Tisch festhalten, weil es sie wieder durchschüttelte. »Warum wir?!«, schrie sie Guste an. »Lasst von uns ab. Was haben wir euch denn getan!« Sie schlug mit der Faust auf den Tisch. Guste wartete, bis sie sich halbwegs wieder beruhigt hatte. »Hör mal, Anni«, fing sie an. »Josef braucht nötig den Doktor. Der hat sich wundgelegen.«

»Lüge!« Anni spuckte auf den Küchenboden. »Ihr seid das. Die Abel'schen und du!«

»Wieso glaubst du das?«

»Fritz hat euch in seinem Zauberspiegel gesehen, wie ihr das alles gemacht habt. Die feine Edith voran.«

Guste stöhnte auf. »Zauberspiegel! Das ist genau so ein Tanterlatant wie Katies Erbauge, bloß, dass die das wenigstens allen sagt.«

»Du bringst mich nicht davon ab.« Anni schüttelte ihre

Faust. »Und ihr werdet euch noch umgucken, denn wir sind mit unserem Latein noch nicht am Ende.«

»Verstehe. Hat Fritz dich so weit. Dann war die Ballerei an Bettys Geburtstag nur der Anfang?«

»Und wenn?«

»Ich bin gekommen, um vernünftig mit dir zu reden.«

Anni schwieg und Guste griff nach ihrem Stock. »Das hat wohl keinen Sinn mehr. Oder was meinst du?«

»Ich rede nur mit Fritz.«

Der lange Weg hier raus ins Moor hatte Guste angestrengt und wie es aussah, war sie umsonst gekommen, denn es war längst zu spät. Aber eines hatte sie noch. »Der Spökenfritz«, fing sie an, »der war Aufseher in der Baracke.«

»Weiß ich doch. Wir hatten alle unsere Pflichten.«

»Der hat die Gefangenen bis aufs Blut gequält. Der ist keiner von den Guten.«

Guste humpelte aus der stickigen Küche, blieb aber in der Tür noch einmal stehen. »Du solltest mal lüften. Man erstickt in diesem Haus.«

33

Die Stelle mit den allerbesten Heidelbeeren gab es noch. Dieses kleine Stück Moor schienen sie verschonen zu wollen. Das Mammut wühlte anderswo weiter.

In der Morgenkühle war Edith losgegangen. So richtig dunkel wurde es in den Wochen nach Johanni nie. Tag und Nacht gaben sich die Klinke in die Hand und es machte nichts, dass sie vor vier schon zwischen den Heidelbeerbüschen kniete und Beeren sammelte. Sie mochte diese frühen Stunden, wenn der Tag noch unschuldig war.

Die Beeren reiften in diesem Sommer viel zu schnell. Der Juli hatte erst begonnen und das Thermometer kletterte auf über dreißig Grad. Eine solche Hitze kannte man nicht und alle ächzten unter den Temperaturen. Auch deshalb hatte Edith sich früh auf den Weg gemacht. In der größten Mittagshitze wollte sie nicht mehr unterwegs sein. Betty war zu Hause geblieben, sie versorgte das Haus und die Kaninchen, die großen Ferien hatten begonnen.

Ediths Eimer füllte sich schnell. Die Büsche saßen voll mit prallen, saftigen Heidelbeeren. Die eine und andere hatte Edith sich in den Mund gesteckt, bestimmt war ihre Zunge davon blau. Sie schmeckten herrlich süß. Es versprach überhaupt ein gutes Beerenjahr zu werden. Auch die Brombeeren und die Holunderbüsche hatten kräftig angesetzt. Wenn es endlich regnete und die Arbeiter aufhörten, die Sträucher wegzureißen, dann würde sie die Gläser mit Eingemachtem wieder vollkriegen.

Während sie durch die Büsche kroch, gingen ihre Gedanken spazieren und landeten bei Anni, wo sonst. Es beschäftigte sie. So lange war es noch nicht her, dass sie zusammen hier durch die Beeren gekrochen waren. Damals war es eine Frage des Überlebens gewesen. Sie hatten vieles gesammelt. Tannenzapfen und Kleinholz zum Feuern, Früchte und Pilze. Nicht nur einmal hatten sie sich vor den Fliegerbomben in Sicherheit bringen müssen. Nun ging Anni mit einem Gewehr auf sie los und sie fand keinen Grund.

Für Theo war die Sache einfach. Er hatte von einem Postboten aus dem Oldenburgischen erzählt, der aus heiterem Himmel als Wicker verschrien worden war. Es hatte einen Prozess gegeben.

»Sündenböcke werden immer gebraucht. Es muss nur einer das Gerücht in die Welt setzen.«

In ihrem Fall war das Fritz, so vermutete sie. Er mochte keine Rothaarigen. Es wurde Zeit, ihn sich vorzuknöpfen, aber sie fürchtete sich auch davor. Sie warf noch eine Handvoll Beeren in den Eimer und kroch zum nächsten Busch. Auf der anderen Seite vom Moor gab einer Signal und die Maschinen wurden angeworfen, der Krach ging schon früh los. Die fingen auch vor Tag mit der Arbeit an, wegen der Hitze. Gleich würden sie das Mammut, das nach Feierabend aufgestellt wurde, herunterkippen, damit die Pflugscharen sich in den Boden fressen konnten.

Sie kam auf die Beine. Der Eimer war nun gut gefüllt. Sie hatte ihr Werk fürs Erste getan und es wurde Zeit, nach Hause zu gehen, da wartete noch mehr Arbeit auf sie, aber die Gedanken kreisten weiter um Anni und um Fritz.

Als sie den Schwarzen Weg erreichte, blieb sie stehen. Rechts ging es nach Hause, links zum Renkenhof. Fritz war bestimmt schon auf. Er saß ihr im Nacken. Am besten, sie erledigte die Sache jetzt gleich, wo sie schon unterwegs war. Sie musste es wenigstens versuchen. Also wandte sie sich nach links und spazierte los. Die Vögel spektakelten schon ganz ordentlich, denn die Sonne stieg über das Moor. Im Gras glitzerte noch Tau, der ebenso schnell verdunstete, wie ihre Entschlossenheit schwand. Sie wäre nun gerne umgekehrt und ins Dorf zurückgegangen, aber Fritz' Hof kam schon in Sicht und sie wollte nicht feige sein.

Der alte Renkenhof war auch so ein alter Fachwerkschuppen, ein bisschen schief, ein bisschen morsch, nichts Besonderes. Irgendwo weit hinten quiekten Schweine, vielleicht ließ er sie gerade raus, damit sie sich suhlen konnten. Die Kühe waren um diese Zeit Tag und Nacht auf der Weide.

Sie betrat den Hof. Der Hund schlug wütend an, die Kette, an der er hing, rasselte. Sie blieb in sicherer Entfernung stehen. Nun kam es ihr verrückt vor, dass sie allein gekommen war, denn Fritz war Jäger, er besaß mehrere Gewehre. Sie spürte immer noch den Luftzug der Patrone, die Anni auf sie abgefeuert hatte, weil die Angst ihren Verstand zerfraß. Ob Fritz sie auch fürchtete? Wenn er an seine eigene Spökenkiekerei glaubte, musste er das wohl. Oder war das auch nur so ein Geschäft?

Der Hund konnte sich nicht beruhigen. Fritz musste längst gehört haben, dass jemand gekommen war. Irgendwo brummte ein Motor. Da kam er auch schon mit seinem alten Horch um die Ecke gefahren. Er wollte wohl zu seiner Baustelle, denn er hatte Steine hinten aufgeladen. Als er sie sah, bremste er, hielt, ließ den Motor aber laufen. Sie ging ihm entgegen. Er beugte den Kopf aus der Fensteröffnung.

»Was willst du!« Es klang nicht gerade freundlich.

»Ich komme wegen Anni.«

Der Motor stotterte. Es stank nach verbranntem Öl. »Was ist mit der?«

»Die wird langsam verrückt. Sie ist mit dem Gewehr auf uns los.«

»Kannst du ihr das verdenken?«

»Ich bin keine Hexe! Du musst ihr das sagen. Auf dich hört sie.«

»Das behaupten alle Hexen. Und jetzt verschwinde.« Er legte krachend einen Gang ein, der Motor stotterte, der Wagen rollte los. Edith lief nebenher. So einfach wollte sie ihn nicht davonkommen lassen. »Theo meint übrigens, ich soll dich anzeigen.«

Er bremste wieder. »Wegen was!«

»Ach, da kommt einiges zusammen. Verleumdung, üble Nachrede, Verstoß gegen das Heilpraktikergesetz. Theo ist bei der Zeitung, wie du weißt. Der hat sich schlau gemacht.«

»Theo!« Er spuckte den Namen aus. »Wenn er sich da mal nicht vertut. Oder meinst du, die Leute glauben dem mehr als mir? Da kommt ihr nie mit durch.«

»Theo sagt, es gab in der Gegend schon einen Prozess. Da musste so ein Hexenbanner ins Kaschott und eine Geldstrafe hat er auch gekriegt.«

»Na und? Was geht mich das an.«

»Wenn Josef stirbt und der Doktor stellt fest, dass du rumgepfuscht hast, dann bist du dran.«

»Oder du. Wissen doch alle, dass du zaubern kannst.«

»Auch unser Doktor? Der muss den Totenschein ausstellen. Dagegen hilft kein Klimbim oder Wachs in den Fensterritzen. Oder wollt ihr Josefs Leiche in die Mistgrube werfen, wenn es so weit ist? Soll ihm ja ziemlich schlecht gehen.«

Dazu fiel Fritz nichts ein. Sie wandte sich um und ging los. Mehr gab es nicht zu sagen. Sie hörte, wie sich der Wagen in Bewegung setzte. Er fuhr neben ihr her.

»Steig ein!«

»Wieso?«

»Ich hab nicht viel Zeit. Muss zur Baustelle, die Zimmerleute warten. Wenn du was mit mir bereden willst, dann im Wagen.«

Er stoppte. Sie zögerte. Dann ging sie um den Wagen herum. Er hatte die Beifahrertür schon aufgestoßen. Sie stieg zu ihm. Den Eimer mit den Heidelbeeren stellte sie zwischen ihre Füße. Er warf einen kurzen Blick darauf, sagte aber nichts.

Sie holperten den Schwarzen Weg entlang aus dem Dorf hinaus. Hinten rumpelten die Steine, wenn sie durch ein Schlagloch fuhren. Davon gab es hier einige.

»Anzeigen wollt ihr mich also? Weil ich Anni helfe?«

Edith sah Fritz von der Seite an. »Eine schöne Hilfe ist das. Die hat auf mich geschossen.«

»Was kann ich dagegen tun, wenn Anni überall nur noch Geister sieht.«

»Das gibst du ihr doch ein.«

Er sah sie groß an. »Anni ist zu mir gekommen, nicht umgekehrt. Dafür kann mich keiner vor Gericht bringen. Und was die Hexengerüchte betrifft, da bist du selber schuld. Glaubst doch selbst an Magie. Was war denn mit Katie und dem Erbauge?«

»Du hast uns belauscht.«

Er grinste. »Nur ein bisschen.«

Sie waren angekommen. Fritz hielt. Sie stiegen beide aus. Edith sah sich um. Der Rohbau von Fritz' Aussiedlerhof stand schon und wirkte gewaltig. Fritz ging zu den Zimmerleuten. Die warteten schon auf ihn. Sie hörte, wie er ihnen Dampf machte. »Ich will im August Richtfest feiern. Also haltet euch ran. Nur nicht einschlafen!«

»Wird ja ein ziemlich großer Hof«, sagte Edith, als er zurückkam. Er fing an, die Steine vom Wagen zu laden und beachtete sie nicht weiter.

»Ist das alles, was du dazu zu sagen hast?«

Er reagierte nicht. Sie trat einen Schritt näher, denn die Zimmerleute hatten angefangen, die Sparren auf die Balken zu nageln. Es wurde laut auf der Baustelle. Sie stellte sich neben Fritz, der so tat, als sei sie Luft. Ihr fiel auf, wie klein er war und im Grunde unscheinbar, einer, der meinte, sich besonders hervortun zu müssen, um gesehen zu werden, weil sonst nicht viel mit ihm los war.

»Warum ich? Wegen der roten Haare? Das ist billig.«

Er lud weiter seine Steine ab und schichtete sie auf.

»Warum hast du mich eigentlich mitgenommen, wenn du doch nicht reden willst?«

Er wischte sich die Hände an der Hose ab. Endlich sah er sie an.

»Du wolltest mit *mir* reden. Und jetzt hau ab. Ich hab genug gehört und muss arbeiten.«

Fritz fing wieder an, seine verdammten Steine zu schichten.

»Warum ich?«

Er wischte sich den Schweiß ab. »Weil du eine Hexe bist. Hilf dir selber. Du lässt ab von den Grolls, hörst auf mit deinen Verwünschungen, und ich sag allen Bescheid, dass sich die Sache erledigt hat, und es kehrt wieder Ruhe ein im Dorf.« Er lehnte sich einen Moment gegen seinen Wagen.

»Das glaubst du nicht wirklich, oder?«

»Beweis mir das Gegenteil.«

Die Sonne stach. Edith sehnte sich schon jetzt nach einem Gewitter. Sie riss die Beifahrertür auf und holte den Eimer mit den Heidelbeeren aus dem Wagen. Er würde sie kaum ins Dorf zurückfahren, aber so wollte sie sich nicht abspeisen lassen.

»Weißt du, Fritz, irgendwie kann ich dich sogar verstehen«, sagte sie. »Mit Spökenkram ist nicht zu spaßen.«

Er sah sie überrascht an.

»Was hältst du davon, wenn ich dir ins Fundament spucke?«

Fritz war so schnell bei ihr, dass sie nicht einmal den Eimer mit den Beeren in Sicherheit bringen konnte, bevor er sie packte. Sie schrie auf, denn er tat ihr weh. Die Zimmerleute guckten auch schon.

»Gibt's Ärger?«, rief jemand vom Dach herunter.

»Nein. Alles in Ordnung!«

Fritz wandte sich ihr wieder zu. »Wenn du das tust, dann …«

»Was!«

»Verschwinde von meinem Land. Hexe!«

Er ließ sie los und ging wieder zu seinen Steinen. Sie trat ihm in den Weg. Sie bebte vor Zorn und hatte nichts gegen ihn in der Hand, außer Worte.

»Wenn du eine haben willst, sollst du sie kriegen. Ich verfluche dich und dein Land und deinen Hof!« Sie war laut geworden. In diesem Moment glaubte sie selbst an das, was sie sagte, und Fritz glaubte es auch.

34

Das Gewitter ließ auf sich warten. Die Sonne stach schon seit Tagen. »Der Himmel brütet was aus«, meinten die Alten, die im Schatten vor den Häusern saßen und nichts anderes mehr zu tun hatten, als zu unken. Aber selbst die zogen sich zur Mittagszeit in die kühlen Dielen zurück. So sah keiner hin, als Anni durch das Dorf lief. Zur Mittagszeit kam sie den Schwarzen Weg entlang, weil nun alle dösten. Mit ihr rechnete hier keiner und das war gut so. Es wurde schon genug getratscht. Darum tauchte sie, wenn überhaupt, zur Unzeit auf, damit keiner sie bemerkte. Sogar die Tiere lagen im Schatten und im Moor hatte die Sirene zur Mittagspause geheult. Niemand begegnete ihr, außer Cordugas. Der parkte seinen Wagen neben dem Pennig, denn er kam gerade von der Kantine, da hatte er das Mittagessen ausgeliefert. Heute gab es Frikadellen und kalte Buttermilchsuppe.

Anni hatte unterwegs beim Doktor angeklopft, wegen Josef, es ging nicht mehr anders. Nun stand sie vor dem Eingang zum Gasthof und kam nicht rein. Sie ließ die Klinke los, als der Wirt aus dem Wagen stieg.

»Seit wann schließt du ab?«

»Seit solche wie du einfach reinstürmen und sich bedienen.«

Er brummte etwas in seinen Bart, denn er hatte wohl auf einen Mittagsschlaf spekuliert, den Anni ihm nun zunichtemachte. »Warte einen Moment. Ich mach dir auf.«

Er ging hinten rein. Es dauerte nicht lange, dann sah sie ihn durch die gelb getönten Scheiben über den Flur auf sich zukommen. Er öffnete von innen.

»Was ist denn so dringend?«

Sie fand nicht gleich die richtigen Worte, sie war zu aufgewühlt. Cordugas hatte sich schon umgewandt und war auf dem Weg in die Gaststube. »Sag nicht, du willst endlich die Deckel bezahlen.«

Sie stand immer noch an der Tür. »Se hett em so wiet.«

»Was?«

»Josef. He is doot.«

Cordugas brauchte einen Moment, um das Gesagte voreinander zu kriegen. »Tot?« Er fuhr sich durch die Haare, eine verlegene Geste, denn er hatte wohl damit gerechnet, dass sie ihn um einen weiteren Kredit anbettelte oder dass sie ihn beschimpfte, weil er Willi kein Bier mehr ausschenkte.

»Mein Beileid. Woran ist er denn gestorben?«

Als ob er das nicht wüsste. Im Pennig nahmen die Männer nach Feierabend die Welt auseinander und setzten sie wieder zusammen, da hatten sie es ganz sicher auch mit Josef und der Hexensache gehabt. Wie alles zusammenhing und warum die Welt sich drehte, das wurde hier in dieser Gaststube verhandelt. Allerdings gehörte der Wirt zu den Zweiflern. Der glaubte nicht an Tod und Teufel. Der stellte Anni dumme Fragen und guckte sie so schräg von unten an, weil er auf eine Antwort wartete. Anni schnappte nach Luft. »Das muss ich dir doch nicht sagen, woran der gestorben ist!«

»Dann lass es sein.«

Besser war es, wenn sie schwieg. Zwar hatte sie kein Gelübde abgelegt, aber Fritz hatte sie ins Gebet genommen. »Was wir hier tun, das geht niemanden was an. Das ist Geheimwissenschaft, verstehst du das, Anni? Wenn du überall rumerzählst, was wir hier machen und gegen wen, dann wirkt der Zauber nicht.«

Da brauchte er sich keine Gedanken machen. Sie war die Letzte, die so etwas breittrat. Sie hielt sich sowieso von allen Leuten fern, denn sie verging vor Hass und Trauer. In ihrem Kopf klingelten und klapperten die Gedanken durcheinander, wie das ganze Zeugs, das Fritz in die Bäume gehängt hatte. Sie wusste schon nicht mehr, wo oben und unten war.

Cordugas wies zur Gaststube hin. Da stand das schwarze Bakelittelefon zwischen dem Spendenschiff für die Seenotrettung und dem Sparschwein für die Gebühren. Das ganze Dorf telefonierte hier. »Na, nun geh schon. Geht aufs Haus.«

Also ging sie zum Telefon, nahm den Hörer von der Gabel, der lag wie ein Stein in ihrer Hand. Sie hielt sich daran fest und wählte die Nummer des Bestatters. Die Wählscheibe ratterte über die Zahlen. Sie beobachtete Cordugas. Der hatte sie auch im Blick. Sie belauerten sich gegenseitig, bis das Freizeichen kam. Er ging hinter seine Theke, nahm zwei Schnapsgläser aus dem Regal und goss von dem guten Korn ein, den er für die besonderen Gelegenheiten aufbewahrte. Da musste sie sich wundern, dass er das für sie machte. Schließlich hielten sie alle für bekloppt, besonders er, aber er schenkte gut ein, die klare Flüssigkeit schwappte über den Rand. Sie musste aufpassen. Bestimmt wollte er sie nur aushorchen.

Es tutete immer noch. Weil keiner das Gespräch annahm, legte sie den Hörer wieder auf die Gabel.

»Der bringt wohl gerade einen unter die Erde«, meinte

der Wirt, schob ihr ein volles Glas hin und erhob sein eigenes. »Auf Josef.«

Sie zögerte, denn sie traute keinem mehr, und ließ das Glas stehen. Er stieß mit seinem daran. »Prost, Josef. Dass es dir da oben besser geht.« Er schluckte den Schnaps wie Wasser und stellte die Flasche weg.

Anni hätte jetzt nach Hause gehen und später wiederkommen können, um zu telefonieren, aber dann musste sie noch einmal mitten durchs Dorf. Sie wollte aber von keinem gesehen werden und lieber unsichtbar bleiben, um keine dummen Fragen beantworten zu müssen. Also beschloss sie, hier zu warten. Den Wirt schien es nicht zu stören. Er räumte Gläser vom Abtropfbrett ins Regal.

Schnell wurde die Warterei unbehaglich, denn sie wusste nicht, was sie mit der Zeit anfangen sollte.

»Ach, was soll's!«, sagte sie schließlich und nahm das Glas. »Auf dich, Josef.« Der Schnaps brannte in ihrer Kehle. Für Tränen war sie zu erschöpft.

Cordugas lächelte und sah gar nicht mal so feindselig aus. Vielleicht war er doch nicht so verkehrt, wie Fritz immer behauptete.

»Endlich wirst du vernünftig.« Cordugas holte die Flasche wieder aus dem Regal und schenkte nach. »Sagst du mir, wann dein Josef gestorben ist? Heute Morgen?«

»Da hat er kalt im Bett gelegen.«

»Oha. Nicht schön. Hast du den Doktor schon dagehabt?«

»Der!« Sie hielt ihm das Glas hin und Cordugas zeigte sich weiter spendabel. »Ich hab ihm gerade Bescheid gesagt, dass er mir den Totenschein ausstellen muss. Sonst braucht der bei mir nicht ankommen.«

Sie kippte auch diesen Schnaps in sich hinein. Der Erste war ihr schon in den Kopf gekrochen und machte die Zunge locker.

»Und?«

»Der kommt, wie er Zeit hat. Er meint, Josef haut ihm nicht mehr ab.«

»Tja. Der ist nun erlöst.«

»Wer weiß das schon.«

Anni war Alkohol nicht gewohnt, auf leeren Magen schon gar nicht, und sie bekam Lust, sich dies und das von der Seele zu reden, die Sache mit dem Doktor zum Beispiel. Da konnte Fritz nichts dagegen haben.

»Ich trau dem Doktor nicht über den Weg.« Sie kicherte und wusste selbst nicht, warum. »Dir übrigens auch nicht, Cordugas.«

»Ist recht.« Der Wirt nahm das Geschirrhandtuch, um Gläser zu polieren. Das hier würde dauern. In Anni hatte sich einiges angestaut.

»Was sind wir denn für den?«, fuhr sie fort. »Dumme Bauern. Von nix Ahnung, aber machen kann er mit uns, was er will. Und dann alles besser wissen. Een Klookschieter!«

»Da ist was Wahres dran.« Er füllte die Gläser nach, Anni trank. Sie hatte jemanden gefunden, der sie verstand.

»Wer wollte denn damals unseren Willi in die Anstalt stecken? Und Josef ins Krankenhaus?«

»Der Klugscheißer?«

Sie lachten beide und nach dem dritten Schnaps wurde Anni vertraulich. Sie beugte sich über die Theke. »Ich war auch mal im Krankenhaus, weißt du? Damals, mit Willi. Falsch rum hat der gelegen. Und da haben die was weiß ich veranstaltet. Man ist denen ja ausgeliefert mit Haut und Haar. Ich war fast tot, aber da war kein Himmel. Nur alles schwarz und kalt. Und den Willi, den wollten sie auch sterben lassen. Weil der ganz blau gewesen ist. Die meinten, da wird nix von. Der bleibt blöde.« Sie seufzte tief. »Damals war unser Doktor noch im Krankenhaus. Der Till. Weißt du, was der gemacht hat?« Sie hielt ihm das leere Glas hin. »Feierabend hat der gemacht und uns hat er den Schwestern überlassen.«

Er goss nach und sie fragte sich, warum sie das ausgerechnet ihm erzählte. Sie konnte sich selbst kaum folgen. Cordugas hielt den Kopf schief, sagte ja und nein und gab noch einen Letzten aus für den Heimweg, wie er meinte. Er wollte sie wohl loswerden, aber sie war noch nicht fertig. Sie musste nun auch noch von Edith, der Treulosen, erzählen und von Guste, der alten Hexe, wo sie schon dabei war. Fritz war nicht da, der konnte ihr nicht in die Parade fahren, und es hörte ihr sonst keiner zu. Sie waren unter sich. Irgendwann schob der Wirt ihr das Telefon wieder hin. »Solltest es jetzt nochmal versuchen.«

Den Bestatter hatte sie fast vergessen und dass sie eigentlich nur zum Telefonieren hergekommen war. Es wurde auch höchste Zeit, nach Hause zu gehen, sonst verpasste sie am Ende den Klookschieter. Dann konnte sie nochmal zu ihm hinrennen. Sie musste sich beeilen.

Sein Rad lehnte schon an der Hausmauer. Willi saß mit Köter vor dem Hühnerstall. Bis auf den Hahn und zwei magere Hennen war nichts mehr da. Eier verkaufte sie schon lange keine mehr.

Willi kraulte den Hund.

Anni ging ins Haus und in die Kammer. Da stand der Doktor, er hatte sich gerade über Josef gebeugt.

»Kannst du mir das erklären?« Er drehte Josef auf die Seite und zeigte ihr seinen Rücken. Der Arme hatte sich bis auf die Knochen wund gelegen, das wusste sie doch, und sie hatte weiß Gott alles unternommen, dass es nicht so weit kam. Sie hatte ihn in Franzbranntwein geradezu gebadet, hatte ihn umgebettet und eingerieben, aber es war jedes Mal ein Theater gewesen. Sie durfte ihn ja nicht mehr anfassen. Dass nichts angeschlagen hatte, war nicht ihre Schuld, aber wie sollte sie dem Doktor erklären, was wirklich los war?

»Der wollte nicht mehr.«

»Der hätte ins Krankenhaus gehört.« Der Doktor bettete Josef wieder auf den Rücken und deckte ihn zu. »Dein Mann war ein Kriegsheld. Schwer verwundet. Und du lässt ihn verrecken.«

Anni musste sich setzen. Sie war in Trauer und nun hatte sie auch noch Schuld. Wenn das so war, dann sollte er ruhig auch die Wahrheit wissen.

»Hier ist nämlich das Böse am Werk. Ob Sie das nun glauben wollen oder nicht, die Töversche hat meinen Josef so weit gebracht. Da hätte auch kein Krankenhaus mehr geholfen.«

Dr. Till musterte sie. »Du hast getrunken und redest dummes Zeug!«

»Na und? Ich hab den Bestatter angerufen und mit Cordugas auf Josef angestoßen. So macht man das bei uns.« Sie war in trotziger Verfassung.

»Und nun soll ich dir einfach so den Totenschein ausstellen?«

Sie nickte.

»Ja, soll ich da jetzt als Todesursache *Hexerei* eintragen?«

»Wenn das doch die Wahrheit ist.«

»Die Wahrheit! Der ist an einer Sepsis gestorben. Blutvergiftung.«

Der Doktor warf seine Instrumente in die Tasche, die stand offen am Fußende des Bettes. »Du hast Fritz hier gehabt. Der hat euch lauter Grappen in den Kopf gesetzt. Und nun, wo es zu spät ist, bin ich wieder gut.«

Sie antwortete nicht darauf. Es ging den Doktor nichts an.

»Ich kann den Schein so nicht ausstellen.«

»Wieso?«

»Ich muss das melden, Anni. Irgendwo muss man anfangen, gegen diesen ganzen Irrglauben vorzugehen, denn dein Mann könnte noch leben, wenn du vernünftig gewesen wärst. Aber das kriegt man in eure sturen Bauernschädel nicht rein!«

Er war in Wut geraten und wollte zur Tür. Da stand sie auf und versperrte ihm den Weg. »Wenn du das tust, Doktor, dann melde ich auch was.«

Er lachte sie aus. »Ich hab mir nichts vorzuwerfen.«

»Und Willi? Und die anderen Wichter? Von denen könnten auch noch mehr leben. Aber wir sollten vernünftig sein und die aufgeben. Das habt ihr uns einreden wollen. Du und all die Schlauen. Und dann sind so viele tot geblieben. So viel zu deiner Vernunft. Oder glaubst du, mein sturer Bauernschädel hat das nicht begriffen?«

Als er aus der Kammer war, hielt sie den Totenschein in der Hand. Draußen fing Köter an zu bellen. Der Doktor fluchte.

Hoffentlich jagte der Hund ihn vom Hof.

Sie setzte sich auf die Bettkante. Keiner konnte ihr vorwerfen, sie hätte nicht alles unternommen, um Josef zu retten. Was hatte sie nicht alles getan und auf die Beine gestellt, damit das Böse verschwand und alles wieder gut wurde, wie in den ersten Wochen nach seiner Rückkehr. Zuletzt hatte sie sogar den Hof auf Fritz überschrieben, weil sonst nichts mehr da war. Er hatte auf sie eingeredet, das konnte der gut.

Was denn mit dem allerletzten Mittel sei, hatte sie gefragt, nämlich die Hexe totzuschlagen. Da hatte er sie ganz komisch angeguckt. Ob sie denn bereit sei, dafür ins Gefängnis zu gehen? So weit hatte sie noch nicht überlegt, aber Fritz wusste Rat. Wenn der Hof erstmal ihm gehörte, würde auch das Böse auf ihn übergehen, so war das immer. Also konnten sie die Hexe getrost leben lassen.

Der Hof war dann auf ihn übergegangen, aber nicht das Böse. Da hatte sie das erste Mal Zweifel bekommen, ob das alles seine Richtigkeit hatte und nun, wo Josef tot war, sah sie endlich klar.

Sie strich über Josefs kalte Stirn. Er sah anders aus. Das Kind, das er gewesen war, kam wieder durch. Das Gesicht so klein und überhaupt. Er war immer weniger geworden. Nun bereute sie, in dieser letzten Nacht nicht bei ihm gewesen zu sein. Sie schlief schon lange auf der Küchenbank. An diesem Morgen war es dann zu spät gewesen für letzte Zärtlichkeiten, nicht dass da jemals viel gewesen war. Dazu hatte weder die Zeit noch ihr Leben gepasst. Also blieben ihr die letzten Dinge. Das letzte saubere Laken aufzulegen, ihm die Augen zu schließen und das Kinn hochzubinden, ihn zu waschen, frisch zu kleiden und die Hände zu falten, das konnte sie noch tun. Das machte sie nicht zum ersten Mal. Sie hätte auch gerne eine Kerze aufgestellt, aber Fritz hatte alles Wachs eingeschmolzen.

Das klebte nun in den Ritzen als Schutz gegen die Hexen, die das auch nicht abgehalten hatte, auf den Hof oder gar ins Haus zu kommen. Nun war keine Kerze mehr übrig, nicht einmal ein Stummel, und auch kein Geld, eine frische zu kaufen. Sie hatte auch keine Ahnung, wie sie die Beerdigung bezahlen sollte. Der Bestatter wollte am nächsten Morgen kommen, um alles zu besprechen. Eigentlich konnte er sich das sparen, denn es lief so oder so auf ein Armenbegräbnis hinaus.

Sie legte sich neben Josef ins Bett. Nichts gab es mehr zu tun. Sie schlief sofort ein.

Als sie aufwachte, wusste sie nicht, was los war. Neben ihr lag Josef, ein Tuch um den Kopf gebunden. Schlagartig stand alles wieder vor ihr. Dass er tot war und dass sie es auch gerne wäre. Sie quälte sich auf die Beine. Ihr Mund war wie Sand, der Schädel schmerzte. Gegessen hatte sie den ganzen Tag nichts.

Draußen hörte sie Geräusche. Ein Gepolter war da, etwas schepperte, Köter bellte wie verrückt. Vielleicht hatte der dumme Junge wieder etwas angestellt. Sie hatte sich den ganzen Tag keine Gedanken um ihn gemacht, er würde schon zurechtkommen mit Josefs Tod, denn solche wie er besaßen zu wenig Verstand, den Tod zu begreifen. So hatte sie gedacht. Sie kam sich schäbig vor. Ich bin um nichts besser als der Doktor, schoss es ihr durch den Kopf, und die Erkenntnis nahm ihr fast die Luft. Sie lief nach draußen, um nachzusehen, was mit Willi war. Sie hatte noch nie das Bedürfnis gehabt, ihn zu umarmen, nun aber schon.

Als sie vor die Tür trat, fühlte es sich an, als ob jemand mit einem nassen Handtuch nach ihr schlug. Die Luft war schwer und heiß, das Atmen strengte sie an.

Köter kläffte gegen die Tür vom Schweinestall. Er hatte sich schon ganz heiser gebellt. Während sie ihren Rausch ausschlief, musste jemand da reingeschlichen sein, wahrscheinlich Fritz, wer ging hier sonst ein und aus? Drinnen klang es nach Streit. Sie glaubte, Willis Stimme zu hören und lief über den Hof, riss den Riegel hoch und trat ein. Köter folgte ihr.

Es dauerte nicht lange, dann hatten sich die Augen an das Dämmerlicht gewöhnt. In einem der Koben lag Willi auf dem Rücken und hielt sich die Arme vor das Gesicht. Fritz stand über ihm, er riss ihn auf die Beine und verpasste ihm eine Ohrfeige. Die Lippe blutete. »Nach allem, was ich für euch getan habe!«, brüllte Fritz ihn an. Willi wimmerte. Fritz holte nochmal aus, Anni fiel ihm in den Arm.

»Wat schall dat! Wat maakst du dar!«

Er riss sich von ihr los und taumelte gegen die Wand. Er atmete schwer. Mit Anni hatte er nicht gerechnet.

Willi kroch in die hinterste Ecke, Köter legte sich schützend vor ihn hin und knurrte jeden an, der sich näherte, selbst Anni, aber die knöpfte sich den Spökenfritz vor.

»Was hat er denn gemacht, dass du ihn prügeln musst?«

Fritz hielt sich die Arme vor das Gesicht. Er hatte ihren Haken schon kennengelernt.

»Das verstehst du falsch, Anni.«

»Und wie soll ich das verstehen?«

Fritz schluckte hörbar. Er rang nach Worten, das war auch mal neu, wo er sonst nie um einen Spruch oder eine Beschwörung verlegen war. Er hatte ihr sogar den einen und anderen kleinen Alltagszauber beigebracht. Nun ließ Anni ihn stehen. Sie scheuchte den Hund aus dem Stall, der schnappte nach ihr, wagte aber nicht zuzubeißen. Sie wusste, dass er ihr nichts tat. Sie ging zu Willi und half ihm auf, nahm den Zipfel ihrer Kittelschürze und wischte ihm damit das Blut aus dem Gesicht.

»Ich bin doch bloß gekommen, um dir mein Beileid auszusprechen!«, jammerte Fritz, der immer noch dumm in der Gegend herumstand.

»Komische Art, das zu tun.«

»Ich wollte nur helfen. Ich will immer nur helfen. Das weißt du doch.«

»Tu ich das?

»Anni!« Er rang die Hände. »Solche Dinge sind nicht so einfach zu durchschauen. Das da«, er zeigte auf Willis blutende Lippe, »das sieht schlimm aus, aber es ist zu eurem Besten. Ich mein's wirklich nur gut mit euch.«

Willi schüttelte heftig den Kopf. Fritz log. Anni fragte sich, wie lange Willi ihr das schon hatte sagen wollen und sie hatte nicht zugehört.

»Dann ist das hier also wieder so ein Stückjes. Willi zu schlagen, damit die Töversche die Schmerzen fühlt und von uns ablässt, wo's mit dem Schwein schon nicht geklappt hat?«

»Genau so. Jetzt hast du's.«

Anni nahm Willi bei der Hand, sie führte ihn aus dem Stall über den Hof in die Waschküche. Sie pumpte Wasser in eine Schüssel und wusch ihm das Gesicht sauber. Willi zappelte und brummte, aber er ließ es sich gefallen.

»Ach Junge, ich war zu dumm. Du nicht.«

Er zeigte zur Tür. Anni folgte seinem Blick. Fritz war ihnen hinterhergekommen. Anni stellte sich vor ihn und verschränkte die Arme vor der Brust. »Ich weiß, wie's war. Der Junge wollte dich vom Hof scheuchen, hab ich Recht? Deshalb hast du ihn geschlagen.«

Willi gab einen zustimmenden Laut von sich.

»Glaub das nicht! Der begreift das doch nicht!«

»Hau ab«, sagte Anni und machte einen Schritt auf Fritz zu.

»Undank ist der Welten Lohn. Nach allem, was ich für euch getan habe.«

»Was willst du denn noch? Kannst es nicht abwarten, bis Josef unter der Erde ist? Dir gehört hier doch schon alles!«

35

Ein Tag war vergangen, seit Josef tot war und Anni im Pennig Schnaps getrunken hatte. Die Luft stand auch heute dick wie Wackelpudding, die Hitze wollte und wollte nicht nachlassen. Cordugas riss alle Fenster auf, was nicht viel nützte, weil kein Wind wehte.

»Wie immer?«, fragte er. Theo nickte. Er saß in seiner Ecke, war fast hinter den Vorhängen verschwunden, damit er in Ruhe seine Artikel schreiben und von dieser Warte aus alles beobachten konnte. So bekam er mit, was im Dorf geredet wurde. Berufskrankheit. Noch war er der einzige Gast, abgesehen von Edo und Jens, den beiden Kummertrinkern, die schon zum Mobiliar gehörten. Sobald der Pennig aufmachte, saßen die an der Theke.

Cordugas zapfte Bier auf Vorrat, denn der Männergesangsverein würde gleich üben, es war Mittwoch. Die Ersten kamen zur Probe und gingen gleich nach nebenan in den Clubraum.

Cordugas bediente zuallererst Theo. Mit der Presse musste man sich gut stellen. Er blieb stehen, um ein paar Worte zu wechseln, denn er war lange genug Wirt, um seinen Gästen ansehen zu können, wenn es ihnen schlecht ging.

»Ärger zu Hause?«

»Kann man sagen.«

»Hast du schon gehört? Josef ist tot.«

»Armer Kerl. Hat nicht viel vom Leben gehabt.«

»Und was war das gestern mit deiner Edith und dem Fluch? Das ganze Dorf redet davon.«

Theo seufzte. »Jetzt spielen alle verrückt. Ich bin gespannt, ob da noch was nachkommt.«

»Nichts Gutes. Davon kannst du ausgehen.«

Wieder ging die Tür. Wienert schritt durch die Gaststube und grüßte knapp. Er war hier nicht nur der Schoolmester, er leitete auch den Männerchor, seit Cordugas ein Klavier angeschafft hatte. Der Wirt eilte wieder zu seinem Zapfhahn. Die Sänger mussten ihre Stimmbänder ölen, sonst gab es hinterher Beschwerden. Weitere Gäste kamen. Es füllte sich.

Theo kroch noch tiefer in den Schatten. An manchen Tagen war es gescheiter, sich unsichtbar zu machen, heute war so einer, denn er steckte selbst tief in der Geschichte drinnen, die das Dorf beschäftigte. Fritz machte alle vogelig. Jedem erzählte er, was auf seiner Baustelle passiert war. Dahinter geriet sogar Josefs Tod zur Nebensache. Er hätte die Geschichte nicht einmal zu seinen Gunsten ausschmücken müssen, was er sich allerdings nicht verkneifen konnte. Die meisten glaubten ihm alles. Warum sollte er auch lügen? Es gab Zeugen, dass Edith mit böser Absicht zu ihm gekommen war. Was hatte sie denn sonst bei ihm gewollt?

Ihre Version ging anders. Sie war nach Hause gekommen, Theo hatte schon in der Küche gesessen und auf sie gewartet. Sie hatte den Eimer mit den Blaubeeren in die Waschküche gebracht, war dann zu ihm hin, noch immer aufgeregt, um ihm die blauen Flecken an ihrem Arm zu zeigen. Die stammten von Fritz. Sie hatte ihm alles gesagt, auch, dass sie sich nur gewehrt hatte. Aber gleich mit dem Schlimmsten? Ein ganzer Trupp Zimmerleute hatte mitgekriegt, wie sie Fritz und seinen Hof verfluchte. Und das so kurz nach Josefs Tod, für den sie angeblich auch etwas konnte. Es passte mal wieder alles zusammen. Theo begriff nicht, warum sie noch Öl ins Feuer gegossen hatte. »Du weißt doch, was alle reden! Jetzt hast du ihnen auch noch den Beweis geliefert.«

Sie hatte zu erklären versucht, warum sie so außer sich geraten war, und sie wollte partout heute mit ihm in den Pennig gehen, um die Sache geradezubiegen, vor dem ganzen Dorf. Edith Abels gegen alle. Er fand, das sei keine gute Idee und dann hatten sie sich heftig gestritten. Jetzt saß er im Pennig. Der Riss, der das Dorf entzweite, ging nun auch durch sie hindurch.

Über Unnenmoor braute sich das Gewitter zusammen, das sich schon seit Tagen ankündigte und an den Nerven zerrte. Nach und nach kleckerte das halbe Dorf in den Pennig, als hätten sich alle abgesprochen. Im Clubraum sang sich der Männerchor ein. Sie kletterten die Tonleitern rauf und runter, verpassten die eine und andere Stufe, so weit verlief der Abend normal. Zum Erntefest im September saßen die Töne wieder, nur heute klangen sie wie Peitschenhiebe, denn Lehrer Wienert erschlug das Klavier. Cordugas guckte schon. Es kostete ein Vermögen, das Instrument neu stimmen zu lassen. »Hat euch die Sonne gestochen!«, rief er nach nebenan, aber die Männer hörten ihn nicht.

In der Gaststube ging es inzwischen hoch her. Der halbe Schützenverein saß mal wieder am Stammtisch, es ging um Politik und um das nächste Schützenfest. Auch sonst wurde es laut.

Theo machte sich klein.

Cordugas musste mit einem vollen Haus gerechnet haben. Er hatte ein frisches Fass angestochen und einige Flaschen Korn in die Kühlung gestellt. Kaum ein Stuhl blieb frei. Er kam mit dem Nachschenken kaum hinterher und musste Renken aus dem Bett holen. Der hatte sich früh hingelegt, weil sein Bein schmerzte. Es lag an diesem verfluchten Wetter. Wie es aussah, würde es auch heute wieder eine lange und schwüle Nacht werden, in der keiner zum Schlafen kam.

Als Fritz endlich auftauchte, war ein großes Hallo, denn sie hatten auf ihn gewartet. Er brachte einen von den Zimmerleuten mit. Arnold. Der war Geselle und kam aus dem Nachbardorf. Er schlich hinter Fritz her und guckte verlegen. Freiwillig war der nicht mitgekommen. Am Fenster rückten sie zusammen, die Tische saßen voll, nur auf der Bank am Fenster gab es zwei Plätze. Arnold setzte sich. Fritz blieb stehen, er wartete auf seinen großen Auftritt. Als es ruhiger wurde, legte er los.

»Euch ist klar, dass wir nicht weiter zugucken können?«, rief er. Darauf folgte zustimmendes Gemurmel, nur Cordugas hatte seine Zweifel.

»Was war denn überhaupt los bei dir da draußen?«, wollte er wissen.

»Die Abel'sche. Sie hat ihr wahres Gesicht gezeigt. Schrecklich war das.«

»Ach! Und wie muss man sich das vorstellen?«

»Ja, wie!« Fritz mochte es nicht, wenn einer nachbohrte. Er verlor schnell den Faden. »Na ja, ich hab sie mitgenommen. Im Auto. Mit ihren Blaubeeren.«

»Und da hattest du keine Angst?«

Einige lachten. Fritz winkte ab. »Brauchst dich gar nicht lustig machen, Cordugas. Du weißt ja nicht, wie das ist.« Er stieß Arnold in die Seite. »Sag du, wie's war. Du bist mein Zeuge.«

Aber der brachte kein Wort heraus, weil er ungern redete. Da hatte Fritz den Falschen mitgebracht und kam nicht umhin, sich doch wieder an den Wirt zu wenden. »Bring dem jungen Mann hier ein Bier, damit dem seine Zunge nicht weiter am Gaumen klebt. Und schreib's auf meinen Deckel.«

»Is' recht.«

Fritz stand immer noch und hatte Theo nicht bemerkt. Der war tiefer in den Schatten gekrochen und machte sich Notizen, es konnte nicht schaden, festzuhalten, was hier verhandelt wurde.

»Erst Gerd, dann Josef«, fuhr Fritz fort. »Und nun will die Hexe mir an den Kragen. Wir müssen der Töverschen endlich das Handwerk legen, sonst hat sie bald das ganze Dorf in der Gewalt.«

Alle hörten ihm nun zu, nur der Chor sang weiter. Cordugas schloss die Tür zum Clubraum.

»Hexen gibt's doch gar nicht«, meinte Edo. Seine Zunge lag ihm schon ein bisschen quer, er orderte einen weiteren Schnaps.

Fritz fuhr fort. »Wer dem Bösen einmal ins Gesicht geguckt hat, der weiß, wie schlimm das ist. Wie ein Abgrund in die Hölle und man kann den Schwefel schon riechen. Stimmt doch, oder?« Er stieß Arnold wieder an. Der schien das Muster der Tischplatte zu studieren. »Ob das stimmt, wollen hier alle wissen!«

»Ja. Kann schon sein.«

Cordugas stellte ihnen volle Gläser hin. Er schwitzte und stützte sich einen Moment an der Tischkante ab. »Jetzt setz dich hin, Fritz, und tüün hier nicht weiter rum. Du wiegelst mir nur die Gäste auf.«

Fritz nahm sein Bier und trank es halb aus. Den Wirt

ließ er nicht aus den Augen. »Hat sie dich auch schon in ihrer Gewalt?« Er wischte sich den Schaum vom Mund. »Hast dich in ihr schönes Gesicht verguckt?«

Nun lachten mehr. Der Wirt verschwand wieder hinter der Theke und Fritz genoss die Aufmerksamkeit. Er kannte sie alle, Bauern, Handwerker, Händler. Ganz normale Leute waren das. Jedem hatte er schon mal einen bösen Furunkel, einen schlimmen Zahn oder eine Gürtelrose besprochen, auch solche, bei denen der Doktor nicht weitergekommen war, er aber schon. Fritz mochte ein Schubiack sein, aber er konnte viel. Er beherrschte auch das Böse. Der Teufel konnte in jedem lauern, auch in einem selbst, das wussten sie spätestens seit dem Krieg. Ihnen sollte mal einer sagen, das Böse gäbe es nicht.

Fritz klopfte Arnold auf die Schulter. »Der hier war dabei. Edith Abels hat versucht, mich unterzukriegen, aber sie hat es nicht geschafft. Und nun sitzt sie zu Hause und brütet was aus. Jeder kann der Nächste sein. Wollen wir das zulassen?«

»Und was ist mit ihrer feinen Tochter? Die rennt in Hosen rum!« Das kam von einem der Schützen.

Fritz winkte ab.

Im Clubraum sang der Chor den Abendfrieden von Schubert, den übten sie schon seit Ewigkeiten und es hörte sich gar nicht mal so schlecht an, aber Wienert unterbrach, er war heute mit nichts zufrieden. Sie fingen wieder von vorne an.

In der Ferne grollte Donner.

»Gibt Gewitter. Ich muss nach Hause«, sagte Arnold und stand auf. Fritz drückte ihn auf die Bank zurück. »Setz dich auf deine vier Buchstaben. Jetzt wird's ernst und wir brauchen jeden Mann.«

Aber Arnold hatte die Nase voll. »Es langt jetzt. Das sind eure Hexen. Wir haben unsere eigenen. Schönen Abend noch.« Er tippte sich an die Stirn und ging.

»Eine Runde Korn aufs Haus!«, rief Cordugas. Renken hatte schon eingeschenkt. Er selbst verteilte die Gläser. Er hoffte, sie auf andere Gedanken zu bringen, wenn er eine Runde spendierte. Darum hob er sein Glas. »Darauf, dass es endlich Regen gibt! Prost!«

36

Der Schwarze Weg war so gut wie leergefegt, als Betty zu Guste ging. Sie hatte das Weite gesucht, als Theo und die Mutter wieder stritten. Die schwüle Hitze machte sie alle ganz rappelig. Bei Guste war es jedoch angenehm kühl und still. Sie goss Betty Wasser ein und fragte nicht weiter nach. Betty trank, sie hatte Durst. Draußen rissen die ersten Blitze den Horizont in Stücke.

»Also. Wo waren wir stehengeblieben?«, fragte Betty, um auf andere Gedanken zu kommen. Da war ihr die Geschichte gerade recht.

»Bei dem Moorbauern und der fremden Frau. Er hat sie für den Tod gehalten und dann für ein Gespenst. Und dann wollte er sie trotzdem heiraten. Trotz allem.«

Guste sah von ihrem Strickstrumpf auf. »Gab's Streit bei euch zu Hause?«

Woher sie das nun wieder wusste. Betty erzählte, dass ihre Mutter in Notwehr Fritz verflucht hatte. Guste hatte von allem nichts mitbekommen. Sie ging nicht mehr viel aus dem Haus.

»Deine Mutter ist entweder mutig oder leichtsinnig.«

Sie kam hoch, stützte sich am Tisch ab, Betty half ihr.

»Wo willst du hin?«

»Was holen.«

Sie humpelte zum Schrank. Ein massives Möbelstück aus schwarzer Mooreiche, ein Erbstück, für die Ewigkeit gebaut. Darin verwahrte Guste alles, was sie besaß. Ihre

Kleider, ihre Schuhe, ihre Aussteuer. Sie wühlte ein Gewehr aus der hintersten Ecke hervor, das war fast so lang wie sie selbst. Dazu eine lederne Patronentasche, sehr alt und rissig, aber gut gefüllt.

Betty machte große Augen. »Was willst du denn damit!«

Guste kam an den Tisch und legte das Gewehr darauf. »Das ist eine Achtundneunzig. Die hat meinem Mann gehört.«

»Du warst mal verheiratet?«

»Warum wundert dich das?«

»Ich weiß nicht. Weil du Guste bist?«

Guste lachte und wurde wieder ernst. »Er ist gefallen. Wie dein Vater, aber im Ersten Weltkrieg. Und mein Großvater im französischen Krieg.« Sie zog den Stuhl heran und setzte sich. »Es ist immer dasselbe. Die Kerle schlagen sich die Köppe ein und unsereins kann hinterher aufräumen.« Sie strich über den Gewehrschaft. »Und nun muss wieder was vernichtet werden, weil sie die Welt nicht mehr verstehen. Und wenn's eine Hexe ist.«

»Wie meinst du das?«

Guste nahm das Nadelspiel mit dem angefangenen Strumpf wieder auf. »Hat sich nämlich nichts geändert. In zehntausend Jahren nicht. Unsere schöne Zivilisation, die ist nur Staub. Wenn ein Wind kommt, bläst der alles weg und darunter ist das Tier.«

Betty fragte nicht weiter nach. Manchmal konnte man Guste wirklich nicht verstehen. Gerade schob sie ihr einen Flickstrumpf über den Tisch. »Kannst du das inzwischen?«

Betty beguckte sich das Loch in der Ferse. Es war so groß, dass eine Faust hindurchpasste. »Nicht so gut. Ich kann's versuchen. Aber warum? Und wozu das Gewehr?«

»Das eine zur Vorsicht und das andere für die Hände, damit die keinen Blödsinn machen. Vielleicht sollte man den Männern das Stricken beibringen.«

Betty nahm den Strumpf. Eine Stopfnadel mit passendem Faden steckte schon darin, Guste hatte mit dem Flicken schon angefangen. Sie machte da weiter, wo sie aufgehört hatte, oder sie versuchte es zumindest. Es dauerte nicht lange, da hatte sie die ersten Knoten fabriziert.

Gustes Nadeln klapperten weiter.

»Ja. So war das damals«, fuhr sie mit der Geschichte fort. »Da wurde nicht viel nach Liebe und dem ganzen romantischen Quatsch gefragt. Da mussten die Leute sich mit dem Schicksal abfinden, sonst hätten sie nicht überlebt. Der Moorbauer und die fremde Frau haben das so hingenommen.«

Betty schaffte es, sich mit der stumpfen Nadel in den Finger zu stechen. Es blutete ein bisschen, sie leckte den Finger ab. Guste achtete nicht darauf, sie war in ihrem Element. Wie der Mann und die Frau sich in dem Haus und in ihrer Not eingerichtet hatten, wie sie schließlich beschlossen zu heiraten und so weiter. Bettys Gedanken schweiften ab. Wie sollte das werden, wenn ihre Mutter und sie alleine blieben in diesem Dorf? Wo sollten sie hin, wenn die Kate abgerissen wurde? Niemand holte sich Töversche ins Haus. Da blieb nur die andere Kate im Moor, in die Guste auch schon ziehen wollte. Da würden sie dann zusammen hausen wie die frühen Moorsiedler aus der Geschichte, die kein Ende nahm.

Betty legte den Kopf auf den Tisch. Sie würde die Großen niemals begreifen, es war alles zu verwirrend. Sie schloss die Augen.

»Und was ist mit meinem Strumpf? Soll ich nur mit

einem laufen?«, protestierte Guste, aber sie klang nicht böse und erzählte im selben Atemzug weiter.

»Ein paar Tage später ist nämlich der Beamte schon wieder gekommen. Er hat sich an den Tisch gesetzt und hat den beiden die Pacht und all die anderen Steuern und Abgaben vorgerechnet, die sie zu zahlen hätten, denn der König musste ja regieren und brauchte Geld.«

»Hat der Beamte den Bauern denn nicht erkannt?«

»Nein. Wie sollte er. So ein königlicher Beamter, der guckt keinem Bauern ins Gesicht. Das darf der gar nicht. Deshalb glaubt der auch, dass alle Bauern gleich aussehen.«

»Das denkst du dir aus, oder?«

»Das ist der Grund, warum kein Moorbauer mit der Obrigkeit zu tun haben will.«

»Ich glaube dir nicht.«

»Dann glaub was anderes.«

Guste hustete. Es wurde immer schlimmer mit ihr. Als sie weitersprach, klang sie heiser. »Also. Die beiden haben zu allem Ja und Amen gesagt, der Beamte war zufrieden und ist wieder gegangen. Alles andere würde sich schon zurechtlaufen, dachten sie.«

Es wurde nun so dunkel draußen, dass Guste die Petroleumlampe anzünden musste. Als der Docht brannte, fuhr sie fort.

»Am nächsten Tag sind die beiden zum Kuhlengräber gegangen. Der kannte, wie du weißt, ein paar lateinische Wörter aus der Bibel. Das reichte nicht nur für die Sakramente, sondern auch für schnelle Trauungen.«

»Gab es denn keinen Pastor?«

»Ach was! So ein Studierter hat sich nicht ins Moor getraut. Zu viele Geister. Dem Kuhlengräber war das egal.

Er ist sich wie ein Professor vorgekommen und hat sich auch so benommen. Ein bisschen wie Fritz. Er hat erstmal alle Papiere verlangt. Die Frau hat sie ihm gezeigt. Den Pachtvertrag, den Geburtenregisterauszug und den Taufschein. Der Bauer hat ihm alles erklärt, das mit den Pocken und dass er die Witwe nun heiraten wollte. Die ganze verschlungene Geschichte. Als er damit fertig war, hat ihm der Hals weggetan, denn so viel hatte er sein Lebtag nicht geredet.

Da hat der Kuhlengräber den Bauern schief angeguckt. ›Warst du nicht vor ein paar Tagen erst hier, um mich um Rat zu fragen? Hab ich dir nicht gesagt, du sollst die Hexe einfangen! Und nun willst du sie heiraten? Ja, bist du denn von allen guten Geistern verlassen!‹

Der Bauer hat nochmal den Mund aufgemacht, aber der Kuhlengräber wollte nichts mehr wissen. Der hatte große Angst vor den Töverschen. Deshalb hat er die Probe verlangt, damit ein für alle Mal klargestellt wurde, ob die Frau nun eine war oder nicht.«

»Die Wiegeprobe?«

»Das wäre zu einfach gewesen. Nein, er wollte es scharf und hat die Moorprobe verlangt.« Guste brauchte eine Pause. Sie sah aus dem Fenster. Der Horizont war schwarz und der Donner kam näher. Windböen rüttelten an den Büschen und Bäumen. »Sie haben die Frau gefesselt und in den tiefsten Moortümpel geworfen.«

»Dann ist sie ertrunken.«

»Ja. Das ist sie. Also war sie keine Hexe und ist in den Himmel gekommen.«

»Aber sie war tot!«

»So oder so. Wäre sie nämlich geschwommen, hätten sie sie als Hexe verbrannt.«

Betty legte den Strumpf weg. »Ist das bei dir auch so?«, fragte sie. »Oder wozu brauchst du das Gewehr? Hast du Angst, dass sie dich holen?«

Guste erhob sich ächzend von ihrem Stuhl. »Es geht nicht um mich. Wir sollten losgehen. Es wird höchste Zeit.«

37

Anni riss alle Fenster auf, sie öffnete auch alle Türen, kratzte Teer und Wachs aus den Ritzen, damit die Pest und der Gestank endlich entweichen konnten, sie hatte das alles lange genug eingeatmet. Aber was sie heraufbeschworen hatten, ließ sich nicht mehr verjagen. Das hing in den Räumen, im Dach und unter den Zimmerdecken. Sogar die Zeit schien festzukleben. Die Uhr auf dem Stubenbüfett hatte aufgehört zu ticken.

Sie ließ alle Tiere frei, viele waren es nicht mehr. Die paar Hühner, der Hahn, die magere Kuh, die Katze mit ihren Jungen. Die standen auf dem Hof und wussten nicht, was das sollte. Köter rannte zwischen ihnen herum. Anni klatschte in die Hände. »Hier gibt's nichts mehr! Haut ab! Sucht euch was Besseres!« Sie scheuchte alles Vieh vom Hof, aber das kam zurück. So ging das ein paarmal. Schließlich gab sie es auf. Dann musste heute alles sein eigenes Ende finden, wie auch immer das aussah. Es gab nichts mehr zum Retten. Darin war sie sowieso nie gut gewesen.

Willi saß schon wieder auf seinem Stuhl neben dem Bett, er hielt Totenwache und rührte sich nicht von der Stelle. Sie setzte sich dazu. Einen Kerzenstummel hatte sie doch noch im Küchenschrank gefunden, den hatte Fritz wohl übersehen. Die Kerze stand auf dem Nachttisch, die Flamme blakte kein bisschen, denn es ging kein Luftzug, kein Wind wehte in die Totenstube, die Luft stand drinnen wie draußen.

Wenn sie sich zum Fenster wandte, konnte sie ein Stück Moor sehen, darüber ein Fleckchen Himmel mit düsteren Wolkentürmen, in denen es wetterleuchtete, aber das ging sie ebenso wenig an wie der Donner oder dass es schon Nacht zu werden schien. Sie hatte nur noch einen Wunsch, nämlich, dass ein Sturm durch das Haus fuhr und alle Zauber hinwegfegte, dass sie noch einmal die frische Luft atmen konnte, bevor es zu Ende ging. Sie nahm den Kerzenstummel vom Nachttischchen und stellte ihn zwischen sich und Josef auf die Strohmatratze. Sie sah zu, wie sie langsam abbrannte.

38

In der aufgeheizten Gaststube führte Fritz das große Wort. Er war in Fahrt und keine Schnapsrunde hielt ihn auf, Cordugas sah das mit Sorge. Alle hörten seiner Predigt zu und Theo protokollierte mit. Was hier passierte, musste in die Zeitung. Der Pennig dampfte vom Schweiß und vom Zigarettenrauch. Dass überhaupt noch einer atmen konnte. Es fehlte nur ein verkehrtes Wort, eine falsche Geste, dann würde alles aus dem Ruder laufen. Sie würden sich prügeln und alles kaputt schlagen. Cordugas hatte das schon erlebt. Er war mit seinem Latein am Ende und kurz davor, alle an die Luft zu setzen, bevor es so weit kam.

Da öffnete sich die Tür zum Clubraum. Wienert stolzierte heraus, die Notenmappe unter dem Arm. Die Probe war zu Ende. Er blieb kurz stehen. Es war nicht zu überhören, dass sich etwas zusammenbraute.

»Was ist denn hier los!« Wienerts Stimme war es gewohnt, durchzudringen und sich Respekt zu verschaffen. Einen Moment lang verstummten alle. Die Sänger drängelten hinter ihrem Chorleiter her aus dem Clubraum. Der hatte schon mitbekommen, dass es um diese Hexensache ging. Er war für Spökenkram nicht unbedingt zu haben, das wusste auch Fritz und er hielt für einen Moment die Klappe, wie Cordugas erleichtert feststellte. Renken hatte schon wieder ein Tablett fertig und er verteilte die Gläser. Seine Beine spürte er kaum noch. Die Männer soffen heute wie durstige Pferde und kamen trotzdem nicht von dem Thema ab, im Gegenteil.

»Nichts mehr frei?«, fragte Wienert, als Cordugas vorbeirauschte. Der Lehrer hatte die Angewohnheit, nach der Probe noch einen Dämmerschoppen zu sich zu nehmen. Der Wirt blieb stehen, außer Atem, stellte das leere Tablett ab und sah sich um. »Ich hol dir einen Stuhl. Hinten in der Ecke geht noch was. Heute ist der Teufel los, im wahrsten Sinn.«

»Ist was passiert?«

»Der Spökenfritz bläst zum Aufstand gegen Edith Abels.«

Wienert guckte ganz verdattert. »Warum? Was hat sie denn getan?«

»Kriegst du denn gar nichts mit in deinem Gelehrtenstübchen? Die Abel'sche ist schon lange verschrien.«

Wienert lachte auf. »Wegen ihrer roten Haare oder weil sie schlau ist?«

Cordugas hatte keine Zeit, zu diskutieren.

»Na ja – einen Schuldigen braucht's immer, wenn's unübersichtlich wird.«

Er holte ihm einen Stuhl und machte kurzen Prozess. Er zog Theos Tisch aus der Ecke ins Licht, bevor der protestieren konnte. Sollte der ruhig auch mal die Klappe aufmachen, es ging schließlich um seine Zukünftige. Cordugas stellte den Stuhl dazu und Wienert setzte sich. Die Männer nickten sich zu und Fritz guckte dumm aus der Wäsche, als er ausgerechnet Theo in der Ecke entdeckte. Der Lehrer hätte ihm schon gereicht.

»Was stehst du da rum und kriegst den Mund nicht zu?«, fragte Wienert. »Hab ich dich bei was Wichtigem unterbrochen? Hab gehört, du gehst auf Hexenjagd?«

Einen Moment schien es so, als ob Fritz klein beigeben wollte, und alle, die er hinter sich wusste, zogen schon die Köpfe ein, wie sie es in der Schule gelernt hatten. Fritz verlor mal wieder den Faden und der Wirt nutzte die Gelegenheit. »Hat jemand Hunger? Gibt noch Frikadellen und Würstchen! Aufs Haus. Wer will?«

Cordugas zählte die Hände, die in die Höhe flogen. »Und was ist mit dir, Fritz?«

Der hatte nicht vor, wegen Frikadellen oder Wienert klein beizugeben und schon gar nicht wegen Theo.

»Da sitzt er also!«, rief er in die Runde. »Der Zeitungsschmierer! Warum versteckst du dich eigentlich immer vor uns? Willst du uns bespitzeln und trägst es dann deiner Hexe zu?«

Der Schützenverein stimmte dem Redner zu und die Stimmung kochte gleich wieder hoch. Keiner wollte sich heute beruhigen, auch nicht, als Cordugas mit seinen Frikadellen und Würstchen aus der Küche kam. Wie er das satthatte. Er schlängelte sich mit seinem Tablett zum Lehrer durch, der hier noch die größte Autorität hatte. Vor dem kuschten sie. »Jetzt bring die mal zur Ruhe«, raunte er ihm zu. »Sonst passiert heute ein Unglück.« Er warf Theo auch einen Blick zu, der saß wie ein Häuflein Elend am Tisch, die Kladde mit seinen Notizen vor sich. Warum sagte der denn nichts!

Wienert stand auf. Mutig war er, das musste man ihm lassen. Der hatte sich auch damals von den Braunhemden nicht beeindrucken lassen, als die ihn abgeholt und zu Lagerhaft verurteilt hatten, weil er nichts vom Führer hielt und das im Unterricht laut sagte. »Worum geht's hier eigentlich?«, fragte er nun.

»Um die Hexe!«, rief einer.

»Dann glaubt ihr noch an Märchen, so wie die alte Guste? Oder wie euer Spökenfritz? Habt ihr eigentlich nichts bei mir gelernt?«

Fritz biss knackend in seine Wurst. Er kaute und grinste herausfordernd, das kriegte auch nicht jeder hin. »War nicht alles verkehrt, was die Alten geglaubt und getan haben«, sagte er, nachdem er den Bissen geschluckt hatte. Er erntete zustimmendes Gemurmel.

»Welche meinst du?«, fragte Theo, der seine Sprache endlich wiederfand. »Gibt sie ja in jeglicher Couleur. Rein politisch gesehen.«

»Typisch Zeitungsschmierer. Redest so gestelzt daher. Ich meine die Generationen vor uns. Das alte Leben. Wie es immer war.«

»Schwer und armselig. Aber die Zeit geht voran und ein frischer Wind tut uns hier auch mal ganz gut.«

Fritz schaute in die Runde. Er hatte alle hinter sich, denn das Neue konnte einem schon Angst machen. »Einen frischen Wind nennst du das, wenn sie unser Dorf abreißen wollen für eine Straße? Wenn sie das Moor umwühlen, auf Teufel komm raus, und man kennt hier nichts mehr wieder?«

»Schön und gut, aber was hat das mit der Abel'schen zu tun?« Edo, der Trinker, hatte schon mit dem Kopf auf der Theke gelegen, zugehört hatte er doch.

»Aus dir hätte auch mehr werden können«, seufzte Wienert. »Und was wollt ihr mit meiner Verlobten machen?«, fragte Theo. Er war aufgestanden und hatte sich zwischen Fritz und Wienert gestellt.

»Sie verbrennen? Oder im Moor versenken? Das haben die Alten gemacht! Und unser lieber Fritz hier«, er klopfte ihm auf die Schulter, »der will euch weismachen, dass das hilft. Weil es ihm hilft.« Er sah ihn an. »Warst schon immer ein bisschen gerissener als der Rest.«

Wienert nickte.

»Sind noch Würstchen da!«, rief der Wirt und es klang schon ein bisschen verzweifelt. Keiner hatte Appetit, sie waren mit anderen Dingen beschäftigt.

»Friss die selbst!« Fritz wollte sich nicht geschlagen geben. Warum auch? Es hingen ihm alle an den Lippen. »Hört mich an!«, rief er laut. »Ich will euch sagen, was die Hexe angerichtet hat. Ich war dabei. Ich hab Josef sterben sehen, elendiglich. Der war schon tot, da hat sein Herz noch geschlagen. Und guckt euch Anni an. Nur noch ein Strich in der Landschaft. Das Vieh ist denen verreckt. Und der arme Willi kriegt kein Wort raus. Oder denkt doch mal an Gerd Hausmann. Von einem Tag auf den anderen wird der irre, ohne Grund. Hängt sich auf. Ist das einfach nur Zufall? Nein. Ich sage euch: Das ist die Hexe. Das steht schon in der Bibel drin.«

Theo lachte laut. »Jetzt kommt er uns damit! Ausgerechnet der Hexenmeister will uns den Katechismus beibringen.«

Das saß. Fritz packte ihn am Schlafittchen. »Weet allns beeter. Kann allns beeter. Een Grootsnuut bist du. Aber das steht schwarz auf weiß in der Bibel drin, dass man den Teufel und die Töverschen vernichten muss.«

»Die *Abgöttischen*, du Dämlack!« Theo machte sich los. »Und von Zauberern ist die Rede. Bist du nicht auch einer? Aber du biegst dir das so zurecht, wie du's brauchst.« Theo deutete auf sein Notizbuch. »Ich hab alles aufgeschrieben, deine ganze Hetze. Zeugen gibt's hier auch genug. Und ich werde dafür sorgen, dass du vor den Richter kommst, Fritz Renken. Es reicht. Du hast nämlich

Josef auf dem Gewissen. Nicht Edith. Und den Hof hast du dir auch unter den Nagel gerissen.«

Theo konnte sich nicht so schnell ducken, wie Fritz ihm eine verpasste, mitten ins Gesicht. Er taumelte, fing sich und schlug zurück. Wienert und Cordugas gingen dazwischen, packten sich je einen, bevor sie sich die Köpfe noch blutiger schlagen konnten.

»Und jetzt setzen wir uns alle schön wieder hin!«, rief der Wirt, denn die Männer waren aufgesprungen, bereit, sich auf die eine oder andere Seite zu schlagen. Die meisten hielten zu Fritz.

»Wenn ihr mir die Möbel kaputt haut, dann ruf ich die Polizei! Dann kommt ihr alle ins Kaschott.«

Fritz riss sich von ihm los und schaute angriffslustig in die Runde. »Soll er doch, oder? Wir müssen endlich Ordnung machen. Kommt mit mir ins Dorf! Oder glaubt ihr dem da?« Er zeigte auf Theo. »Der steckt mit der Hexe unter einer Decke.«

Die Schützen stellten sich als Erste hinter Fritz. Die marschierten gerne hinter jemandem her. Andere folgte dem Beispiel.

Draußen war es schlagartig dunkel geworden, Donner folgte auf Blitz. Regnen wollte es immer noch nicht, aber es kam mehr Wind auf. Der wehte durch die offenen Fenster. Cordugas machte das Licht an, er hatte schon Strom, weil er sich eine Kühlkammer hatte einbauen lassen, für das Kantinenessen.

»Habt ihr jetzt den Verstand verloren!«, brüllte er sie alle an. Auch Renken kam hinter der Theke hervor und stellte sich neben seinen Vater. Ein paar andere taten es auch. Zwei Lager standen sich nun gegenüber, die zu Fritz hielten, waren in der Überzahl. Die vielen ballten die Fäuste und gingen auf die wenigen los. Die wichen zurück und flohen hinter die Theke und in die Küche. Die Tür schlug zu. Von außen wurde ein Stuhl unter die Klinke geschoben. Sie saßen erstmal fest.

39

Guste hatte sich überschätzt. Sie konnte nicht so schnell laufen, wie das Unwetter heraufzog. Sie beeilte sich, so gut es ging. Das Gewehr hatte sie sich unter den Arm geklemmt, mit der freien Hand stützte sie sich auf ihren Gehstock. Betty hätte ihr das Gewehr abgenommen, aber Guste wollte es nicht aus der Hand geben. Sie gingen nebeneinanderher, Betty musste ihren Schritt immer wieder zügeln, sie wäre am liebsten losgerannt, um ihre Mutter zu warnen.

Auf halbem Wege mussten sie sich mit aller Kraft gegen die Böen stemmen, damit sie vorankamen, und Donner folgte auf Blitz. Die ersten dicken Tropfen klatschten auf den trockenen Boden. Das Haus war in Sicht. Von der anderen Seite kamen ihnen die Männer entgegen, gerade bogen sie um die Kurve.

»Da sind sie schon.« Guste packte das Gewehr fester.

»Wo wollen die denn hin?«

Betty konnte sich die Frage selbst beantworten. Vorneweg ging Fritz, hinter sich hatte er das halbe Dorf versammelt, so sah es aus. Eine kleine Armee zog gegen den Feind im eigenen Dorf.

Guste ging schneller, aber sie kam außer Atem und musste nach wenigen Metern stehen bleiben. Sie rang nach Luft. Weit war es nicht mehr bis zum Haus, wo die Mutter wahrscheinlich ahnungslos an der Nähmaschine saß. Die Männer marschierten schnell darauf zu.

»Los, lauf zu deiner Mutter. Verbarrikadiert euch«, keuchte Guste. Betty zögerte. Sie wusste nicht, was sie machen sollte, aber die Männer marschierten schnell und entschlossen. Guste schubste sie an. »Nun mach schon!«

»Und du?«

»Keine Sorge. Ich halte sie auf.«

Guste machte sich von Betty los. »Ich muss ausruhen.« Sie standen auf Höhe des Schaukastens, in dem die amtlichen Bekanntmachungen hingen, auch das Aufgebot von Edith und Theo. Daneben stand eine alte Bank, schon ganz morsch, Guste humpelte darauf zu und setzte sich.

»Aber wir müssen weiter!«

Guste brachte das Gewehr in Stellung. Betty sah ihr fassungslos zu.

»Lauf endlich!«, schrie Guste. »Sag Edith, sie soll alle Fenster und Türen schließen! Nu mach schon! Ich halte sie auf.«

Also rannte Betty los. Es war nicht weit und sie nahm die Beine in die Hand. Sie riss das Gartentor auf, da stand die Mutter schon an der Tür unter dem kleinen Vordach. Sie setzte sich gerade die Regenhaube auf. »Da bist du ja. Ich wollte dich suchen gehen, bei dem Gewitter.« Sie klang erleichtert und entdeckte im selben Moment die Männer. »Wo wollen die jetzt hin? Haben wir schon wieder Schützenfest?«

Sie kamen die Straße hoch. Es war keine Zeit mehr für Erklärungen. Betty versuchte, ihre Mutter ins Haus zu schieben. »Geh wieder rein. Schnell!«

»Was bist du denn so aufgeregt. Ich will nur gucken, was los ist.«

Es war zu spät. Die ersten bauten sich vor der Kate auf,

Fritz vorneweg. Da begriff auch Edith, dass der Spökenfritz zu ihr wollte.

Sie stellte sich vor Betty.

»Was wollt ihr!«

»Dich.« Fritz kam durch das Gartentor, das noch offen stand und baute sich vor ihnen auf. Er packte Edith. »Du musst jetzt mitkommen.«

»Wohin?«

»Wirst schon sehen.«

Betty hatte Gustes Geschichte noch im Ohr, die Sache mit der Moorprobe und allem. Sie fiel Fritz in den Arm, sie biss, kratzte und trat ihn, so gut sie konnte.

»Nehmt das kleine Biest da weg!«, brüllte er. Jemand packte sie von hinten und zerrte sie von der Mutter weg. Sie schrie.

»Guste! Hilf mir!«

Sie strampelte und schlug um sich. Ein Schuss fiel.

Endlich ließ der Spökenfritz von Edith ab und Betty kam frei. Sie klammerte sich an ihre Mutter und hob den Kopf. Da stand Guste mit dem Gewehr im Garten. Eine kleine, krumme Frau mit zitternden Armen, denn das Gewehr war viel zu groß und zu schwer, aber in diesem Augenblick sah sie aus wie eine Furie und sie schien zu allem fähig. Fritz hatte Recht gehabt. Es gab sie, die Hexen, und sie waren nicht wehrlos. Edith und Betty nahmen sie in ihre Mitte. Die schwere Wolke, die schon die ganze Zeit über ihnen gehangen hatte, brach auf und es war wie eine Sintflut. Guste legte noch einmal an. Sie zielte auf Fritz. »Sag deinen Männern, sie sollen nach Hause gehen. Lasst uns endlich in Ruhe.«

Fritz lachte sie aus, wie konnte er klein beigeben, wo die Männer alle hinter ihm standen und ihm zusahen. »Das

Gewehr hat doch nur einen Schuss und du kannst nicht damit umgehen.« Er stellte sich breitbeinig vor die Frauen hin.

»Da würde ich nicht drauf wetten! Ich weiß, wie man das nachlädt. Das gute Stück hier hat noch einiges auf Lager!«, rief Guste.

Im Moor schlug der Blitz ein, es krachte und kribbelte auf der Haut, denn das Gewitter hing über ihnen. Nass waren sie alle, bis auf die Knochen, aber der Regen hatte sein Gutes. Er kühlte die heißgeredeten Köpfe. Die Ersten rieben sich schon die Augen und fragten sich, was sie hier machten. Da stand ein ganzer Trupp gegen drei Frauen, ein halbes Kind mit seiner Mutter und eine Greisin mit einem Schießprügel, der ins Museum gehörte. Was hatten sie sich nur dabei gedacht? Die Ersten wandten sich schon ab und schlichen nach Hause.

»Wo wollt ihr denn alle hin! Feiglinge! Hosenscheißer!« Das und Schlimmeres brüllte Fritz den Abtrünnigen hinterher und fing nun an, sie alle zu verfluchen, aber es zog nicht. Das Wetter war zu schlecht, alle wollten plötzlich nach Hause. Da tauchten auch noch Theo und die anderen auf. Es war nicht allzu schwer gewesen, sich zu befreien. Cordugas hatte sein Jagdgewehr dabei, Theo ein Messer aus der Küche vom Pennig. Die Männer stellen sich vor die Frauen, aber es gab hier nichts mehr zu verteidigen.

Guste ließ ihr Gewehr sinken. »Der ist erledigt«, sagte sie. »Aber wir brauchen nun die Feuerwehr.«

Hinten im Moor brannte es. Funken stieben in den Himmel. So brannte nur Reet oder Stroh. Bestimmt hatte der Blitz in ein Dach eingeschlagen. Edith rannte schon los,

Betty hinterher. Am Ende des Schwarzen Wegs, wo die Rauchfahne in den Himmel stieg, gab es nur noch einen Hof. Den der Grolls.

40

Sie saßen am Tisch in der Küche. Theo las aus der Zeitung vor. Sein Artikel stand gleich auf der zweiten Seite.

»So wird der Hexenmeister Fritz Renken aus Unnenmoor bald wegen übler Nachrede, Betrugs und Verstoßes gegen das Heilpraktikergesetz vor Gericht stehen, wo er hoffentlich sein gerechtes Urteil findet. Der Familie Groll wird dahingegen keine Gerechtigkeit mehr zuteilwerden. Der Vater, Josef Groll, verstarb vor wenigen Tagen an den Folgen seiner schweren Kriegsverletzung. Er könnte allerdings noch leben, hätte er sich nicht der zweifelhaften Behandlung des Heilers hingegeben. Seine Frau, Anni Groll, hatte sicher nur sein Bestes gewollt, indem sie ihren Mann von der Außenwelt abschottete. Nun ist sie tragischerweise Opfer des Unwetters geworden, das vorgestern über unsere Gegend gezogen ist. Der Hof brannte bis auf die Grundmauern nieder, nachdem der Blitz eingeschlagen war. Es konnte nur noch ihre Leiche geborgen werden. Der vierzehnjährige Sohn hat überlebt.«

»Glaubst du das?«, fragte Edith.

»Was meinst du?«

»Dass es der Blitz war.«

Er hob die Schultern. »Wie soll es denn sonst gewesen sein?«

Anni hatte neben Josef im Bett gelegen. So hatte die Feuerwehr die beiden gefunden.

»Schon seltsam, oder?« Edith sah nachdenklich nach draußen. Da lag Köter vor dem Schuppen. Betty hatte ihn im Moor gefunden und mitgebracht.

»Nun fang bloß nicht an, irgendwelche Zeichen zu sehen. Sowas nimmt kein gutes Ende.« Theo nahm ihre Hand. »Es war ein Unglück. So oder so. Und nun ist es vorbei.«

»Aber was passiert nun mit Willi?«, wollte Betty wissen.

Edith seufzte. »Ich weiß es nicht. Keiner weiß das. Das entscheiden nun Ämter und Gerichte.«

»Der ist im Heim«, sagte Theo. »Und da wird er wohl bleiben. Hoffen wir mal, dass es ihm da gut geht.«

Draußen bellte Köter. Er sah so traurig aus, wie Betty sich fühlte. Sie vermisste Willi auch.

»Und wie geht es nun weiter?«, fragte sie. »Ihr heiratet, baut ein Haus und alle werden glücklich?«

Theo sah zu Edith. Die rührte in ihrer Tasse.

Sie saßen am Tisch und schwiegen.

EPILOG

Zwischen den Fahrspuren war Platz für ein bisschen Grün. Seit einigen Jahren säte der Bauhof an der Kreuzung Wildblumen aus, gegen das schlechte Gewissen, wegen der Bienen. Früher hatte es mehr gegeben. Früher hatte auch alles Alte wegmüssen, wegen der schlimmen Erinnerungen. So wusste kaum noch einer, wie es hier kurz nach dem Krieg ausgesehen hatte. Wo jetzt inmitten von Asphalt die Wildblumen blühten, da musste die Küche gewesen sein, wo Theo ihrer Mutter vor Ewigkeiten einen nüchternen Heiratsantrag gemacht hatte. Sie kam gerade vom Friedhof. Die beiden lagen in einem Grab, wie das bei Ehepaaren üblich war. Edith hatte Theo nur kurz überlebt. Wenn es bei ihr so weit war, würde sie auch dort liegen. Das war ein tröstlicher Gedanke.

Die Kate gab es auch nicht mehr, aber von ihr existierte noch ein Bild. In der Dorfchronik hatte ein Heimatforscher sie auf Schwarzweißfotografien verewigt. Nur wenige interessierten sich noch dafür.

Das Foto von der Abel'schen Kate war kurz vor dem Abriss aufgenommen worden. Es zeigte eine Idylle wie aus einem alten Heimatfilm. Ein reetgedecktes Fachwerkhäuschen, ein Garten und ein Holunderbusch in voller Blüte. Sicher hatten Bienen in den Dolden nach Nektar gesucht.

Betty lebte noch immer in Unnenmoor und in einer solchen Moorkate, aber es war eine andere, die übrig geblieben war. Die hatte damals keiner mehr haben wollen, aber sie mochte das alte Haus, es passte zu ihr. Nach dem Studium war sie zurückgekommen, als Archäologin, denn das Alte hatte sie immer beschäftigt. Nun war sie weit über achtzig und schon lange im Ruhestand. Wenn es nach dem Willen des Bürgermeisters ging, sollte sie nun allerdings ein zweites Mal vertrieben werden, denn die Gemeinde wollte ihr Haus haben. Die Kate, die sie so liebevoll gepflegt hatte, sollte ein Museum werden, denn plötzlich interessierten sich wieder alle für das Moor, wie es gewesen war. Nach dem Krieg hatte es nicht schnell genug gehen können mit der Trockenlegung, nun wurde wiedervernässt. Moorerlebnispfade waren der letzte Schrei, wo Besucher barfuß über dicke Moospolster und durch Schlamm gehen konnten, um das Moor zu erspüren. Sie wusste auch so, wie es sich anfühlte, und sehr genau, wie grausam diese Landschaft sein konnte. Schließlich wäre sie einmal fast darin umgekommen. Die Hiesigen verfluchten das Moor immer noch, weil es die Unnenmoorer Straße, die nun auch schon alt war, kaputt machte. Da konnten sie noch so viel sanieren, das Moor stieg von unten hoch und beulte den Asphalt aus, so dass er Wellen schlug.

Vom Teufelsloch existierte nur noch ein kläglicher Rest, aber wer das ursprüngliche Moor nicht kannte, konnte sich mit einem Tümpel, ein bisschen Wollgras und Kranichen im Herbst zufriedengeben. Zur Schafschur platzte das Dorf aus den Nähten. Der Pennig hatte seine Sonnenterrasse noch einmal vergrößert und die Gemeinde wälzte Ideen, wie man den Tourismus weiter ankurbeln konnte. Die Kate wäre ein Aushängeschild, denn Betty hatte sie gepflegt wie einen kranken Geliebten. Das Häuschen war fast original erhalten. Der Bürgermeister träumte von Busladungen voller Besucher, die hierhergekarrt wurden, um das Echte, Ursprüngliche im Moor zu erleben. Nach der Führung mit Torfabstich würde es Buchweizenpfannkuchen mit Speck geben. Wahlweise auch vegan. Bienen mussten her. Man könnte den Honig vermarkten. Und für die Kinder würde man eine Märchentante engagieren. Es gab so schöne Geschichten von den Glöhnigen und von den Moorhexen. Man hatte sie gefragt, ob sie sich das nicht zutraute, schließlich kannte sie sich da aus. Aber Betty weigerte sich. Sie wollte auch nicht in die angebotene Seniorenwohnung ziehen. Betreutes Wohnen mit Balkon, das war nichts für sie. Noch fühlte sie sich rüstig genug und sie musste noch etwas in Ordnung bringen. Deshalb saß sie heute auf der schönen neuen Bank, die der Dorfverein gespendet hatte. Die stand direkt an der Kreuzung mit der Bienenweide. Es war keine gewöhnliche Bank, sondern die Mitfahrzentrale des Dorfes. Wer hier saß, wollte weg. Betty wollte heute in die Stadt, denn sie hatte ein Letztes zu erledigen. Es hatte mit Gustes Geschichten zu tun und mit einer alten Schuld, die beglichen werden musste.

Gestern war sie früh losgegangen, mit einem Klappspaten im Rucksack und mit Gustes altem Gehstock bewaffnet. Es konnte gut sein, dass sie einem Glöhnigen begegnete oder einem Wolf. Die sollen sich in dieser Gegend wieder herumtreiben. Sie hatte die Stelle gefunden, wo sie damals die Dose vergraben hatte. Nur sie wusste noch von der Moorkate aus Gustes Geschichten. Die hatte da noch einen Sommer lang in der Ruine gehaust, nachdem ihr Rauchhaus abgerissen worden war und bevor sie starb. Betty stocherte herum und fand die kläglichen Reste. Morsche Balken, ein Stück Lehmwand, festgestampfte Erde unter Blättern und Erlenzapfen. Gegraben hatte sie dann den ganzen Tag, mit Pausen, denn so ein Klappspaten war kein gutes Werkzeug. Aber sie hatte es geschafft und es war alles noch da gewesen. Die rostige Dose fiel fast auseinander. Dem Fünfzigpfennigstück fehlte so gut wie nichts. Ein bisschen stumpf war es geworden. Sie hatte die Münze poliert und zurück in die Dose gelegt. Die trug sie nun bei sich, während sie auf eine Mitfahrgelegenheit wartete.

Endlich hielt jemand an. Lina. Cordugas' Enkelin. Die führte nun den Pennig zusammen mit ihrer Frau. Die Zeiten hatten sich wirklich geändert.

»Moin, Betty. Wo soll's denn hingehen?«

»In das Martinsstift.«

»Na, dann steig mal ein. Ich fahr dich hin.«

Lina stellte keine unnötigen Fragen. Sie war patent und packte an, wo es nötig war. Vor dem Stift setzte sie Betty ab. »Soll ich dich später wieder mitnehmen?«

Sie verabredeten eine Zeit.

Das Stift lag am Stadtrand mitten im Wald. Es war eine ehemalige Lungenheilstätte, ein für diese Gegend imposantes Gebäude mit einer großzügigen Freitreppe. Die führte zum alten Eingang des Haupthauses. Ein moderner Anbau lehnte daran, barrierefrei zu erreichen, denn hier lebten Menschen mit Beeinträchtigungen. Einige begrüßten sie überschwänglich, man kannte Betty, denn sie kam häufiger hierher. Seit ein paar Jahren lebte Willi hier, sie hatte dafür gesorgt.

Sie durchquerte das Gelände, ging bis zum anderen

Ende und über eine Brücke in den angrenzenden Wald. Dahinter hatte Willi einen eigenen kleinen Garten mit Hasendraht abgezäunt. Darin blühten schon die Beerensträucher. Es gab auch ein kleines Hühnerhaus. Willi rettete ausgediente Legehennen, er päppelte sie auf. Drei Hennen scharrten zwischen den Sträuchern, ein Hahn war kürzlich dazugekommen.

Willi saß in seinem Gartenstuhl, als Betty das Tor öffnete. Es quietschte ein bisschen.

»Das musst du mal ölen!«

Er wandte sich um. Als er sie sah, freute er sich. Sie freuten sich beide. Er holte ihr einen Stuhl. Sie setzten sich.

»Wie geht es dir heute?«, fragte Betty. Er kicherte.

»Ich habe dir etwas mitgebracht.«

Sie stellte den Rucksack auf den Boden und holte die Dose heraus. Er sah ihr dabei zu. Ein Huhn flatterte auf seinen Schoß, er streichelte es. Betty reichte ihm ihr Mitbringsel.

»Mach den Deckel auf. Aber pass auf, dass du dich nicht schneidest.«

Er setzte das Huhn wieder auf den Boden und hob den Deckel an, der immer noch an dem Fetzen Blech festhing. Er nahm das Geldstück heraus und betrachtete es von allen Seiten. Betty beobachtete ihn dabei. Er schaute irritiert, dann erstaunt, schließlich erkennend. Sein Gesicht war ein Buch.

»Das bin ich dir noch schuldig«, sagte Betty. Er stand auf, sie auch. Sie sahen einander an. Alles war getan. Alles war gesagt.

DANK

Mein größter Dank gilt meinem Mann Thomas. Du hast mich mit der Nase auf dieses Thema gestoßen. Es hat sofort bei mir gezündet. Danke für deine Unterstützung. Dieser Roman wäre ohne dich nicht zustande gekommen.

Mein Dank gilt ebenso Dr. Jürgen Trinkus vom NDR Schleswig-Holstein, der für mich ins Archiv »gestiegen« ist, und Ilka Bartels, Redakteurin bei Radio Bremen, die mir den Kontakt verschafft hat. Wir werden beide noch ein bisschen mit dem Thema zu tun haben und ich freue mich darauf.

Zu guter Letzt bedanke ich mich bei meiner wunderbaren Lektorin Katharina Dittes, die wieder sehr viel Geduld mit mir haben musste, und bei meiner Agentin Rebekka Göpfert für die Projektbegleitung, für die ansteckende Begeisterung und mutmachende Telefonate.